오늘의 나는 어제의 내가 만든 것이다

| 서지원 편저 |

SUCCESS GUIDE

청어

오늘의 나는 어제의 내가 만든 것이다

서지원 편저

발행처 · 도서출판 **청어**
발행인 · 이영철
기 획 · 손영국
편 집 · 임진희
디자인 · 오주연
영 업 · 정수완

등 록 · 1999년 5월 3일(제22-1541호)

1판 1쇄 인쇄 · 2003년 4월 10일
1판 1쇄 발행 · 2003년 4월 15일

주소 · 서울시 서초구 서초동 1588-1 신성빌딩 A동 412호
대표전화 · 586-0477
팩시밀리 · 586-0478

E-mail · ppi20@hanmail.net
ISBN · 89-89232-41-4 (03810)

오늘의 나는
어제의 내가
만든 것이다

SUCCESS GUIDE

오늘의 나는 어제의 내가 만든 것이다

글을 시작하며

'36계 줄행랑' 이란 말을 들어본 적이 있는가?

『오늘의 나는 어제의 내가 만든 것이다』는 중국인들의 영원한 처세에 관한 고전이자 기서(奇書)인 '36계' 를 현대에 맞게 재해석한 책으로, 36개의 각 계책마다 이해를 돕기 위해 동서고금의 재미있는 실화들을 예로 들었다. 따라서 변화와 무한경쟁 속에 살고 있는 현대인에게 삶의 지침서와 지혜의 길잡이가 될 것이다.

이 책은 「질 바엔 도망가라」를 재편집한 것으로, 세상을 살아가면서 위기의 상황이 닥쳤을 때, 어떻게 슬기롭게 대처할 것인가를 상세하게 다루고 있다. 이 책을 통해, 치열한 삶의 현장에서 패배하지 않고 승리하는 삶을 영위하길 바란다.

누가 뭐래도 내 인생은 내가 만드는 것이 아닌가.

서지원

SUCCESS GUIDE

오늘의 나는
어제의 내가
만든 것이다

contents

contents

1

일상속에
기회가 있다

황제를 속여
망망대해를 건너듯

인간이란 그릇된 지식이나 정
보라도 습관적으로 접하게 되면
그것을 사실인 양 착각하게 된다. 처음에는 의심을 하다가도 시간
이 흐르면 차츰 경계심이 풀어지게 마련이다. 또 단편적인 사실도
끊임없이 듣고 보노라면 다른 측면에 대한 진실마저 왜곡되게 이
해하는 수가 있다. 때에 따라서는 단편적인 것이 전부라고 여길 수
도 있다.

　세계 4대 영웅의 한 사람으로 꼽히는 알렉산더 대왕의 인도 정
복에 관한 전사(戰史)를 소개한다. 인도로 진격해 들어가던 그는
인도 서북부의 히다스페스라는 강을 사이에 두고 포러스라는 인
도의 한 왕과 대치하게 되었다. BC 326년, 기병과 보병으로 구성
된 알렉산더의 원정군은 1만 1천 명, 이에 비해 기병·보병·상군
(象軍: 코끼리를 이용하여 싸우는 부대)으로 구성된 포러스군은 3만
명. 공격은 수비의 3배라는 원칙 하나만으로 봐도 전혀 상대가 되

지 않는 무리한 작전이었다.

알렉산더군은 밤마다 적이 바라볼 수 있는 강가에 집결하여 횃불을 켜든 채 병사들을 배에 태워 함성을 지르며 마치 도하 작전을 시작할 것처럼 움직였다. 이를 본 포러스군은 즉각 방어태세에 돌입하여 뜬눈으로 밤을 지새우곤 했다. 그런 날이 반복되어 긴장이 서서히 풀어지기 시작했다. 나중에는 별 반응도 보이지 않고 습관적으로 '또 그 짓이로구나' 하고 움직이지도 않았다. 그러던 어느 날 밤, 알렉산더군은 진짜 도하 작전을 기습적으로 감행하였다. 적보다 세 배나 우세한 병력을 가진 포러스군이 제대로 싸우지도 못하고 궤멸되고 말았다.

그런가 하면 제2차 세계대전 초기에도 이와 비슷한 일이 있었다.

독일의 히틀러는 폴란드를 침공하기 시작하여 스칸디나비아반도도 수중에 넣은 뒤 벨기에로 진격, 저항선을 뚫고 마침내 프랑스 국경으로 다가갔다. 프랑스는 영국과 함께 독일에 선전포고를 한 상태였으나 서로 큰 전투는 없는 상황이었다. 프랑스를 침공하면서 히틀러는 작전 개시 시각을 무려 29번이나 변경하였는데, 이처럼 잦은 변경 사실을 프랑스 정부와 참모부가 훤히 알 수 있도록 했다.

이때 히틀러가 노린 것은 일상적인 것에 대한 경계심의 이완이었다.

작전 개시 시각이 끊임없이 변경됨에 따라 프랑스군의 정보 판단에 혼선을 가져왔고, 경계심마저 때로는 느슨해지게 되었다. 더구나 히틀러는 평화 협상을 하자는 제의도 간간이 걸어 왔던 것이다. 계략은 적중하여 독일군의 기습전은 큰 성공을 거두었다.

이것이 바로 36계 중의 1계에 속하는 '만천과해(滿天過海)' 라는 계책인데, 그 어원부터 알아보자.

당 태종이 고구려를 침략했다는 것은 잘 알려진 사실. 수도 장안에서 요동까지는 5천리 길. 30만 대군이 이동하는 대 역사였다.

대군이 해변에 이르러 눈을 들어 바라보니 검푸른 파도만 넘실대고 있지 않는가. 평소 바다를 가까이 하지 않던 그들로서는 배를 타고 망망대해로 나간다는 것이 여간 두려운 일이 아니었다. 당 태종부터 잔뜩 겁을 먹고 있었다.

이를 곁에서 지켜보고 있던 대장 설인귀가 한 가지 꾀를 내었다. 얼마 뒤, 그는 오색으로 휘황찬란하게 꾸며진 장막으로 당 태종을 인도했다. 이 지방 호족들이 황제의 거동을 환영하여 잔치를 베푼 것이라 한다. 안에는 성대한 연회석이 준비되어 있었고, 문무백관들이 뒤따라 들어와 자리를 잡았다. 술잔이 돌며 노래와 춤이 이어졌다. 당 태종은 술이 몇 순배 돌자 망망대해를 대군이 건너야 한다는 근심 따위는 까맣게 잊어버리고 취흥이 도도해져서 여러 신하들에게 술을 거푸 권했다.

그런데 홀연 장막 밖에서 거센 바람소리와 함께 파도치는 소리가 들리지 않는가. 놀라 장막을 걷어보니 일행은 바다 한가운데에

10

떠 있고, 뱃전에는 파도가 넘실거리고 있었다. 설인귀가 지방 호족들에게 부탁하여 배에다 호화로운 장막을 치고 연회석처럼 꾸미게 했던 것이다. 결국 당 태종은 자신도 모르는 사이에 배를 타고 바다를 항해하게 되었다. 황제가 당당히 배를 타고 앞장서서 대해를 헤쳐나가니, 따르던 병사들도 두려움 없이 승선할 수 있었다고 한다.

황제의 눈, 곧 하늘의 눈을 속여(瞞天) 바다를 건넌 것이다(過海). 이처럼 사실을 은폐하고 가장하여 위험한 고비를 넘기는 것을 두고 '만천과해'라 한다.

위의 일화들은 모두 사람이 가지고 있는 일반적인 약점, 곧 '눈에 익은 것은 주의 깊게 보지 않고, 일상적으로 대하는 것은 의심하지 않는' 속성을 십분 활용한 것이다.

그러면 이것이 전쟁 상황에서만 적용되는 것인가?

TV나 신문 잡지 같은 대중매체에서 연일 쏟아지는 광고라는 것도 그렇다. 이것 역시 따지고 보면 눈에 익은 것에 대한 주의력의 해이와 일상적인 것에 대해 의심하지 않는 인간의 속성에 초점을 맞추고 있다.

대부분의 구매자는 광고에서 보았으므로 그 상품을 구매하려 하고, 품질에 대한 경계심도 약간은 늦추게 마련이다. 광고를 통해 사전 정보를 얻은 상태이기 때문에 신뢰한다. 광고는 구매자에게 상품을 알린다는 차원을 넘어 신뢰감을 심어준다.

거리에서 흔히 접하는 일이지만, 행상들이 TV광고 장면을 찍은 사진이나 신문, 잡지 등에 난 광고를 복사한 것을 내보이는 따위의 이른바 광고의 광고를 하는 것은 신뢰감을 심으려는 행위이다.

광고는 하나의 지식과 정보를 반복해서 보여주고 들려줌으로써 그것이 진실인 양 믿고 느끼게 한다. 최상의 광고는 일시적이고 단편적인 진실이 아니라 일상적이고 보편적인 진실이라 느끼고 믿게 하는데 있다.

1970년대 후반, 당시 유신정권은 우리말 상표를 권장한 적이 있었는데, 강압적인 사회 분위기 탓인지 아니면 기업이 자발적으로 참여한 결과인지는 알 수 없으나 우리말 상표가 종종 눈에 띄었다.

그 중에 '길벗' 이란 국산 양주를 아직도 기억하는 사람이 있을 것이다.

고급 승용차가 경치 좋은 산악 도로를 미끄러져 가면서 "길벗은 우리 인생의 동반자"니 "먼 여행에서 언제나 그리운 것은 길벗입니다"라는 따위로 엮어진 TV화면을 내보내며 선전했다. 양주를 대하기가 쉽지 않았던 시절이긴 하지만 매출 성적은 그리 좋지 않았던 모양이다.

엇비슷한 시기에 나온 경쟁사의 '베리나인 골드' 와는 경쟁이 되지 않았다. '길벗' 이라는 상표가 한국적인 이름인 동시에 '길버트' 라는 서양식 이름을 함께 겨냥한, 언뜻 보면 절묘한 이름이기는 하지만 양주답지 않다는 인식이 지배적이었다. 이 상표를 계속 사용하는 이상 경쟁에서 이길 수 없다는 컨설턴트의 조언이 있었다.

새로운 브랜드가 필요했다.

새로운 상품명이 선정되었는데, 문제는 기존의 '길벗'이라는 이름을 버리고 어떻게 새 상표로 옮겨가느냐는 것이었다. 많은 광고비를 들여 구축한 상품의 인지도를 일시에 버리고 갑자기 새 이름으로 상품을 판매하자면 또 그만한 비용이 들어야 했다. 그렇다고 '길벗'이라는 이름이 판매 전략상 좋지 못하여 바꾸었소, 할 수는 더더욱 없지 않는가. 어떻게 하면 그 동안 쌓아놓은 브랜드 가치를 크게 축내지 않으면서 새로운 브랜드로 옮겨갈 것인가?

이후 길벗의 TV 광고는 이렇게 시작되었다.

이미 내보냈던 광고 중 가장 대표적이고 인상적인 화면이 방영되면서 자막 한 귀퉁이에 '로얄'이라는 문자와 로고가 추가된다. 물론 '길벗 로얄'이라는 음성도 한 마디 첨가된다.

며칠 뒤, 새 이름의 자막과 로고는 조금 커지고 로얄은 조금 더 강조 반복된다. 그러다 어느 시점에 이르러서는 길벗과 로얄을 강조하는 음성의 강도와 양은 거의 같아진다. 길벗 자막과 로고와 음성은 날이 갈수록 줄어드는 반면 로얄이 점차 커지며 전면에 나타난다. 그리하여 결국 길벗은 완전히 사라지고 로얄만 남게 되었고, 광고의 분위기도 전혀 달라졌다.

시청자는 자신도 모르는 사이에 '길벗'과 '로얄'이라는 전혀 엉뚱하고 다른 두 개의 이름 바다를 건너고 만 것이다.

로얄처럼 별 무리 없이 상표를 바꾸는가 하면 코카콜라와 같이 새로운 디자인을 2년간 사용하다가 소비자의 눈에 익숙한 예전의 디자인으로 돌아가는 경우도 있다. 코카콜라는 2003년부터 병마개가 따지면서 콜라가 쏟아져 나오는 모양을 병과 캔의 목 부분에 인쇄하던 방식을 포기하는 대신 예전의 디자인인 흰색과 노란색으로 묶인 코크 리본을 다시 쓰기로 한다는 것이다.

과거의 디자인이 워낙 유명하여 소비자에게 각인된 인상을 도저히 바꾸기 어려웠던지 아니면 새로운 디자인이 그 전보다 월등하게 낫다는 평가를 받지 못했기 때문이라 생각한다. 디자인을 바꾼 2년 사이에 미국에서의 매출이 2% 감소하였다고 하니 상표보다 하위 브랜드인 디자인조차도 바꾸기란 이렇게 어려운 것이다.

수(隋) 나라 문제(文帝) 때인 개황 9년(서기 589년).

문제는 고구려를 침공했다가 무참한 패배를 맛본 수양제의 아버지로서 약 350년에 걸쳐 5호 16국이 명멸하던 위진 남북조 시대의 극심한 분열과 혼란을 마감하고 통일의 대업을 이룬 인물이다.

수 나라가 천하를 통일하기 이전, 중국의 북쪽은 수 나라가, 남쪽은 진(陳) 나라가 양자강을 사이에 두고 패권을 다투고 있었다.

중국은 역사적으로 아무리 강한 군대를 가지고 있어도 양자강이라는 큰 강을 건너지 못해 통일이 되지 않은 적이 많았다. 적벽에서 조조의 백만 대군이 오 나라에 대패한 것도 양자강 때문이며, 사마의의 아들이 세운 진(晉) 나라가 북방 이민족에게 쫓겨 내려가 다시 동진이라는 나라를 세울 수 있었던 것도 양자강 덕분이다. 요 나라, 금 나라, 원 나라 등에 밀려 내려간 송(宋) 나라가 연명할 수 있었던 것도 양자강이라는 천혜의 경계선이 있었기 때문이다. 그만큼 양자강을 건너 상대를 공격하기가 어려웠던 것이다.

당시 두 나라의 국력을 보면 새로 나타난 수 나라가 강성한 것은 사실이었다. 그러나 진 나라가 차지한 양자강 남쪽은 강과 호수가 많기 때문에 배를 자주 이용하여 수상 전에도 능했다. 수 나라에서 아무리 많은 군사를 이끌고 강을 건너더라도 웬만큼만 방어하면 모두 고기밥을 만들 수 있었던 것이다.

수 나라로서는 특별한 작전이 필요했다. 그 작전의 지휘를 맡은 사람이 하약필(賀若弼)이라는 장군이었다.

작전을 개시하기 오래 전의 일이다.

평소와 달리, 양자강 연안의 모든 수비부대가 역양이라는 곳에 집결하였다. 넓고 넓은 평원에는 수를 헤아릴 수 없이 많은 막사가 들어섰고, 있는 대로 내다 꽂아놓은 깃발이 바람에 날리어 장자강 물결과 함께 출렁거렸다. 그곳은 적의 수도인 건강(建康: 지금의 남경)과 강을 사이에 두고 마주보는 곳이다.

진 나라에서는 당연히 비상경계령이 내려졌다.

국내의 모든 병력을 그 전면에 집결시켜 방어에 들어갔다. 그러나 자세히 관찰해보니 수비부대의 교대 행사에 지나지 않았다. 수비부대끼리 지역을 바꾸거나 전방부대가 후방부대로 교체되면서 각자 맡은 지역으로 흩어지자 진 나라 부대도 곧 제자리로 돌아갔다.

이후에도 일정한 시차를 두고 교대 행사가 진행되었고, 이에 대응하여 진 나라도 그 전면에 군사를 배치했다. 이렇게 양쪽 군대가 모이고 흩어지기를 반복했다.

이것이 회를 거듭하여 일상화되자 진 나라는 수 나라 군대가 역양에 집결해도 으레 그러려니 하고 군대 동원령도 내리지 않은 채 구경만 하고 있었다.

그러던 어느 날, 대병력을 거느린 하약필의 군대가 눈 깜짝할 사이에 양자강을 건넜다. 불시의 침공을 받은 진 나라는 이렇다할 손도 써보지 못하고 순식간에 무너졌다. 건강을 함락시키고, 황제를 사로잡음으로써 천하가 통일되었던 것이다.

사기꾼의 속임수는 상대방으로 하여금 자기를 철저히 신뢰하도록 거짓을 사실처럼 꾸미고, 단편적인 것을 전부인 양 내보이는 것이다. 자기를 믿도록 해야 사기에 걸려들 것이 아닌가.

호화주택가에서 월세를 살며 졸부 행세를 하고, 힘있는 것을 과시하기 위해 정치권의 실세, 중앙 관서의 고관과 사귀는 것처럼 보이려하는 것도 그 이유다. 가령 길을 가다가도 이 빌딩은 누구 것이고, 저기 놀고 있는 평당 5천만 원짜리 땅은 누구의 것인데, 내 동생 건물은 그 곁에 있고, 나도 개발되기 전에 얼마간 사 놓았다는 식으로 자신의 부를 과시하기 마련이다. 또 고향 학교 선배가 국정원에 있고, 동창이 청와대에 있는데 언제 만났더니 무슨

이권이 하나 있다 하더라고 지나가는 말처럼 흘린다. 이렇게 일상적인 이야기의 한 부분으로 끼워 넣음으로써 상대방의 경계심을 느슨하게 하여 자신을 믿도록 하자는 데 있다.

상대에게 확신을 심어 주는 것이 중요하다.

믿을 수 있는 느낌이 들게 해야 한다. 사람이란 믿어달라고 해서 믿어 주는 것도 아니오, 그런 감을 잡아달라고 해서 잡는 것도 아니다. 상대가 자연스럽게 믿도록 해야 한다.

남이 자기를 믿도록 하기 위해서 위의 예처럼 항상 기만책만 쓰려고 해서는 안 된다. 최선의 정책, 최고의 덕목은 진실이요 정직이다. 인간관계에 진실하고, 상품에서 정직한 것 이상의 책략은 없다. 따라서 일상생활에 충실해야 한다. 개인이나 기업도 다를 바가 없다.

평소 신뢰받을 수 있는 말과 행동으로 기업을 운영하고, 그런 상품으로 고객을 대한다면 위기에서 탈출해야 할 일도 발생하지 않는다. 만에 하나, 위급한 상황이 닥치더라도 믿음 위에서 수행하는 만천과해이기 때문에 성공할 확률이 그만큼 높다. 최악의 경우에 대비해서라도 일상생활에 충실할 필요가 있다.

2

남다른
뭔가가
있어야 한다

포위와 역 포위의 묘수

삼성그룹의 고(故) 이병철 회장에게는 한때 다음과 같은 우스갯소리가 따라다녔다.

"돈으로 이 세상에서 안 되는 일이 없는데, 오직 세 가지만 마음대로 안 된다. 아들이 마음대로 안 되고, 골프를 아무리 쳐도 늘지 않아 안 되고, 미원(味元)을 이기려해도 마음대로 안 된다."

1960년대에서 1970년대에 이르는 약 20년 동안, 조미료 시장에서 미원과 미풍(味豊)의 혈투는 우리 나라 기업사에 남을 만큼 치열했다.

후발 상품인 미풍이 시장점유율을 높이기 위해 갖가지 판촉활동과 선전을 통해 미원 공략에 나섰다. 가격경쟁, 판매조직 쟁탈전, 광고전 등 기업이 상품을 가지고 라이벌과 대결할 수 있는 것은 하나도 남기지 않고 다 동원되었다. 일부 지방에서는 두 기업의 지역 연고까지 들먹이며 상대 회사 제품에 대한 배타적인 무드를 조성하는 움직임도 보였다.

그런데 미풍은 상품으로서 가장 큰 약점을 안고있었다.

미원이 조미료의 동의어로 통하기 때문에 여간해서 이를 깨뜨릴 수 없다는 사실이다. 미원이 조미료를 처음 도입했으므로 미원이라는 상표 그 자체가 곧 조미료를 뜻하는 말이었다. 이는 GMC가 트럭으로, 캐터필러가 전차로, IBM이 컴퓨터로, 제록스가 복사기 또는 복사로 통하는 것과 같은 현상이다.

대부분의 사람들이 가게에 들어서자마자 조미료를 달라는 뜻으로,

"미원 주시오."

했지, 미풍 달라는 말을 하지 않았던 것이다. 소비자의 입장에서는 둘 다 투명한 직육면체의 미세한 화학 입자이고 맛도 다르지 않으니 입에 익은 상품이름을 부를 뿐이었다. 견디다 못한 미풍 쪽에서 광고로,

"꼭 미풍 달라고 하세요."

하고 친절하게 교육도 시켜보았지만 별 효과가 없었다.

무엇이든 2등을 하고는 못 사는 삼성으로서는 미원이라는 적에게 완전히 포위된 꼴이었다.

전국시대 초인 기원 전 353년.

위 나라의 장수 방연이 정병 8만을 거느리고 조 나라를 침공하였다. 당시의 위 나라 왕은 '맹자' 첫머리에 나오는 바로 그 양혜왕이다. 다급해진 조 나라는 이웃 제 나라에 구원병을 요청했다. 이웃에 있는 한 나라가 다른 나라를 집어삼키면 그만큼 국력이 커

져 자신에게도 위협이 된다. 이것이 바로 순망치한. 제 나라는 자신의 안보를 위해서도 조 나라를 구원할 필요가 있었다.

제 나라는 전기를 사령관으로 내보내면서 손빈을 군사로 삼았다.

손빈은 손자병법으로 유명한 손무의 후예로 추측되는 전설적인 인물이다. 그는 소진, 장의 등과 함께 귀곡자 밑에서 공부한 뛰어난 병법가이다. 함께 공부하던 방연이 위 나라의 장수가 된 다음 그의 재주를 시기하여 모함하는 바람에 정강이뼈가 잘리는 형벌을 받았다.

제 나라로 도망쳐 온 손빈은 곧 병법가로서 두각을 나타내지만 사령관으로 삼으려는 제 나라의 제의를 거절한다. '몸이 온전하지 못한 사람이 대장을 맡는 것은 상서롭지 못하다'고 사양하며 군사(軍師)의 자격으로 출전했다. 방연에 대한 불타는 복수심을 가슴에 간직한 채.

사령관인 전기가 한단 쪽으로 급히 군사를 몰아 위 나라 군대를 쳐부수어 포위를 풀려고 하자 손빈이 이렇게 건의했다.

"무릇 양쪽이 어지럽게 어울려 싸울 때에는 가운데 들어가 말리려 해서는 안 되며, 싸우는 한 쪽을 구원하려고 그 반대편을 공격해서도 안됩니다. 공격하는 쪽의 허점을 찔러 요충을 공격하게 되면 형세가 서로 비슷해지고 기세가 꺾이게 되어 자연스럽게 싸움을 그만두게 됩니다."

두 사람이 멱살을 잡고 싸울 경우, 그 중간에 들어서 뜯어말리기보다는 힘이 센 쪽의 뒷머리를 낚아채는 것이 낫다는 말이다.

20

손빈의 건의를 받아들인 전기는 위 나라 군대를 직접 공격하지 않고 위 나라의 수도인 대량 방면으로 군대를 몰아갔다. 이에 놀란 방연은 수도를 구할 겸 자기 나라 영토로 들어오는 제 나라 군대를 쳐부수기 위해 급히 한단 방면으로 달려가지 않을 수 없었다. 이로써 제 나라는 한단까지 가지 않고도 포위를 풀어 조 나라를 위험에서 구할 수 있었다.

　만일 조 나라를 돕겠다고 나선 제 나라의 군대가 한단의 포위를 풀기 위하여 위 나라 군대를 직접 공격했더라면 전쟁 결과가 어떠했는지 알 수 없는 노릇이다. 약한 제 나라 군대는 한창 강성한 위 나라 군대를 이기기 힘들었을 것이요, 이긴다 하더라도 상당한 군사적인 손실을 입었을 것이다.

　미풍의 경우도 마찬가지이다.

　미원과 정면으로 아무리 싸워 봐야 승산이 없었던 것이다. 특정 품목의 선발주자로서 확고한 브랜드 이미지를 구축한 상품은 후발주자가 아무리 노력해 봐야 좀처럼 깰 수 없다는 것이 철칙처럼 되어있다. 코닥 필름, 코카콜라, 맥도날드 햄버거, 켄터키 후라이드 치킨 등이 그 예이다.

　뒤늦게 승산이 없음을 안 삼성은 방향을 전환하여 측면공격에 나서게 된다. 당시 조미료는 오직 미원, 미풍과 같은 백색 입자를 띤 단일 품목이었으므로 소비자로서는 선택의 여지가 없었고 맛도 단순한 것이었다. 이 점을 착안한 미풍 쪽에서는 상품을 고급

화하고 맛도 다양하게 하여 신상품을 개발하였다. 이것이 바로 '다시다' 다.

따지고 보면 미풍이 있기 때문에 미원의 성가가 높아진 면도 없지 않다. 아예 미원이니 미풍이니 하는 싸움을 하지 않으면 조미료로서의 미원의 성가도 자연히 낮아지게 마련이다. 그 대신 입맛의 다른 측면을 공격하여 포위된 상태에서 벗어나는 동시에 상대를 역 포위 할 수 있는 묘수였던 것이다.

결국 삼성은 미원과의 힘든 싸움을 위해 불필요한 출혈을 감수하지 않아도 되었고, 미원보다 고급 조미료를 우세한 국면에서 팔게 되었다. 이것은 36계 중 2계에 속하는 위위구조(圍魏救趙: 우회하여 상대의 허점을 공격하라)로, 일단 작전은 성공한 셈이다.

삼성으로서 세 가지가 마음대로 안 된다고 한 그 우스개에서 한마디 덧붙여보자.

지금 삼성이 잘 안 되는 것은 무엇인가?

"프로 야구가 잘 안 되고, 소액주주를 아무리 구슬려봐도 잘 안 되고, 자동차가 잘 안 된다."고 할까.

삼성이 스포츠에 쏟는 정력은 대단하다. 영업전략의 일환이기는 하지만 이건희 회장 자신이 학창시절에 레슬링을 했던 연고도 있다. 국내에서 프로다운 스포츠로서 처음 탄생한 프로 야구에 대하여 삼성이 쏟는 열성은 대단했다. 그런데 이게 삼성의 자존심을 항상 건드리는 애물단지가 되었다. 초기의 이선희, 이만수, 장효

조 등 기라성 같은 선수나 이즈음의 이승엽 같은 뛰어난 스타를 보유하고 있으면서도 우승 경력은 전혀 없다. 매사에 2등을 하고는 못사는 삼성으로서는 20여 년 동안 속만 뒤집히게 한 꼴이다. 시즌 내내 성적이 좋다가도 코리안 시리즈에 진출해서는 한 수 모자란다 싶은 구단에게 형편없이 깨지기 일쑤다. 큰 경기에는 유달리 약해 "사자 가슴이 쫄가슴"이라는 말까지 나도는 실정이니까.

그런 삼성 야구단이 창단 21년 만인 2002년에야 첫 우승의 감격을 안았다. 9회 말 역전 홈런 두 방이라는 극적인, 실로 상상을 초월하는 극적 장면을 연출하면서 팬들에게 짜릿한 기쁨을 선사하였다. 제일만을 추구하는 삼성이 그 승리를 출발점으로 하여 얼마만큼 자신의 이미지에 걸맞는 구단이 될 수 있을는지 두고 볼 일이다. 잘 안 되는 세 가지 가운데서 확실히 빠질 날이 과연 있을는지?

소액주주 운동에 가장 시달리는 것도 그렇다. 우리 나라 재벌의 행태야 어느 재벌이 더 낫고 더 못하다 할 것이 없는데도 불구하고 재벌 문제만 나오면 일반인의 관심과 표적은 온통 삼성에게로 쏠린다. 재벌 = 삼성이라는 등식이 굳어진 지 오래여서 삼성이 하는 모든 것은 일단 리트머스 시험지에 걸러지게 된다. 소액주주 운동 측에서는 삼성전자를 주요 타깃으로 삼아서 갖가지 공격을 퍼붓는다. 대우, 현대와 같이 공적 자금을 수없이 쓴 회사나 현대, LG처럼 족벌 경영이 두드러진 재벌들은 거들떠보지도 않으면서 말이다.

이미 오래된 이야기이기는 하지만 삼강하드를 인수하자 난리가 났다. '재벌이 아이들 코 묻은 돈까지 챙기겠다는 것이냐' 면서 비난이 쏟아졌던 것이다. 견디다 못해 롯데에게 팔아 넘겼다. 롯데는 그 뒤 롯데삼강이라는 회사까지 차려 온갖 빙과류를 생산하지만 이 부분에 대해서는 아무도 말하는 사람이 없다. 삼성이 하면 스캔들이고 다른 재벌이 하면 로맨스인가?

매사가 이런 식이니 소액주주로서도 가장 시비 걸기 좋은 곳이 삼성인지 모른다. 그 대신 삼성은 기업 체질이 개선되는 효과가 있긴 하지만 말이다.

마지막으로 자동차. 여기에 거는 삼성의 정열도 그러했다. 사장단이 모두 자동차를 분해하고 조립할 수 있을 정도였다니 경영진으로서 이 정도라면 자동차의 기술적인 면을 훤히 꿰뚫고 있는 셈이다. 이건희 회장도 자동차 애호가로 알려졌고, 삼성의 기업 구조로 보아 가장 확실하게 승부를 걸 수 있는 업종이라는 자체 평가가 있었다고 한다.

그러나 우리 나라 자동차 업계의 견제와 기아의 완강한 저항, 부산 공장에 대한 초기 투자의 과다, 그리고 때마침 터진 IMF 때문에 르노에게 넘겨주지 않을 수 없었다. 이것은 삼성 역사상 가장 뼈아픈 투자 실패로 기억될 것이다. 그러나 30%에 이르는 지분은 있다고 하니 이에 대한 미련은 전혀 버린 게 아니므로 '삼성 자동차' 라는 꿈을 언젠가는 실현할 수 있을는지 두고 볼 일이고, 그때는 무슨 계책이 나올지 상상해 보는 것도 재미있을 것이다.

가까운 예를 또 한가지 들어보자.

하이닉스 반도체회사는 IMF 이후 산업 개편의 일환으로 이루어진 기업 빅딜에 의하여 현대전자가 LG반도체를 인수 합병한 기업이다. 빅딜 당시 두 회사는 서로 상대방을 흡수하기 위하여 온힘을 쏟았다. LG반도체가 기업의 자산 가치가 더 높았으나 어떤 연고에서인지 현대전자에게 흡수당했다.

이때 LG에서는 자산 가치에 해당하는 1조 수천 억 원이라는 현금 상환을 요구했다. 현대로서는 전혀 예상하지 못한 요구였다. 흡수되더라도 LG가 통합되는 반도체 회사에 대주주로 남을 것이라 예상하고 있었던 것이다.

현대로서는 완전히 허를 찔린 꼴이 되었다.

지금도 마찬가지이지만 기업 부채를 줄이는 것이 가장 큰 과제였던 당시로서는 심각한 문제였다. 그러나 상대 회사를 흡수하는 이상 대가를 지불하지 않을 수 없었다.

LG가 구사한 방법은 '우회하여 상대를 공격' 한 것이었다.

현대에게 기업 인수라는 포위망이 펼쳐지자 LG는 이를 정면으로 대응하지 않고 상대의 현금 보유를 줄여 곤경에 빠뜨리게 하는 역 포위 전략으로 맞섰던 것이다. 여기에 꼼짝없이 당한 현대는 이후 극심한 자금난에 허덕이게 되었고, 바닥을 기는 반도체 시세 때문에 급기야는 세계 굴지의 반도체 기업을 매각하지 않으면 안 되는 비극에 직면하게 되었다.

삼성과 LG가 성공한 것은 위위구조의 계책에 따라 목표물을 재빨리 전환한 것이다. 이를 목표 전이(轉移)라 한다. 동일한 목표물을 향해 싸우다가 적이 매우 강하다고 생각될 때는 과감히 목표를 돌리는 것이 좋다. 적보다 열악한 상황에서 심한 출혈을 무릅쓰고 굳이 싸울 필요는 없다. 국지적인 전투에서의 승리에만 매달리지 말고 전체적인 전쟁에서의 승리를 위해 작은 싸움은 피할 수 있으면 피하는 것이 좋다. 정면만 보고 싸우려 하지 말고 다른 측면도 살필 수 있는 유연한 사고가 필요하다.

현대의 기업은 상황에 따라 유연하게 변신하는 것만이 살아남는 길이다. 상품의 라이프사이클이 6개월도 채 안 되는 기술 속도로는 더욱 그러하다.

시대의 흐름과 기술력이 끊임없는 변화를 강요하고 있다. 변화의 시대에는 변하여야 하며, 변화를 통해 진보해야 한다. 그렇지 않으면 퇴화되고, 퇴화는 곧 화석이 되는 길이다.

살아 남고 이기려면 남다른 데가 있어야 한다.

기술이든 상품이든 가격이든 무엇이라도 남보다 우수해야 한다. 이른바 경쟁력이 높아야 한다. 남이 없는 것을 내가 가지고 있어야 하고, 남이 가지고 있다면 나는 남보다 우수해야 한다. 남이 우수하면 나는 싼값에 낼 수 있어야 하고, 남이 싼값으로 내면 나는 더 높은 목표를 향해 방향을 전환해야 한다.

춘추시대 말경.

정(鄭) 나라 환공(桓公)이 방비
가 허술한 회 나라를 습격하였
다. 환공은 군대를 동원하기 전
에 먼저 그 나라의 성문밖에 몰

래 제단을 만들어 그 속에다 그 나라의 저명한 인물, 유능한 대신,
우수한 학자, 용감한 무사들의 이름이 새겨진 동판을 묻어두었다.
이름 밑에는 좋은 토지와 높은 벼슬 이름이 적혀있었는데, 서로
맹약한 것처럼 닭과 수퇘지의 피까지 발라두었던 것이다.

이를 발견한 회 나라의 임금은 적과 내통하였다 하여 그들을 모
두 잡아죽였다. 이때를 틈타 습격한 환공은 회 나라를 단숨에 점
령할 수 있었다.

또 다른 예를 보자.

제갈량이 위 나라에 대항하기 위하여 오 나라와 연합하여 적벽
에서 조조의 군대를 참패시킨 후의 일이다. 관우가 위 나라의 번
성과 양양을 포위하니 조조는 관우의 위협이 두려워 수도를 옮길
계획까지 세웠다. 이때 사마의와 장제가 이렇게 조조를 설득했다.

"유비와 손권은 표면적으로는 가까워 보이지만 사실은 서로 멀리하며 꺼리는 사이입니다. 관우가 이기는 것을 손권은 결코 기뻐하지 않습니다. 손권에게 사신을 보내어, 그대가 관우의 후방을 공격하면 이에 대한 보답으로 강남 지방을 떼어주겠다고 제의하시기 바랍니다. 그러면 번성의 포위는 저절로 풀릴 것입니다."

조조가 이 계책을 따른 결과, 관우는 손권에게 붙잡히어 죽음을 당하고 말았다.

남의 칼집의 칼도 내 칼처럼

공자의 많은 제자 가운데 자공(子貢)이라는 인물이 있다.

뛰어난 외교술과 사업적 수완으로 많은 돈을 번 사람이다. 공자가 여러 나라를 다니며 제자를 기를 수 있었던 것도 그의 재정적 후원 덕분이었을 것이다. 월왕 구천을 도와 오 나라를 멸망시킨 뒤 벼슬을 그만두고 상업으로 대부호가 된 범여와 진시황의 아버지를 도와준 대가로 진 나라의 재상이 된 여불위는 둘 다 역사에 남은 대상인인데, 자공은 그 선배 격이 되는 셈이다. 공자가 제자와 이야기를 주고받으면서 자공을 꾸짖은 예는 별로 없는 것으로 미루어 성인도 돈의 위력을 실감했는지 모른다는 우스개가 있다.

공자의 조국은 잘 알려진 대로 노(魯) 나라인데, 그 조국이 제 나라의 공격을 받을 상황에 이르렀다. 이에 공자는 자공에게 주위의 여러 나라를 돌며 노 나라의 안전을 외교적으로 해결하도록 한다.

자공은 먼저 제 나라로 가 실권자들을 만났다.

"귀국과 노 나라는 전통적인 형제국이며, 주공(周公) 이후 문화 선진국입니다. 지금 노 나라가 제 나라의 국경을 울타리처럼 감싸고 있으므로 제 나라는 여러 나라의 침략을 직접 받지 않습니다. 만약 노 나라가 없다면 귀국은 서쪽 진 나라와 남쪽 오 나라로부터 직접적인 공격을 받게 될 것입니다. 노의 위협은 곧 제의 위기로 이어질 것이니 이것이 바로 순망치한(脣亡齒寒: 입술이 없으면 이가 시리다)의 이치가 아닙니까?"

이 말을 옳게 여긴 제 나라에서 군사 출동을 늦출 의사를 보이자,

"귀국의 상대는 약한 노 나라가 아니라 오(吳) 나라입니다. 오 나라는 남방 최대의 강대국으로서 중원 천지로 진출하기 위해 항상 기회를 엿보고 있습니다. 언제든 그 기세를 꺾어놓지 않으면 귀국의 두통거리가 될 것입니다."

오 나라에 대해 전의를 불태우게 한 자공은 급히 오 나라로 간다.

"제 나라가 노 나라를 집어삼키려고 군대를 동원합니다. 만약 노가 제의 수중에 들어가면 귀국의 북방 국경선은 제 나라와 맞닿게 되어 항상 제의 압력을 받게 되고, 결국 사직을 보존하지 못하는 위험에 빠지게 될 것입니다. 지금 노 나라를 돕는 것이 바로 귀국의 안전을 도모하는 길이 아니겠습니까?"

이에 오 나라는 노 나라를 돕기 위해 출병하기로 결정한다. 오와 제가 전쟁을 시작하자 자공은 다시 진(晉) 나라로 가 정공(定公)

에게 이렇게 유세한다.

"지금 제와 오 양국이 노 나라를 장악하기 위해 싸우고 있는데 어느 쪽이 이기든 노 나라를 수중에 넣을 것입니다. 지금 형세로 보아 오가 매우 유리합니다. 제 나라의 패망은 노 나라의 패망과 연결되므로 귀국의 동남방 일대는 모두 오의 수중에 들어가게 될 것입니다. 이처럼 강한 오 나라와 국경을 마주하며 어떻게 하루라도 편히 지낼 수 있겠습니까?"

진 나라도 마침내 군을 정비하여 전쟁 준비에 들어가게 되는데, 진과 오의 전쟁은 진 나라의 승리로 막을 내린다.

언뜻 보아서는 장난처럼 전쟁이 번지는 것 같아 어리둥절한 감이 없지 않지만 전쟁의 역사란 이처럼 어처구니없이 벌어지는 것이기도 하다. 하여간 이것은 주변 여러 나라의 경쟁과 갈등을 교묘히 이용한 경우이니 남의 힘을 빌어 위협을 제거한 셈이다. 결과적으로 제는 혼란에 빠지고, 오는 격파 당하고, 진은 강하게 되었으며, 노 나라는 주위 세력의 재편을 통하여 목적한대로 국가의 안전을 도모할 수 있었다.

36계 중 3계인 '차도살인(借刀殺人: 남의 칼로 목적을 달성하라)'이란 남의 힘을 빌어 힘을 소모시켜 적을 물리치고 자기를 보존하거나 목적을 달성하는 계책이다. 역사적으로 이러한 계책에 의하여 국가의 존망과 안위가 결정된 예는 무수히 많다. 정치적으로나 군사적으로 빈번히 사용되고, 방법도 다양하다.

살인이 목적이라면 칼을 빌리는 것은 방법이다. 칼은 갖가지 형태로 나타난다. 상대의 총체적인 역량일 수도 있고, 재물일 수도 있으며, 상호간에 갈등을 부추겨 증폭시키는 것일 수도 있다.

삼국지연의는 '차도살인' 의 교과서이다.

왕윤이 여포의 힘을 빌어 동탁을 살해한 것, 유비가 조조의 손을 빌어 여포를 없앤 것, 제갈량이 손권의 군사력을 빌어 적벽에서 조조의 침공을 막은 것 등 수없이 많다.

1936년, 소련은 스탈린의 '피의 숙청' 이 진행되고 있었다.

소련을 미래의 적국으로 간주한 히틀러는 소련군의 전력을 약화시키기 위한 공작에 들어갔다.

도하체프스키 등 고위 장성들이 자국의 정보를 독일에 판 가짜 증거품과 독일 장성들과의 왕래 서신을 위조하여 은밀하게 흘려보냈다. 거액의 돈을 받은 증거도 물론 있었다. 이를 믿은 소련 정보기관은 고위 장성 8명을 체포하여 심문하였고, 12시간 이내에 처형하고 말았다. 이것은 지휘 체계에 상당한 손실을 가져 왔고, 2차 대전 초기 소련군이 모스크바까지 밀리는 한 원인이 되기도 했던 것이다.

차도살인은 군사적인 계책에 국한되지 않는다.

정치에서 더 빈번히 쓰이는데, 가장 대표적인 예를 1970년대 초 국내 정치에서 살펴보자.

유신이 선포되기 1년 전.

오치성 내무장관에 대한 국회 불신임안이 가결되었다. 공화당 내의 일부 세력이 야당에 동조하여 이탈한 결과였다. 대통령이자 당총재인 박정희의 명을 어겼다 하여 당내 실력자이던 김성곤, 백남억, 길재호, 김진만 등 이른바 4인 방과 그 동조세력이 제명되고, 의원직을 상실하여 정계에 큰 회오리바람을 일으켰다. 이로써 4인 방 세력은 완전히 몰락했고, 당시 총리이던 김종필 계열도 타격을 입었다. 더욱 강해진 것은 박대통령의 권력이었다.

3선 개헌 뒤, 야당후보인 김대중과 대결하여 근소한 표 차로 집권한 박대통령의 권력 기반은 그 전보다 더 나아진 것이 없었다. 대선 과정에서 장기집권을 우려한 국민적 우려를 씻기 위해 다시는 출마하지 않는다고 공약하지 않을 수 없었으므로 시한부 권력에 지나지 않았다. 김종필이 총리로서 차기를 노리는 강력한 도전자로 도사리고 있었고, 4인 방으로 지칭되는 당내 중진들은 이원집정제 개헌을 구상하며 퇴임 이후를 노리고 있었다. 이 모두는 향후 유신으로 이어지는 박정희의 구상에 걸림돌이 되는 행위였다. 이들의 세력을 없애거나 약화시킬 필요가 있었다.

그런데 두 세력은 불편한 관계에 있었다.

김 총리는 과거 그들에게 심한 견제를 받아 왔으므로 싫어했다. 4인 방과 김 총리의 충돌은 오치성 내무부장관의 지방공무원 인사에 발단이 되었다. 장기간에 걸쳐 광범위하게 심어 놓은 4인방 계열의 행정조직을 와해시키겠다는 의도가 도사리고 있었던 것이다.

이에 격노한 4인 방은 때마침 치안 부재를 명분으로 내건 야당의 인책공세에 일부가 동조하기에 이른다. 박 대통령은 부결시킬 것을 엄명했다. 그러면서도 그들의 이탈을 소극적으로 막는 듯한 애매모호한 태도를 취한 흔적이 있다.

그에게는 두 개의 패가 쥐어져 있었다.

자신의 명대로 이탈표 없이 부결되면 권위를 유지해서 나쁠 것 없고, 만일 부결되면 부결되는 대로 처방이 있었던 것이다. 어쩌면 후자를 노렸는지도 모른다.

김 총리를 통해 4인 방의 동조세력을 제거하였으니 이제 4인 방의 저항이라는 칼을 빌어 김 총리 세력에게 타격을 주고, 또 항명이라는 칼을 빼든 4인 방의 칼을 빌어 그들을 벨 수 있었기 때문이다. 서로가 상대를 베도록 내버려두면 자신은 손끝 하나 까딱하지 않고도 두 세력을 제압할 수 있지 않는가. 결국 대통령 박정희는 주변 여건을 십분 이용하여 위협이 되는 두 세력의 기를 꺾어 놓아 유신이라는 장기집권의 숨은 목표를 향해 나아갈 수 있었던 것이다.

1997년 대통령 선거전에도 이 계가 활용되었다.

그 해 중반까지 DJ로서는 매우 힘든 싸움을 벌여야했다. 두 아들의 병력 시비가 생긴 이후 이회창의 지지율이 그 전보다 현저히 낮아졌다고는 하지만 아직 우위를 지키고 있었다. 그 반면 DJ로서는 독자적으로 표를 모을 수 있는데는 한계점에 이르렀기 때문이다. 부동표가 그만큼 많았는데, 그것이 어디로 몰릴지 아무도 장담할 수 없었다.

내 표를 늘리는 것이 최선의 선거 전략이지만 그렇지 않을 바에는 상대의 표를 갉아먹거나 더 이상 느는 것을 막을 전략을 구사하는 것이 상식이다. 독자적으로 더 이상 표를 늘리기 어렵기 때문에 이 일은 다른 사람이 해줘야 한다. 남의 칼을 써먹어야 하는데, 그것이 JP와의 연합이요, 이인제의 경선 불복에 의한 출마이다. 전자는 적극적으로 추진되었고, 후자는 간접적인 방식으로 정국을 이끌어간 결과였다.

JP와의 연합은 충청권의 표를 늘리는데 공헌하였고, 이인제의 출마는 부동표 특히 이회창에게로 갈 영남 표를 흡수해 오는데 요긴하게 쓰였다. 이인제가 출마하자 이회창보다 지지율이 높아지기 시작했고, 그 우위는 끝까지 지켜졌다. 결과적으로 이인제가 5백만 표를 얻어줌으로써 그는 DJ를 위해, DJ의 당선과 이회창을 패배시키기 위해 칼을 빌려준 셈이었다.

이 계책을 다른 측면에서 한번 생각해 보자.

핵심은 주변의 여건을 잘 활용하여 나에게 유리한 방향으로 돌리는 데 있다. 남의 힘을 빈다고 하여 반드시 상대의 패배와 몰락을 전제로 생각할 필요는 없다. 더 바람직한 선택은 서로 돕는 길을 찾는 것이다.

남을 철저히 이용만 하려 해서는 안 된다.

상대에게도 도움이 되는 것을 찾아내어 줄 수 있는 지혜와 아량이 있어야 한다. 이를 두고 흔히 '적과의 동침'이라고 하지만 서

34

로 이익을 주고받는다는 의미에서 차도살인인 것이다.

제조업과 유통업이 결합한 예는 아주 흔하다.

하루는 토마토 주스가 먹고 싶어서 '동원F&B(http://dw.co.kr/)
라는 알 만한 회사에서 나오는 '상쾌한 아침'이라는 제품을 하나
샀다. 다 마신 뒤 페트병을 버리려다가 우연히 눈길이 가서 재미있
는 것을 보게 되었다. 브랜드는 분명히 '동원'이지만 그 회사에서
만든 게 아니었다. 경북 예천의 우일 음료, 경기 평택의 한미, 충북
충주의 금강B&F 이라는 세 식품 제조회사 중 한 군데서 만든 것이
었다. 정작 내가 먹은 제품은 분명히 국내 제품이기는 하지만 어느
고장의 토마토인지 알 수가 없는 제품이었다.

이러한 예는 각종 제품에서 수없이 많으리라 생각한다.

그러면 이것을 어떻게 받아들여야 하나? 동원이라는 브랜드를
보고 사 먹었는데, 막상 제조사는 그곳이 아니니 속았다고 해야
할 것인가? 아마 이름난 브랜드가 책임진다는 뜻이리라.

대기업이라고 곳곳에 공장을 두면서 생산할 수도 없고, 그렇게
한다면 코스트가 높아서 내가 산 값으로는 공급할 수 없는지도
모르고, 중소기업은 활로가 없어져 버린다. 서로가 이익을 빌리는
것이 바로 차도살인이다.

삼성전자와 LG전자는 가전 업계의 영원한 맞수이면서도 '적과
의 동침'을 두려워하지 않는다. 서로 상대방 제품에 자사 브랜드
를 붙여 파는 '상호 OEM(주문자 상표 부착방식)'을 시작하여 쏠쏠

한 재미를 보고 있다는 것이다.

LG전자가 삼성전자로부터 디지털 캠코더를 납품 받는가 하면 삼성전자는 LG전자로부터 식기세척기와 가스오븐레인지를 납품받아 판매한다고 한다. 2001년도부터 시작하여 생각 외로 판매가 잘 되고 고객의 반응도 좋아서 제품의 판매 모델을 늘리는 한편 세탁기 등 좀 더 큰 제품으로 확대하는 방안을 찾고있다는 것이다.

라이벌 기업끼리 처음에는 이런 협력이 서먹서먹하기도 했을 것이다. 그러나 이처럼 남의 칼을 제 칼처럼 쓰면서 목적을 달성하는 것이 윈윈 게임이라는 것을 알고부터는 양 사의 분위기가 달라졌다는 것이다.

삼성생명과 교보생명이 공동으로 만든 A&D신용정보회사도 적절한 예이다.

생명보험업계에서 1,2위를 다투는 두 회사는 채권관리 조직을 떼어내 연체 및 부실 채권의 관리 업무를 맡기기로 한 것이다. 서로 상대 회사의 힘을 빌어 금융업계의 최대의 골칫거리를 분담하게 된 것이다. 1998년 말, 부동산신탁 전문회사인 '생보부동산신탁'을 공동으로 세운 것도 같은 맥락이다.

미국에 코비신트(http://covisint.com/)라는 온라인 기업이 있다.

제네럴모터스, 포드, 다임러크라이슬러 등 이른바 빅3를 포함한 자동차 제조업체들이 세운 합작회사이다. 이 회사는 자재의 공동 구입과 재고 관리를 맡고있는데, 각 회사는 자재비를 매출액의

7%까지 절감할 수 있었다고 한다. 자동차 판매에서는 때와 장소를 가리지 않고 혈투를 벌리지만 이처럼 상호 이익이 되는 것은 적과 동지를 가리지 않는다. 프랑스의 르노 및 푸조시트로앵, 일본의 닛산자동차도 코비신트에 참여할 예정이라고 하니 서로 칼을 빌리고 빌려주는 것은 전혀 새로운 일이 아니다.

기업제휴, 기업연합, 국제공조, 집단안보니 하는 것도 마찬가지다.
서로가 가지고있는 힘을 빌려주고 받아 공동의 목표를 달성하는 데 있다. 칼을 빈 것은 상대사가 보유한 기술이나 상품이요, 목표는 이익의 확대다.
이 계책의 초보적인 목표는 자아의 생존에 있지만 우리가 항시 추구해야 할 것은 상호 공존이요 이익의 공유이다. 이것만이 타인과의 소모적인 분쟁을 막고 영구한 평화와 이익을 확보하는 길이다.

순자는 '권학'에서 그 이점을 이렇게 설명한다.
"나는 하루 종일 생각하였으나 잠시 동안 남에게 배우는 것만 못하였으며, 발돋움하여 바라보았으나 높은 데 올라 두루 살펴보는 것만 못하였다. 높은 데 올라서서 사람을 부르면 팔이 더 길어지지 않지만 보는 것은 더 멀리서 보며, 바람결을 따라 소리를 지르면 목소리가 더 크지 않지만 듣는 것은 더 또렷하다. 말과 수레를 사용하면 다리를 혹사하지 않아도 천리를 가며, 배와 노를 사용하면 헤엄을 잘 치지 못해도 강과 바다를 건넌다."

4 자신있을 때 승부를 걸어라

상대를 지치게 하여
주도권을 쥐어라

1970년대 아프리카 자이레의 킨샤샤에서는 세기의 대결이 벌어졌다. 프로복싱 헤비급 세계 챔피언 전 링에 오른 것은 무하마드 알리와 죠지 포먼. 복싱팬의 기억에도 생생한 그 한판에서 물론 알리가 이겼다. 8회 KO승. 그것은 아무도 예측하지 못한 결과였다.

도박사들은 거의가 포먼에게 돈을 건 상태였다. 그 당시 무려 KO 40승에 가까운 철권을 휘두르고 있었으나 알리는 한때 링을 떠난 적이 있고 나이도 많아 한물 간 복서로 치부되었던 것이다.

알리를 승리로 이끈 전략은 36계 중 4계인 이일대로(以逸待勞: 쉬면서 상대를 지치게 하라)였다.

그는 아웃복싱에 능했지만 체력 소모가 심하다고 하여 피했다. '나비처럼 날아서 벌처럼 쏜다'는 자신의 명언을 잊은 듯 주로 로프에 기대어 철저한 안면 커버와 페인트 모션으로 상대의 공격을 피해 나갔다. 반면 포먼은 처음부터 주먹을 마구 휘두르며 무차별

돌진해 들어갔다. 많은 주먹을 뻗었으나 대부분 알리의 커버에 걸려 충격을 주지 못했고 시간이 흐를수록 피로만 쌓여 갔다.

후반 들어 그는 자신이 휘둘러댄 주먹 때문에 지쳐 있었다. 그러나 알리는 로프에 기대어 힘을 비축하고 있었으므로 위력적인 주먹을 언제나 뻗을 수 있었다. 겉으로 보기에는 쉴 사이 없이 공격하는 포먼이 주도권을 잡고 있는 것처럼 보이지만 사실은 철저히 방어만 한 알리가 주도권을 쥐고 있었다.

알리에게 그 기회는 8회에 왔다.

운동 경기에서 해설자로부터 후반의 체력 열세를 우려하는 말을 흔히 듣는다. 복싱은 물론 축구나 농구 배구 등 체력이 바탕이 되어야 하는 경기일수록 더욱 강조된다. 특히 주력이 좋은 서양인과의 경기에서는 체력의 안배가 작전의 핵심이 되는 경우가 많다. 체력을 일찍 소모하여 상대팀에게 공격의 주도권을 빼앗겨서는 안 된다는 이일대로의 계책에 의한 것이다.

위에서 예를 든 손빈과 방연의 전투는 상황을 보자. 이것은 군사 전략상 이일대로의 규범으로 꼽힌다.

전국시대, 위 나라 장수 방연이 한 나라를 공격하자 한은 제 나라에 구원을 요청했다. 제는 전기를 대장으로 삼고 손빈을 참모로 삼아 위의 수도 대량을 공격하였다. 이것이 이른바 제2계의 위위구조의 계책이었다.

수도를 공격당한 위의 대장 방연은 어쩔 수 없이 병력을 철수하여 급히 돌아오니 제 나라군대는 이미 위 나라 국내 깊숙이 들어가 있었다. 손빈이 전기에게 계책을 내놓았다.

"저들 위 나라 군대는 평소 사납고 용맹스러워 제 나라를 깔보아 겁쟁이라 부릅니다. 전쟁을 잘하는 군대는 주어진 형세를 십분 활용하여 자기에게 유리하도록 유도하는 것입니다."

위 나라 깊은 곳에서 방연의 군대를 맞이한 제 나라 군대로서는 적을 역이용하자는 것이다.

"병법에 '하루에 행군은 30리씩 해야 하는데 100리씩 하여 이득을 보려는 자는 대장이 거꾸러지고, 50리씩 하여 이익을 보려는 자는 군사가 반밖에 도착하지 못한다.' 라고 했습니다. 저들이 우리를 급히 추격하도록 합시다."

방연의 군대를 피해 달아나면서 첫날에는 10만 개의 취사장을 만들게 하더니 이튿날 행군한 뒤에는 5만 개의 취사장을 만들게 하고, 그 다음날에는 3만 개의 취사장을 만들게 하였다. 실제 군사의 숫자와는 상관없이 취사장에 걸린 솥의 숫자만을 보면 제 나라 군대는 매일 절반씩 줄어들고 있었던 것이다.

취사장이 이처럼 줄어들었다는 보고를 받은 방연이 행군한 지 3일만에 이를 보고,

"나는 제 나라 군사가 겁쟁이라는 것을 확실히 알았다. 우리가 돌아온다는 말을 들은 지 3일만에 군졸이 절반 이상 도망갔다."

하고 크게 기뻐했다. 방연은 행군이 느린 보병은 모두 버리고 날쌘 기병만 뽑아 이틀 동안 가야할 거리를 하루만에 추격하기 시

작했다. 며칠의 간격을 두고 두 나라 군대의 쫓고 쫓기는 추격전이 전개되었고, 간격은 급속히 좁혀졌다.

저녁 무렵, 방연의 군대가 도착하리라 예상되는 마릉이라는 곳에 손빈은 매복을 하고 기다렸다. 길이 좁고 좌우로 험준한 장애물이 많아 군대를 잠복시키기에 좋은 곳이기도 하지만 그 전투에서의 승패는 '이일대로'라는 계책에 있었던 것이다. 손빈의 군대는 정상적으로 행군하여 적을 느긋하게 기다리고 있는 반면 방연의 군대는 무리하게 며칠을 달려왔으므로 지칠 대로 지쳐있었다.

마릉은 길 한복판에 큰 나무를 깎아 흰 칠을 한 뒤, 커다란 글씨로 다음과 같이 썼다.

"방연은 이 나무 아래서 죽으리라!"

이어 활 잘 쏘는 궁노수 1만 명을 길가에 잠복시켜 날이 저물어 불이 보이거든 일제히 발사하라고 명령했다. 밤이 되자 과연 방연이 숨을 헐떡거리며 세워 놓은 나무 아래에 이르렀다. 길 한가운데에 세워진 흰 나무에 무엇이 쓰여 있는 것을 보고는 이상하게 여긴 나머지 불을 켜 비추어 보자, 방연이 다 읽기도 전에 1만 명의 궁노수가 일제히 불을 향해 활을 쏘니 위 나라 군사는 큰 혼란에 빠지고 말았다. 방연은 싸움에 패하고 살아날 길마저 없음을 깨닫자 자신의 목을 찔러 자결하면서 이렇게 외쳤다고 한다.

"결국 저 녀석이 명성을 얻게 되었구나."

이상은 〈사기, 손자오자열전〉에 나오는 이야기이다.

조 나라 북쪽 변방을 지킨 이목의 예화도 비슷한 시기의 이야기다.

안문관에 주둔하여 흉노의 침입에 대비하고 있었는데, 상인으로부터 세를 징수하여 날마다 소를 잡아 군사들에게 먹이고 말타기와 활쏘기만을 시켰다. 적의 동태가 의심스럽다 하여 함부로 봉화를 놓지 말도록 군사를 단속했다.

"흉노가 침입하여 노략질하더라도 방목한 가축을 급히 거두어 성으로 철수하고, 절대 사로잡는 일이 없도록 하라. 그렇지 않으면 목을 베리라."

군사와 가축을 보호할 뿐 도무지 싸우려 하지 않았다.

이처럼 지내기를 3년. 흉노는 조 나라 군대가 겁이 나서 나오지 않는다고 생각했다. 그런가 하면 변방의 군사들은 날마다 훈련만 하고 소만 잡아서 먹게 되니 온몸이 쑤셔서 죽을 지경이었다. 한바탕 싸워야 공도 세우고 상도 타서 고향으로 돌아갈 게 아닌가.

그러던 어느 날.

잘 훈련된 군사와 정비된 무기를 갖춘 뒤 가축을 풀어놓고 백성들을 들에 내보냈다. 이를 본 흉노가 작은 부대로 쳐들어오자 거짓으로 지는 체하고 후퇴시키니 흉노의 임금 선우가 이 보고를 듣고 대부대를 이끌고 본격적으로 쳐들어 왔다. 이목은 이들을 유인하여 크게 무찔러 10만 기병을 전멸시키고 동호까지 격파하였다. 이목에게 형편없이 패한 선우는 목숨만 간신히 건진 채 도망하여 그후 10여 년 동안 감히 변방을 넘보지 못했다고 한다.

42

러·일 전쟁은 현대전의 예이다.

연전연패한 러시아는 그 간의 열세를 일거에 만회하기 위하여 본국의 함대를 총동원해서 동해로 진격했다. 1905년 5월 27일. 러시아 연합함대는 쓰시마해협에서 일본의 도고 대장이 이끄는 연합함대에 전멸 당했다. 일본이 '닛뽕가이해전' 이라 부르는 해전이다.

이 해전의 승패는 일본 함대가 적진에서 돌연 90도 방향으로 선수를 돌려 러시아 함대를 T자형으로 제압, 집중포화를 퍼부은 도고 대장의 새 전법의 위력에 있었다고 하지만 근본적으로는 러시아 함대가 피로에 지친 대신 일본 함대는 편안한 가운데 전력을 비축할 수 있었던 데 있다.

러시아 함대는 일본 함대에 비해 함정수가 훨씬 많았으나 신·구식 함대의 혼성부대였고 장거리 항해로 말미암아 상하가 모두 지친 상태였다. 1904년 10월 본국에서 출항하여 약 3만 5천km의 먼바다를, 그것도 두 번이나 적도를 넘나드는 고된 항해 끝에 해를 넘겨 7개월만에 가까스로 동해 입구로 진출했으니 위풍당당한 외양과는 달리 얼마나 지친 상태였는지 짐작할 수 있을 것이다.

이와는 대조적으로 일본 함대는 이 해 1월 1일 노기(乃木)의 제3군이 혈투 끝에 여순 요새를 함락시켰기 때문에 여순항 봉쇄라는 무거운 짐에서 해방되어 홀가분한 기분으로 전 함대를 한반도 남부에 집결, 밤낮으로 훈련과 정비에 힘쓴 나머지 문자 그대로 만반의 태세를 갖춘 상태였다. 이처럼 조건이 현격한 군대의 전쟁은 전쟁 이전에 이미 승패가 결정되어 있었던 것이다.

그런데 오해해서는 안될 것은 이일대로의 계책을 쓴다고 하여 결코 수세적이고 방어로만 일관해서는 안 된다는 것이다. 독일의 전쟁이론가인 전쟁론의 저자 크라우제비츠(1780~1831년) 같은 사람은,

"방어는 공격보다 더 견실한 전투방식이다."

라고 했지만 방어만 해서 싸움에 이긴 경우는 없다. 다만 섣부른 공격보다는 방어하는 쪽이 편하고 안전하다는 뜻이다.

바둑에서 흔히 물불 가리지 않고 맹렬히 공격하다가 무리수를 연발하여 상대에게 역습을 당해 국면을 그르치는 경우가 많다. '아생연후(我生然後: 내가 먼저 살고)에 살타(殺他: 상대를 죽여라)'라는 기훈이 있듯이 공격하기 이전에 자신의 안전과 거점을 확보하라는 것이다. 그렇다고 하여 상대의 공세에 소극적으로 대응하여 수세로 일관한다면 실리와 세력 양편이 위축되어 대세를 잃게 됨은 당연한 이치다.

공격이 최선의 방어라는 말도 있듯이 외면상으로는 수세인 듯하면서도 공격적이어야 한다. 상대에게 장거리 행군을 하도록 하여 나의 근거지로 끌어들이거나 실익 없는 공격을 하도록 하거나 불필요한 행동을 하도록 하거나 물자를 낭비하고 시간을 소비하게 하는 등 상대의 전력을 감소시키는데 주안점을 두어야 한다. 방연의 군대처럼 맹렬한 기세로 진격해 온다든가 죠지 포먼처럼

마구 주먹을 휘두른다든가 러시아 함대처럼 7개월의 원정에 오르는 것은 일견 싸움의 주도권이 그들에게 있는 것 같지만 사실은 상대편에 있었으니 유인술에 말려들었을 뿐이다.

상대를 지치게 할 수만 있다면 어떤 싸움에서도 이길 수 있다.

전투가 아니라 협상도 마찬가지이다.

1972년 프랑스 파리에서 미국과 월맹이 정전협상을 할 때의 일화다. 월맹은 이리저리 핑계를 대며 협상을 기피했다. 그러다가 미국 대통령 선거가 임박해서야 협상에 응하겠다고 파리에 나타났다. 미국 대표단은 파리 중심부에 있는 리츠호텔에 묵으면서 일주일 단위로 방 값을 치렀다. 반면 월맹 대표단은 파리 외곽에 있는 단독주택 하나를 빌렸는데, 2년 반 동안 쓰기로 하고 협상에 임했다.

이 소문을 들은 미국 측은 질리지 않을 수 없었고, 시간이라는 싸움에서 이미 지쳐있었다. 이처럼 주도권을 빼앗기고 난 이후의 협상은 결국 엄청난 우세에도 불구하고 2년 뒤에는 사이공 함락이라는 월남의 패망으로 이어졌다.

시간을 느긋하게 잡고 협상하는 것은 중국인을 당할 사람이 없다고 한다. 중국에 투자하기 위해 합작 상대와 협상을 하다가 그들의 만만디에 지쳐 돌아온 다음 그쪽 사람을 초청하게 되는데 이때 주의할 것은 상대로 하여금 절대 느긋한 시간을 주지 말라는 것이다.

그들을 초청할 경우 왕복 항공료를 이쪽에서 부담하는 대신 숙박비는 그들이 부담하도록 해야 오래 끌지 않는다는 것이다. 그들도 비싼 호텔 비용을 물어가며 한없이 늑장을 부릴 수 없으니까 말이다.

주도권이란 바둑에서의 선수와 같은 것이다.

고급 바둑일수록 착점 하나 하나가 선수를 확보하기 위한 치열한 싸움이라고 해도 과언이 아니다. 공격은 물론이거니와 자기의 집을 지켜도 선수로 지켜야 하고, 살아도 선수로 살아야 하며, 끝내기도 선수로 해야 하는 것이 바둑이다. 선수를 빼앗겨 상대가 요구하는 대로 놓지 않을래야 않을 수 없는 아픈 대목은 바둑을 두어 보지 않은 사람으로서는 상상도 하지 못할 것이다.

손자병법에 나오는 말이다.

"싸움을 잘 하는 자는 남을 다스리지 남에게 다스림을 받지 않는다."

적의 위기는 나의 기회

춘추전국시대.

송(宋) 나라와 초(楚) 나라가 홍수(泓水)에서 대회전을 치른 적이 있었다. 송 나라는 은(殷) 나라의 옛 땅에 세워진 제후국으로서 당시만 하더라도 황무지나 다름없던 초 나라에 대해 문화적인 자부심이 대단했다.

송의 양공(襄公)은 '인의(仁義)'라는 글자를 깃발에 크게 써서 내걸고 초군이 홍수를 건너는 모습을 내려다보고 있었다. 부하 장수들이,

"지금 적이 강을 건너오면서 몹시 혼란스러우니 놓치지 말고 쳐야 합니다."

라고 건의했다. 고금을 막론하고 도하 상륙작전에서 상대가 반쯤 강을 건너거나 상륙했을 때 치는 것이 상식인데, 양공은 고개를 저었다.

"우리는 당당한 인의의 군대다. 적이 지금 한창 강을 건너고 있는데 그 틈을 노려 칠 수야 없지 않는가?"

초군이 강을 다 건너 전열을 정비하려 하자 부하 장수들이 공격하기를 거듭 주장하자, 양공은 다시 고개를 저었다.

"군자란 대오를 갖추지 않은 군대를 쳐서는 안 된다."

적의 대오가 정비되자 이렇게 명령했다.

"초군과 전투를 하더라도 명심해야 할 것이 있다. 한 번 상처를 입힌 적을 재차 공격하여 죽이지 말 것이며, 머리가 흰 늙은 군사는 포로로 잡지 말아야 한다. 왜냐하면 우리 송 나라가 군자의 마음을 가지고 있다는 것을 보여주고, 우리 송군이 인의의 군대임을 천하에 알려야 하기 때문이다."

이 싸움의 승자는 누구인지 이미 짐작했을 것이다. 이후부터 돼먹지 않은 인의 도덕을 실천하려는 것을 '송양지인(宋襄之仁)'이라고 한다.

이것은 아마 세계 전쟁 역사상 유일한 예일 것이다.

36계 중 5계인 진화타겁(趁火打劫)인 이 계책의 본래 뜻은 불난 집에 침입하여 물건을 빼앗아 온다는 것이다. 남의 불행이나 위기 상황을 이용하여 전과를 거두는 것이다.

일상생활에서 이런 짓은 얼마나 비겁하고 부도덕한가?

우리 법률에도 화재나 홍수 등 천재지변에 의한 혼란을 틈탄 강도나 절도는 다른 경우보다 더 엄하게 처벌한다. 이들 범죄에 대한 중벌은 당연하다. 적어도 타인의 불행과 위기를 빌미로 자신의 이득을 취하려는 것은 용서할 수 없는 범죄이고, 비신사적이고 부도덕하다.

그러나 국가간의 전쟁에서도 이런 도덕적인 가치가 존재할 수 있는가?

전쟁은 그만두고라도 국제 무역에서도 통용되지 않는다. 가령 어느 나라에서 극심한 흉년이 들었다면 타국의 불행이 나의 행복이라는 표현이 어울릴 정도로 곡물 수출국은 좋아할 것이다. 식량 일부를 외국으로부터 수입해야 하는데, 국제 곡물메이저들이 그 나라의 불행을 안타깝게 여겨 값을 깎아 주는가? 진화타겁. 이를 기회 삼아 한 푼이라도 더 받으려하는 것이 현실이다.

해외시장으로 나가는 우리의 상품도 예외는 아닐 것이다.

상대가 위기에 처하면 처할수록 이를 이용해 한 푼이라도 더 받으려는 것이 무역의 생리이다. 어느 나라가 천재지변이나 전쟁으로 인해 매우 피폐해졌다면 원조를 해 주는 것은 주는 것이고 좋은 조건의 차관을 주는 것은 주는 것이지 상대가 가련하다 하여 상품의 값을 턱없이 깎아주는 예는 없다. 과거 사회주의 국가 사이에는 프렌드십 프라이스라 하여 특히 무기나 군사장비에는 국제가격 이하로 파는 경우가 있긴 했지만 그것은 정치 군사적인 문제가 고려되었을 뿐이고, 이 또한 현재에는 거의 존재하지 않는다.

전쟁은 더욱 가혹하다.

적대국의 위기상황을 이용하지 않는 것은 승리를 포기한 것이나 다름없다. 평온한 나라도 공작이나 정치적인 압력을 가해 위기에 빠뜨린 다음 침공하는 것이 상례다. 상대국에 내부적인 분열이 있고, 전쟁 준비가 되지 않은 상태를 놓치지 않고 공격하는 것이 당연한 것으로 여긴다.

19세기 말.

서구열강의 아시아 침략도 진화타겁의 책략 그것이다. 그들은 약소국의 내우외환을 철저히 이용하였다. 우선 조선만 하더라도 낙후된 산업과 부정부패, 국론의 분열이 바로 내우였고, 국제 정세의 무지와 서구열강의 강한 화포에 대항할 수 없는 군사력이 외환이었다. 중국의 아편전쟁, 중일전쟁, 만주사변 같은 것도 마찬가지다.

앞에서도 예를 들었지만 진화타겁의 계책이 한 개인으로서는 적절하지 않은 경우가 많다. 불난 집에 들어가 노략질한다는 것은 그야말로 도둑 강도의 짓이요, 남이 싸울 의사나 준비가 전혀 갖추어진 상태가 아닌데 공격한다는 것은 비겁하고 비신사적이요, 경우에 따라서는 엄중한 법의 문책이 따른다.

송 나라 때 양공처럼 산다는 것도 어렵지만 개인 생활에서는 가능한 한 노력은 보여야 한다. 가령 누구와 치고 박고 싸우는 일이 있더라도 전혀 무방비상태에 있는 상대를 기습 공격하여 중상을 입힌다든가 멀쩡한 사람이 장애자를 공격한다는 것은 있을 수 없는 일이다. 과거 김두한을 마지막으로 하여 주먹들의 세계에도 격투는 서로 합의하여 하고 절대 흉기를 숨기지 않는 미덕이 있었지만 요즈음은 그런 것도 사라진 것 같다. 서양은 19세기초까지만 하더라도 상대가 걸어오는 결투를 이유 없이 회피하지 않고, 절차에 따라 정정당당하게 치르는 것을 신사의 미덕으로 여겼으니 만약 비겁하게 상대를 쓰러뜨리려 하다가는 입회인으로부터 죽음을 당하는 것은 물론 씻을 수 없는 불명예도 감수해야 했다.

개인은 그렇다 치더라도 국제사회에서는 이러한 미덕이 허락되지 않는다. 한 국가가 국제사회에서 신의나 도덕성을 결코 상실해서는 안되겠지만 송의 양공처럼 지나치게 이것만을 따지다가 낙오하거나 패배하는 비운을 겪어서는 절대 안 된다.

전쟁에서의 도덕성이라는 것도 따지고 보면 강자의 도덕률일 뿐이다. 타국과의 교전에 있어서 선전포고를 언제 어떻게 여하히 정당하게 했느냐가 문제가 되는 것이 아니라 국제사회에서 고립되지 않으면서 이기는 것이 중요하다. 명분 있는 전쟁과 보다 든든하고 많은 우방을 확보하면서 적의 우위에 서는 그런 전쟁이어야 한다.

6 멀리서부터 포위하라

선영아 사랑해

4.13 총선을 약 20일 앞둔 3월 하순.

서울 시내 및 외곽 지역 곳곳에 출처를 알 수 없는 현수막과 벽보가 나돌아 여러 사람의 흥미를 자극했다. 그리고 선거관리위원회에서는 한바탕 소동이 벌어졌다.

"선영아 사랑해."

흰 바탕에 검은 글씨로 쓴 이 여섯 글자는 젊은 사람들이 많이 다니는 종로 일대와 서초구 강남역 네거리, 연대, 이대 앞 등 20여 곳에 일제히 나붙었던 것이다. 2,3일 전부터는 지하철 2호선 등 일부 역구내와 지하철 차량 외벽에도 같은 문구의 광고가 나붙었다.

대부분의 사람들은 사랑에 미친 어떤 젊은 사내가 치기로 벽보 수십 장을 찍어 한번 걸어보는 것이라 여기며, 아직도 세상에는 저런 풋내 나는 짓을 하는 사내가 있다고 생각했던 것이다. 그러면서 그 사내가 어떤 사람인지, 그토록 사랑한다는 선영이라는 여자는 또 어떻게 생겼는지 상상하기에 바빴다.

그와는 달리 서울시 선관위 등은 선거를 앞두고 특정 후보를 홍보하기 위한 광고일 가능성이 크다며 조사에 착수했다. 특히 선영이란 이름을 가진 후보 가운데 어떤 사람은 '누군가 우리를 음해하기 위해 이와 같은 행동을 저지르고 있다'며 수사를 요청하기도 했다고 한다. 이 사연이 매스컴으로 알려지면서 마이클럽(http://www.miclub.com/) 광고는 백 이십 분 성공을 거두었다. 이처럼 인터넷 사이트를 광고하기 위해 쓴 수법은 지극히 고전적이고 원시적이었으니 전혀 반대 방향으로 치고 나선 수법이야말로 36계 중 6계인 성동격서(聲東擊西: 동쪽으로 소리치고 서쪽을 쳐라)의 전형이다.

병법에 이런 말이 있다.

"동쪽을 도모하고 싶으면 서쪽을 치는 체하고, 서쪽을 도모하고 싶으면 동쪽을 치는 체하라. 진격하고 싶으면 물러나는 체하고, 물러가고 싶으면 진격하는 체하라."

덧붙여 말하자면, 강하거든 약하게 보이고 약하거든 강하게 보여라. 어떤 목표물을 탈취할 듯하면서 탈취하지 않고 탈취하지 않을 듯하면서 탈취하라. 반드시 그러하리라 여기게 하면서 그렇지 않고 그렇지 않게 여기게 하면서 그렇도록 하라. 한마디로 적에게 나의 의중을 내보이지 말라는 것이다.

이 계는 바둑에서 가장 많이 활용된다.

상대의 철벽같은 외세를 지우기 위해서 반대편에 있는 상대의 말을 공격하거나 멀리서부터 포위하기 위하여 외세를 쌓는 수법 등 이루 말할 수 없이 많다.

이 계의 특색은 적을 혼란에 빠뜨리는 데 있다. 그렇지 못하면 도리어 화를 당한다. 서쪽에 마음을 두고 동쪽을 공격하는 체하자면 병력의 일부라도 돌려야 하는데 아무래도 전력이 분산되기 마련이다. 적이 다행히 속는다면 성공하지만 그렇지 않으면 전력이 분산된 상태에서 싸워야 하는 어려움도 감내해야 한다. 경우에 따라서는 비록 작은 병력이라고 하지만 동쪽으로 돌린 아군을 모조리 잃는 쓰라림을 맛보지 않는다는 보장도 없다.

이는 마치 축구경기에서 공격수를 중앙과 좌우에 배치하는 포지션에서 좌측으로 맹렬히 공격하다가 골을 갑자기 우측으로 보내어 문전으로 쇄도하는 작전이 맞아떨어지면 좋지만 그렇지 않을 경우 볼과 전력의 이동으로 인하여 공격권을 빼앗기는 수가 왕왕 생기는 것과 같은 것이다. 그래서 이 계는 어디까지나 상대의 예봉을 흩뜨리는 정도로 만족하고 작전을 구사해야 한다.

다음의 이야기도 교묘한 화술로 상대방을 설득한 성동격서의 한 예이다.

제 경공(齊景公)이 아끼는 말을 말먹이꾼에게 맡겨 기르게 하였더니 말이 갑자기 죽고 말았다. 노한 경공이 주위 신하에게 명하여 죽이라고 하였다. 형리가 칼을 들고 달려들자 곁에 있던 안자(晏子)가 잠시 멈추게 한 후 물었다.

"임금께서는 이 사람을 왜 죽이려 합니까?"

"죄를 지었소."

"이런 어리석은 자는 제 죄가 무엇인지도 모르는 듯합니다. 죽이더라도 지은 죄나 알려 주고 죽이는 게 어떻겠습니까?"

"좋소."

"말먹이꾼, 너의 죄는 세 가지다. 임금께서 말을 잘 먹여 기르라고 주셨는데 죽였으니 마땅히 죽어야 할 첫째 이유다. 또 임금께서 가장 아끼는 말을 죽였으니 마땅히 죽어야 할 둘째 이유다. 임금으로 하여금 한 마리 말 때문에 사람을 죽이도록 했으니 백성들이 듣고 분명히 우리 임금을 원망할 것이요, 이웃 나라에서는 반드시 우리 나라를 업신여길 것이다. 너는 임금의 말을 죽였고, 백성들이 임금을 원망하게 했으며, 이웃 나라에 대해서는 군대가 약하다는 것을 보이게 했으니 너는 마땅히 죽어야 할 셋째 이유다. 너는 이제 벌을 받아라."

이에 제 경공이 후유 한숨을 쉬며 말했다.

"그 사람을 풀어 주시오. 나의 어진 마음을 상하게 하고 싶지는 않소."

7

실체를 보이지 마라

실체가 없으면서 있는 것처럼 보이는 것은 적을 속이면서 의아심을 갖게 하는 것이다. 속이는 것은 오래 못 가서 발각된다. 그러므로 실체가 없는 것은 영원히 없는 것이어서는 안 된다. 없는 것이 있는 것으로 변하는 것은 가짜가 진짜로 변하는 것이고, 허(虛)가 실(實)로 변하는 것이다. 가짜로는 적을 패퇴시킬 수 없고, 가짜를 진짜로 변화시켜야 적을 패퇴시킬 수 있다.

당 나라 안녹산의 난이 일어났을 때의 일이다.

안녹산의 부하로서 영호조라는 장수가 지금의 하남성 기현에 해당하는 옹구를 포위하였다. 성을 지키고 있던 장순은 풀로 1천 개의 허수아비를 만들어 검은 옷을 입힌 다음 끈으로 묶어 캄캄한 밤에 성 밑으로 내려보냈다. 영호조의 군사들은 성안에서 군대가 쏟아져 나오는 것으로 착각하여 화살을 마구 쏘아댔다. 이로써 장순의 군대는 힘들이지 않고 수십만 개의 화살을 얻을 수 있었다.

그 뒤 어느 날 밤.

장순은 진짜 군사를 내려보내 보았다. 이를 본 영호조의 군사들은 웃으며 전투 준비를 하지 않았다. 이에 장순은 5백 명의 결사대를 출동시켜 영호조의 진영을 깨뜨리고 군막을 불사르며 10여 리까지 추격하며 적군을 살육하였다. 신당서 장순 열전에 나오는 이야기이다.

허구를 날조하고 거짓을 참으로 꾸며라

노자(老子) 40장에,

"천하 만물은 유(有)에서 태어나고, 유는 무(無)에서 태어난다(天下萬物, 生於有, 有生於無)."

라는 형이상학적인 구절이 있는데, '無中生有' 는 '有生於無' 를 표현만 바꾼 말이다.

삼십육계의 계명이 상당수 그러하듯이 이것도 원래의 의미와는 뜻을 달리 한다.

노자에서는 사물의 생성을 소박한 변증론적 관점에서 표현한 것이라면 삼십육계에서는 허구를 날조하고 거짓을 참으로 가장하여 적을 착각에 빠뜨리는 것을 말한다.

위장술은 모든 군사 행동의 기본이다. 군복부터 살펴보자.

화포가 발달하기 이전에는 군복이 대체로 화려했다. 활과 창칼을 주무기로 하던 시대에는 근접전과 육박전이 기본 전투였으므로 가능하면 상대가 위압감을 느끼도록 디자인되었다. 영화에서 보는 로마 병사의 군복이나 중세 무사의 현란한 배색이 눈요깃감으로 충분한 것도 그런 이유에서이다. 그러다가 화포가 발달하면서부터는 상대에게 노출되는 것이 불리해지자 디자인이 단순해지고 색깔도 가능하면 자연 환경과 조화를 이루고 있다. 산악전이나 평야전을 주로 하는 군대의 군복은 초록과 청색의 중간색이며, 중동처럼 사막전을 주로 하는 군대의 군복은 카키색이라는 사실은 결코 우연이 아니다. 얼룩무늬 군복이 월남전에 참전하면서 유행했던 것도 참고할 만하다. 그 위에 포대 같은 군사 시설물에 위장망을 씌운 다음 풀과 나뭇가지를 꽂아 둔다든가 철모와 군복에 풀을 잔뜩 다는 것도 잘 알려진 위장술. 이것은 모두 무중생유의 반대의 반대 개념으로서, 있으면서도 없는 것처럼 보여 적의 표적에서 벗어나면서 효과적으로 공격하자는 것이다.

제2차 세계대전 당시.

노르망디 상륙작전을 앞둔 연합군의 기만전술은 그야말로 일품이었다. 유럽 대륙을 석권한 독일군에 대한 연합군의 반격은 영국이 주축이 될 수밖에 없었다. 작전의 첫 단추는 프랑스로 진격해 들어가는 상륙작전이었고, 그 지점은 영불해협을 사이에 둔 프랑스 칼레해안이 아니면 북부 노르망디해안이 될 것이라는 것은 군사 전략의 초보자라도 알 수 있는 노릇이었다.

문제는 과연 어느 지점으로 상륙하느냐는 것이었다.

독일군의 입장에서는 정확한 지점만 안다면 전체 예비대를 모두 그곳으로 전진 배치하여 상륙하는 연합군을 모조리 바다 속으로 밀어 넣을 수 있다고 보았다. 연합군 역시 결집된 방어력에서는 실패할 것이므로 독일군의 전력을 무슨 수를 써서라도 분산시켜야만 승산이 있었다.

이때부터 양 진영의 불을 뿜는 첩보전이 전개되었다. 연합군은 상륙지점을 속여야 했고, 독일군은 그 지점을 반드시 알아내야 했다. 연합군 측은 여러 종류의 기만전술을 펼쳐 나갔다. 먼저 패튼 장군을 3군사령관으로 임명했다. 그리고 사령부가 칼레해안과 접한 영국 켄트주에 있는 것처럼 라디오 시그널을 계속 보내고, 편성도 되지 않은 3군이 상륙준비를 하고 있는 것처럼 꾸몄다.

패튼 장군은 독일군을 시실리아에서 몰아낸 용장이었으므로 독일군이 가장 두려워하였고, 상륙작전이 벌어진다면 분명히 그가 선두에 서리라는 것을 예측했기 때문에 이를 역이용한 것이다. 5월 중순에는 몽고메리 사령부를 포츠머츠에서 런던 남부로 이동한 것처럼 가장했다. 이 모든 조치들은 칼레해안으로 상륙할 확률이 높다고 판단하도록 유도하기 위해서였다.

없는 것을 있는 것처럼 꾸미는 술책인데, 고무 병기를 이용하는 장면에서 절정을 이룬다. 상륙작전이 임박하다는 것을 감지한 독일군은 영국 동남부에 대한 정찰비행을 한층 강화했다. 그때마다 영국 공군이 출격했고, 고사포도 발사되었으나 한 대도 떨어뜨리지 못했다. 독일군은 영국 공군의 굼뜬 출격과 엉터리로 쏘아대는 고사포를 비웃으며 마음껏 항공 촬영을 했다.

영국군이 일부러 허술하게 대응했다는 사실을 알 까닭이 없는 독일 공군과 해군은 사진 판독 결과 다음과 같이 판단했다. 도버 항구에 집결된 상륙용 함정과 같은 배로서는 노르망디까지 가기에는 적합하지 않으므로 까레해안으로 상륙하는 것이 분명하다고 판단했다.

켄트벌판에 집결한 기갑사단은 더욱 가관이었다.

사진에는 엄청나게 많은 전차와 대포, 군용트럭이 촬영되어 있었다. 그러나 그 병기들은 모두 가짜였으니 고무로 만들어 공기를 집어넣는 모조품에 지나지 않았다. 샤먼전차는 풍선처럼 바람으로 조작되었고, 25파운드 대포는 바람을 뺀 뒤 접을 수 있었다. 이 가짜 무기들은 밤이면 트럭 위에 구겨져 다른 지역으로 실려 갔다. 수많은 가짜 글라이더를 집결시켜 놓고는 숲 속에 전쟁물자가 가득 들어 있는 것처럼 트럭들이 분주히 드나들었다.

없는 것을 있는 것처럼 꾸며 독일군의 판단 착오를 유도한 반면 상륙작전을 위한 진짜 발진기지와 전투 장비는 철저히 은폐, 위장하였다. 사막의 여우라 불린 롬멜마저도 처음에는 노르망디상륙을 강력히 주장하다가 끝내는 칼레로 헛짚게 되었고, D-데이를 임박해서는 아내의 생일을 축하하기 위해 전선을 이탈하는 뼈아픈 실책을 연출하기에 이르렀던 것이다.

이는 36계 중 7계인 무중생유(無中生有: 가짜를 진짜로, 진짜를 가짜로)의 전형적인 수법이었다.

8

바보처럼 보여야 할 때도 있다

암도진창(暗渡陳倉: 잔도를 수리하며 진창으로 진격하라)은 36계 중 8계로서, 적의 허(虛)를 찌르는 기묘한 계책은 자신이 정상적인 위치에 있을 때 나올 수 있다는 걸 말한다. 적으로 하여금 나의 행동과 의도하는 바가 정상적인 용병 원칙에서 나올 것이라 믿도록 해야 하기 때문이다.

한(漢) 고조(高祖)가 몰래 진창으로 건너올 수 있었던 것은 잔도(棧道)를 끊은 다음 다시 수리하는 체하면서 적의 주의를 분산시켰기 때문이다.

삼국시대 위 나라의 장군인 등애가 백수의 북쪽에 진을 치자 촉한의 장군인 강유(姜維)가 요화(廖化)를 파견하여 백수의 남쪽에서 등애의 진을 향해 진영을 세우게 하였다. 이를 본 등애가 여러 장군들에게 그 이유를 이렇게 설명하였다.

"강유가 갑자기 군대를 돌려 우리와 맞서는데 우리는 병력이 적다. 병법대로라면 강을 건너와야 하는데 다리를 놓지 않으니 이것은 강유가 요화로 하여금 우리를 잡아두어 퇴로를 끊으려 하는 것

61

이다. 강유는 틀림없이 동쪽으로 주력부대를 몰고 가 요성(지금의
감숙성 민현)을 습격할 것이다."

요성은 백수의 북쪽에 있으니 등애가 주둔한 곳과 60리 거리에
있었다. 등애는 곧 밤에 몰래 군대를 이동하여 좁은 길로 돌아 요
성에 들어가자 강유가 과연 강을 건너 요성으로 접근하였다. 그러
나 등애가 먼저 와 점령하고 있었으므로 성을 공략하지 못했다.
(삼국지, 위지, 등애열전 참고)

이것은 강유가 암도지창의 계책을 잘 사용하지 못한 것이고, 등
애는 강유의 성동격서(제6계)의 계책을 간파한 것이다.

항우와 유방의 싸움

먼저 암도진창에 얽힌 고사부터 설명해야 할 것이다.

진시황의 진 나라가 망한 뒤, 한 나라의 유방이 초 나라의 항우
과 천하를 다투다가 항우의 힘에 밀려 일시 한중(漢中)으로 들어
가게 되었다. 한중은 지금의 사천성 일대로서 중원과는 높은 산과
계곡으로 차단된 험준한 지역이다. 이곳은 예로부터 길이 없어서
잔도라는 사닥다리를 타고 왕래하였다.

한중으로 들어가면서 유방은 책사인 장양의 건의를 받아들여
바깥 세계와 통하는 유일한 통로인 잔도를 불살라버렸다. 한중의
입구에는 장감이라는 유력한 호걸이 버티고 있었는데 그의 침략

을 방지하는 동시에 항우에게는 중원으로 진출할 의사가 없음을 보이기 위한 것이었다. 그 곳에서 기회만 노리고 있었다.

서기 206년.

천하를 다투기 위한 결전의 날이 다가왔다. 유방은 우선 항우를 속이기 위해 대장 한신으로 하여금 잔도를 수리하는 체했다. 이것을 명수잔도(明修棧道)라고 한다. 그러면서 주력부대는 몰래 빼돌려 깊은 산길로 우회하여 진창으로 진격하였다. 잔도를 수리한 뒤 그 길로 오리라 여기고 있는 장감을 기습한 유방의 군대는 장감을 격파하고, 삼진(三秦) 지역을 평정하여 중원으로 진출할 수 있는 교두보를 확보하였던 것이다. 따라서 명수잔도(明修棧道: 들어내 놓고 잔도를 수리함)와 암도진창은 짝이 되는 말이기도 하다.

암도진창은 일종의 우회공격법인데, 그 양상은 양동작전의 성격을 띠고 있다. 명(明)과 암(暗)이 상징하는 것처럼 기(奇)와 정(正)을 교묘하게 배합하여 승리로 이끄는 계책이다. 기와 정은 고대 용병술의 기본이 되는 것으로서 정은 정상적인 정규전, 기는 기습 작전이나 기만작전을 말한다.

싸움에는 기와 정 어느 하나에만 의존하려고 해서는 안 된다.

정규전만으로 적을 물리치려 하면 너무 많은 힘을 소모하게 되고, 기만 기습전만을 일관되게 펴겠다는 것은 그 작전 자체가 상당한 모험을 요하는 것이므로 위태롭다. 정규전만 사용할 경우에는 적의 기만 기습전으로 곤경을 당할 것이며, 기만 기습전만 쓰고 정규전을 치를 능력이 없으면 적을 잠시 괴롭힐 수는 있어도 궁극적인 승리는 얻지 못한다.

손자병법에서는 '모름지기 싸움이란 정규전으로 적과 마주치고 기만 기습전으로 승리한다'고 하였다. 기정(奇正)의 변화는 무궁하기가 하늘과 땅과 같고 고갈되지 않기가 강물과 같다고 하였다.

음(音)을 예로 들면, 궁상각치우 5음이 기본이지만 이를 배합하면 무수히 많은 음이 나오고, 색깔도 흑백적청황 5색이지만 이를 배합하면 무수히 많은 색이 나오는 것과 같이 정과 기를 적절히 배합하여 변화의 묘를 꾀하면 무수히 많은 계책이 나온다는 것이다. 그러므로 싸움을 잘 하는 장수는 기정에 능할 뿐만 아니라 냉철히 적의 상황을 파악하는 힘이 있어야 그 상황에 합당한 작전을 구사할 수 있다. 원리를 활용하되 교본에 나온 방법대로는 성공할 수 없는 것이다.

한니발과 나폴레옹 두 영웅은 알프스산맥을 넘어 이탈리아를 침공한 사실은 같지만 성공할 수 있었던 두 사람의 작전이 달랐던 것은 상황이 달랐기 때문이다. 한니발의 작전을 나폴레옹이 그대로 사용했더라면 성공할 수 없었으리라는 것은 당연한 이치다.

바둑의 예를 들어보자.

기본 정석만 약 2백 가지가 되는데, 이들 정석을 숙지하되 개별적인 정석은 완전히 잊어버리라는 말이 있다. 정석이란 흑백 쌍방 간에 둘 수 있는 최선의 착점이 선택되어 하나의 수순으로 배치된 것이니 기리(碁理)에 배치되는 것이 없다. 그런데 상대가 실수를 한다거나 변칙적인 수, 소위 속수를 일부러 놓아 본다든가 신수를 들고나올 경우 정석만을 알고 그 원리를 모른다면 적절히 대응할 수 없게 된다. 바둑도 전쟁 상황과 마찬가지이므로 상대가 정석에 어긋나는 얼토당토 안한 수를 두었다고 나무랄 수 없으니 변화와 상황 전개에 따라 대응할 수 있는 사고의 유연성을 길러야 한다는 것이다.

바둑에서 포석 원리의 체득, 정석의 숙지, 행마법, 사활에 관한 수 읽기, 끝내기 요령 등 바둑 전반에 관한 지식을 병법에서 말하는 정이라면 신수의 구사, 축머리 활용, 사석작전, 바꿔치기, 패 등은 기라 할 수 있다. 진정한 기력이란 정과 기가 잘 배합되어 운용되는 것을 이른다는 것은 재론의 여지가 없다.

정과 기, 명수잔도와 암도진창이 잘 구사된 노르망디 상륙작전을 다시 살펴보자.

1944년 6월, 노르망디 해안으로 상륙하기로 결정한 연합군은 독일군의 방어를 칼레해안 쪽으로 모으기 위하여 여러 가지 기만책을 구사하였다. 우선 칼레해안과 가까운 영국 동부 해안에 미군의 3군사령부를 배치한 것처럼 꾸며 거짓 무전을 끊임없이 날렸다. 그리고 중립국을 통하여 칼레해안의 상세한 지도를 수집하는데 열을 올렸다. 독일군이 오판하도록 하기 위함이었다.

또 미국 패튼 장군을 있지도 않은 3군사령관에 임명하였다고 암암리에 유포시켰으며, 심지어는 용모가 흡사한 영국군의 크리프턴 제임스 중위를 몽고메리 원수로 분장시킨 뒤 수상의 전용 비행기에 태워 전방을 시찰시키기도 했다. 연합군이 칼레해안를 목표로 상륙작전을 준비하고 있는 것이 틀림없다고 믿게 하였으니 이것을 명수잔도의 양동전략이라 할 것이다.

독일군은 칼레해안을 방위하기 위하여 병력을 증파하는 대신 노르망디해안에 대한 방어력은 약화시켰다. 그것도 모자라 프랑스 북부 해안의 방어를 맡은 롬멜 원수는 일시 귀국하여 아내의 생일 잔치에까지 참석하기에 이르렀던 것이다. 생일 잔치가 끝나기도 전에 암도진창의 노르망디 상륙작전은 개시되었고, 밀물처럼 프랑스 깊숙이 들어선 연합군은 마침내 독일 본토를 압박하는 제2의 전선을 형성하는데 성공하였다.

코미디언 이주일의 진창 점령하기

지금은 고인이 됐지만, 한때 금연 전도사가 되어 꺼져 가는 생명의 불꽃을 태우던 코미디언 이주일의 정계 입문 과정을 기억하는 사람은 많지 않을 것이다. 그 역시 암도진창의 전형이다.

1992년 연초, 14대 총선을 몇 달 앞둔 시점에서 현대건설 정주영 회장이 창당한 국민당에 발기인으로 이름이 올라간 사실을 두고 그는 이렇게 웃겼다.

"무슨 발기(發起) 대회를 한다기에 나도 심심해서 발기(勃起)나 한번 하려고… 그 왜 있잖수? 발기… 흐흐흐. 발기하려고 갔더니 정주영 회장님, 김동길 교수님 같은, 발기는 영 아니올시다 하는 늙은 분들과, 그리고 강부자씨도 있는데, 강부자씨 같은 사람이 발기? 흐흐흐. 그래도 발기 대회가 되긴 되어서…"

그러면서 총선에 출마하겠다, 하지 않겠다, 경기도 구리시에 출마한다, 자식도 죽은 내가 무슨 경황으로 출마를 하느냐면서 자신의 말을 여러 번 뒤집었다. 그러다가 자신의 정치 입문을 막으려는 정보기관으로부터 압력을 받고있다는 말도 은밀히 흘리더니 2월 중순경 갑자기 홍콩으로 출국하고 말았다.

이 사실이 언론에 대서특필되면서 그에 대한 국민의 관심은 더욱 높아졌다. 장기간 국외에 나가있겠다던 그는 며칠 뒤 돌연 귀국하였고, 한 TV에 출연하여 정치할 뜻이 없음을 밝히자 정주영 회장을 비롯한 당직자들이 이튿날 낮까지 그를 돌려달라고 방송국에서 철야 농성하였다. 이후 그는 잠적하다가 14대 총선 마감일에 돌연 나타나 국민당 후보로 등록했던 것이다.

이러한 소동 속에 그는 정치인으로서도 단숨에 전국적인 인물이 되었다. 기성 정치인에 식상한 유권자들에게는 이주일 같은 인물이 나오면 어쩔까 망설이던 참이었는데, 그가 실없는 짓으로 사람을 웃기는 딴따라라는 오명을 벗어 던지면서 수월하게 당선될 수 있었던 것은 순전히 그러한 소동 때문이었다.

그가 계획적으로 그런 소동을 부렸는지 아니면 자신도 모르게 그렇게 흘러간 것인지는 확실하지 않다. 하여간 그 모든 과정이 세상 사람의 판단을 흐리게 하면서 무사히, 별 힘들이지 않고 국민적인 여론의 깊은 강을 선거 이전에 건넌 결과가 되었으니 그 또한 몰래 진창을 점령한 셈이다.

한 가지 예를 더 보자.

재일교포 신격호 회장은 롯데껌으로 성공하여 한국에 진출했다. 그가 처음 한국에 롯데제과를 세웠을 때 많은 사람들은 그가 제과업을 하는 줄 알았다. 그러나 그의 본심은 유통업에 있었다. 일본에 비해 상대적으로 싼 한국의 땅을 사들여 백화점 겸 부동산 장사를 한 것이다. 제과업이 명수잔도라면, 유통업은 암도진창이라 할 것이다.

북한의 핵 문제도 사실상 그들의 입장에서 보면 암도진창의 전략을 쓰고 있다 할 것이다. 북한이 국제사회의 간섭을 적절히 회피하고 시간을 벌기 위해서 IAEA에 가입한 것은 명수잔도에 해당된다. 그리고 핵을 보유하든가 아니면 핵을 보유하지는 않더라도 그와 대등한 정치 군사적인 위상 강화를 통하여 자신의 안보와 대외공격력의 유지라는 목표는 암도진창에 비유된다.

그러다가 급기야는 핵을 보유하고 있다고 시인하여 세상을 놀라게 하고 있다. 이제까지 유지하던 암도진창의 계책을 버리고 '명수잔도'의 계책을 택한 것이다. 그들이 도달할 '잔도'가 어떤 형태인지 불분명하지만 말이다.

68

그들은 진창으로 몰래 진출하기 위해 힘들게 잔도를 수리하고, 또 잔도를 건너고 있지만 그것이 우리 민족의 안위와 성쇠에 어떤 영향을 끼칠는지는 아직 분명하지 않다. 다만 한 가지 분명한 것은 핵을 가졌다고 하여 민족의 번영을 약속하는 것은 아니라는 것이다. 인도와 파키스탄의 경우, 두 적대국이 각기 핵을 보유하고 있지만 절대적인 힘의 우열은 가려지지 않고 있다. 우열을 가리기보다 더 급한 것은 빈곤으로부터의 탈출이다.

북한이 그토록 갈망하며 혼신의 힘을 모아 몰래 진출하려는 진창(陳倉)이 알고 보면 '진창' 길이라는 것을 하루라도 빨리 깨닫게 되기를 기대한다.

69

9

강건너 불구경하듯 하라

격안관화(隔岸觀火: 멀리서 관전하다 약한 곳을 쳐라)는 36계 중 9계로서, 적의 내부에 갈등이 일어나는 조짐이 보일 때는 적을 압박하지 말라고 했다. 적이 압박을 받으면 힘을 합쳐 역습하게 된다. 차라리 멀찌감치 물러나 있으면 자중지란이 일어난다.

삼국시대.

조조보다 월등히 우세한 군사력을 가지고도 관도의 전투에서 패한 원소가 죽은 뒤, 그의 아들 원상과 원희는 조조와의 잇단 싸움에서 패하여 오환으로 도망가게 되었다. 조조가 오환을 정벌하여 격파하자 그들 형제는 수천 명의 기병을 이끌고 다시 요동 태수 공손강에게로 도망쳤다. 공손강은 멀리 떨어진 요동 지방에서 웅거하고 있었으므로 조조에게 복종하지 않고 대치한 상태였다. 부하 장수들이,

"내친김에 공손 강의 요동까지 원정하면 원씨 형제를 사로잡을 수 있습니다."

라고 건의하니 조조는 이렇게 대답하였다.

"내가 이제 막 공손 강에게 원상, 원희 형제의 목을 베어 보내라

고 했으니 형제의 머리가 곧 올 것이다. 번거롭게 원정할 필요가
없다."

한편 오환에서 공손강에게로 도망간 그들의 이야기는 이렇게
이어진다.

비록 거듭되는 전쟁에서 패하여 달아나는 몸이지만 무예에 천
부적인 재질을 가진 원상은 공손강의 세력을 손아귀에 넣을 욕심
으로 원희와 함께 다음과 같은 대화를 나누었다.

"지금 요동으로 가면 공손강이 우리를 받아 줄 게다. 우리 둘이
서 공손강을 죽이고 요동을 차지하자. 그러면 다시 일어날 수 있
지 않겠느냐?"

그들 형제로서는 어떻게 해서라도 재기의 발판을 마련해야 했
다. 3대에 걸친 재상의 집안이었던 가문이 조조에 의하여 망하게
되었고, 원희는 아내까지 빼앗기는 치욕을 당해야 했던 것이다.

원희에게는 천하 제일이라 일컫는 절세미인의 아내가 있었다.
이 여자가 조조의 아들인 조비, 곧 위 나라 문제의 황후가 되는 견
씨(甄氏)이다.

조조가 원소의 근거지인 업성을 함락한 뒤 가장 먼저 찾은 것이
이 견씨였다. 그런데 이보다 한 발 앞서 아들 조비가 원소의 저택
으로 뛰어들어갔다. 당시 원희는 변경을 지키기 위해 유주에 나가
있었는데, 원씨 집안의 여자들은 후당에 모여있었다. 견씨가 원소
의 아내인 시어머니 유씨의 무릎에 얼굴을 파묻고 떨고있자 그녀
의 얼굴을 들게 하여 눈물과 공포에 젖은 얼굴을 바라본 조비는

그 미모에 감탄을 아끼지 않았고, 이 광경을 본 시어머니는 "우리는 죽지 않을 것이니 걱정하지 말라."고 안심시켰다고 한다. 이 소문을 들은 조조는 "이 성을 급히 공격한 것은 그 여자를 얻기 위함이었는데…"라며 아쉬워했다는 이야기가 전한다. 조비의 포로가 된 그녀는 마침내 정식 아내가 되었던 것이다.

한편 원상 형제가 온다는 전갈을 받은 공손강은 이렇게 생각했다.

"지금 그들 형제를 치지 않으면 조정에 대해 무어라 설명할 길이 없다."

그리하여 힘센 장사 여러 명을 마구간에 숨겨 놓고 원상 형제를 불러들였다. 형제가 들어오자 공손강의 복병이 튀어나와 그들을 결박시켜 얼어붙은 땅바닥에 꿇어앉혔다. 이때 원상이 춥다고 멍석을 갖다달라고 하자 모든 것을 포기한 듯 원희가 이렇게 나무랐다.

"목이 만 리 밖으로 달아날 판에 멍석이 웬 말인가?"

이처럼 치욕적인 최후를 마친 형제의 목은 바로 조조에게로 보내졌다.

그해 9월, 조조가 대군을 거느리고 근거지로 돌아와 형제의 머리를 받아들자 여러 장수가 놀라며 어떻게 이렇게 될 줄 알았느냐고 물었다. 조조의 대답은 이러했다.

"공손강은 평소에 그들 형제가 자기 땅을 **빼앗을**까 두려워하였다. 만약 내가 군대를 이끌고 가서 그를 압박했다면 그들은 힘을 합쳐 저항하였을 것이다. 반면에 내가 가만히 내버려두면 반드시 저희들끼리 싸우게 될 것이요, 그러면 형제의 목이 떨어질 것이라 예상했던 것이다."

그냥 지켜보아라

그저 팔짱만 끼고 앉아서 사태의 흐름만 지켜보고 있어야 한다. 구경 이상을 넘어서는 안 된다. 불난 집에 부채질할 필요도 없고 호떡집에 불난 것처럼 우왕좌왕할 이유도 없다. 만약 가까이 간다면 불에 데일 염려가 있다. 이와 비슷한 것으로 '산 위에 앉아 호랑이 싸움 구경하기(坐山觀虎鬪)'라는 것이 있는데, 이 역시 마찬가지. 어느 한쪽 호랑이를 돕겠다거나 더 극렬하게 싸워 양쪽 모두 재기불능 상태가 되어야 한다고 거들었다가는 호랑이에게 물려 죽게 되는 것은 당연한 이치다.

적에게 내부적인 갈등이 있거나 적이 제3의 적과 대치하고 있을 때는 가만히 지켜보고 있어야 한다. 어느 한쪽을 편들거나 싸움을 부채질하면 십중팔구 하던 싸움을 그만두고 힘을 합쳐 달려들게 된다.

유신이 종언을 향해 숨가쁘게 치닫던 1979년 10월.

당시 야당인 신민당은 김영삼 총재의 불법적인 의원직 제명에 항의하여 전원 의원직 사퇴서를 제출하였다. 그 얼마 전 몇 명의 대의원이 동원되어 총재직 가처분신청을 법원에 제출하였고, 이 것이 세인의 정서와는 전혀 다르게 받아들여졌다. 김영삼을 총재 로 선출한 전당대회의 대의원 중 결격 사유가 있음이 인정되어 선 출 자체가 무효라는 것이다. 그리하여 신민당은 정운갑을 직무대 행으로 하는 이른바 법적인 당권 체제와 김총재의 당권 체제가 동 거하는 심각한 내분 상태에 빠져들었다.

명분과 여론의 압력에 못 이겨 전원이 사퇴서를 제출했으나 이 를 불만스럽게 여기는 세력도 상당수 있었다. 당권의 향방과 시국 에 대한 견해 차이, 또는 회유와 협박에 의한 위축으로 말미암아 적당한 명분이나 계기만 마련되면 사퇴서를 거두어들일 태세였 다. 이를 모를 리 없는 유신정권에서는 선별적으로 수리한다는 방 침을 흘렸다. 김총재 계열의 강경파 몇 명을 제거하여 힘을 약화 시키는 대신 유화파에게 힘을 실어주자는 발상이었지만 유신정 권의 입장에서 보면 지독한 악수였다.

여론은 더욱 김 총재 쪽으로 유리하게 전개되었고, 유신정권에 서 거들어주려던 유화파의 발언권은 더욱 약화되어 갔다. 유신정 권의 치졸한 처사를 비난하는 여론도 매우 높았다. 불난 집에 부 채질하고, 호랑이끼리 싸우는 것을 조용히 지켜보지 않은 결과였 다. 아무리 훈수하고 싶어도 강 건너 불 구경하듯 지켜만 보았더 라면 이후의 사태가 어떻게 발전했을지 모를 일인데, 하여간 이런 예를 드는 것은 당시 유신정권의 처사가 애석해서 하는 말은 절대 아니고 다만 이치인즉 그렇다는 것이다.

74

1992년은 연말 대선을 앞두고 여권의 분열이 끊임없이 이어졌다.

정주영의 국민당 창당 및 총선에서의 약진, 이종찬의 후보 경선 포기 및 탈당과 신당 창당, 박태준의 당무 거부, 노 대통령의 탈당 등이 그것이다. 여권표의 이탈과 분산이 불 보듯 환한 상태에서 야권의 단일후보인 김대중이 구사한 계책은 바로 격안관화에 의한 어부지리.

이러한 양상은 대선에서도 계속되었다. 김영삼과 정주영은 도요새와 무명조개가 서로 물고 물리듯 치열한 공방전을 펼쳤다. 김대중은 시종일관 격안관화의 작전을 유지하여 일견 도요새와 무명조개 모두를 주우러 가는 어부와 같아 보였다. 그러나 거기에는 아무도 생각하지 못한 대실착이 도사리고 있었다.

강 건너 불이 생각보다 크지 않았기 때문이다. 김영삼에게는 불을 끄고 전력을 비축할 힘, 즉 득표력이 있었으나 대선 이후 패인 분석에서도 지적되었듯이 그는 독자적인 득표력 개발에 등한했던 것이다.

이러한 양상은 5년 뒤에도 계속되었다. 그 전과 다른 것은 강 건너의 불이 이외로 컸으니 이인제의 득표력이 상당했고, IMF에 의한 여권의 분열이 심각했던 것이다. 그리고 김대중 자신도 단순히 불구경만 하고 있지 않고 기존의 좌경 강성 이미지를 바꾸는데 주력하여 득표력 개발에 힘썼기 때문에 DJ는 승리할 수 있었다.

강 건너 불 구경하기에 가장 능한 인물은 JP이다.

그는 20년 이상 우리 정치 무대에서 주역으로 나선 경우가 거의 없다. 그가 유일하게 출마한 1987년의 대선도 당선을 염두에 둔 것이 아니었으므로 종속변수에 불과했고, 3당 합당이라는 것도 여소야대라는 불리한 입장에서 벗어나기 위한 노태우와 차기 집권을 노리는 YS의 책략에 한 다리를 걸치는 것에 불과했다. 1992년의 대선은 YS로부터 내각제 개헌이라는 백지수표나 다름 없는 약속을 받고 양 김의 싸움을 구경만 하게 되었고, 1997년은 5년 전과 마찬가지로 헌신짝처럼 버려질 내각제 개헌을 약속 받은 뒤 공동정부라는 이름으로 권력을 약간 나누어가졌다.

모자라는 힘으로 다른 사람이 싸우는 것을 강 건너 불구경하면서 버티어온 과정이다. 다른 사람이 싸울 때 강한 쪽을 강 건너에서 응원하다가 그 승리에 편승하여 약간의 실리를 얻을 뿐이다. 따라서 그에게는 단 한 번의 승리도 없었던 셈이다.

2002년 지방선거와 대선은 김대중 정부 5년을 결산하는 의미가 있다. 전반적으로 집권 여당이 밀리는 형세인데, 그 원인은 여러 가지가 있겠지만 가장 알기 쉽게 이야기하자면 상대인 한나라당의 힘을 분산시키지 못한 것도 원인의 하나가 아닌가 한다.

1997년 대선이 끝날 당시.

한국 정치사상 진정한 의미에서의 첫 정권 교체였으므로 오랫동안 정권을 잡고 있던 사람들의 상실감이랄까 무력감은 매우 컸다. 거기다가 6.25이후 최대의 위기라는 IMF를 유발한 책임까지 떠맡고 있었으므로 한나라당의 앞길은 험난했다. 사실 상당수 의원이 빠져나가 원내 과반수의 위치마저 잃어버리고 있었고, 사사건건 IMF라는 원죄에 시달리면서 명문과 힘 모두에서 밀리고 있었다. 대선 이듬해, 이회창 총재가 당권을 되찾기는 했지만 취약점이 많았다. 3김과 같은 카리스마도 없고, 정치적으로 기댈 지역적 연고도 뚜렷하지 않았으며, 정치적 책략도 능하지 않았다.

이때 DJ정부가 구사한 야당 압박 작전은 아무래도 잘못된 선택이었다. 세풍, 총풍 등으로 대변되는 압박들은 지내놓고 보아도 어설프기 짝이 없었다. 물론 비리를 척결하고 국법을 엄정하게 집행하는 것이라고는 하나, 선거 자금 문제에서 자유로울 사람은 아무도 없을 것이다. 그런데도 굳이 상대방의 문제만 거는 것도 그렇고, 총풍이라는 것도 북한이 어떤 태도를 취했는지 정확히 밝힐 수 없는 상태에서 시비만 무성하게 될 소지가 있었던 것이다. 이로 인해 야당은 생존을 위해 결속하지 않을 수 없었고, 한번도 야당을 하지 않은 대다수 의원들에게는 야당 체질만 길러준 것이 아닌가 한다.

그대로 두었더라면, 야당은 야당 당내의 일로 분주하도록 그대로 두어, 마치 강 건너 불 구경하듯 했더라면, 야당의 당내 사정은 더욱 복잡해졌을는지도 모른다.

이 계책의 핵심은 어부지리(漁父之利)를 얻는 데 있다.

도요새가 무명조개의 속살을 먹으려고 부리를 조가비 안에 넣는 순간 무명조개가 껍질을 꼭 다물고 서로 싸우는 것을 휼방지쟁

(鷸蚌之爭), 또는 방휼지쟁(蚌鷸之爭)이라 하고, 이 싸움 통에 지나가던 어부가 힘 안들이고 둘 다 잡아갔다는 그 고사성어가 바로 격안관화의 결과물이다.

이것이 바로 이 계책이 가지고 있는 맹점이다.

격안관화는 적의 전력을 분산 약화시켜 싸움을 용이하게 할 수는 있어도 승리 그 자체를 안겨주는 예는 드물다. 그러므로 현명한 사람은 항상 상대와 내가 가진 여러 조건들을 비교 분석하고 주위 상황을 살펴 새로운 전략을 구상해야 한다.

음모와 호의 사이에서

1980년대 초 어느 날.

삼성전자에서 사장 이하 주요 임원진 몇 사람이 금성전자를 방문했다. 지금도 마찬가지지만 당시에도 두 회사는 대우전자와 함께 국내 가전제품을 이끌어 가는 대회사. 특히 두 회사간의 라이벌 의식은 남다른 데가 있었다. 상대 회사를 방문한 예는 과거에 없던 특이한 일이었으므로 신문지상에 작게나마 보도되어 시중의 화제가 되었다. 곁들여 이례적인 방문을 결행한 삼성의 의도가 무엇인가도 언급되었다.

지금은 사정이 많이 달라졌지만 당시만 하더라도 삼성은 금성에 비해 거의 모든 가전제품에서 밀리는 상태였다. 우리 나라 가전제품의 선발주자로서의 금성의 기술, 생산력과 브랜드 이미지, 판매망, 시장점유율 등 어느 하나 다른 두 회사에 뒤지지 않았다. 1958년 설립된 금성사는 그보다 10년이나 늦은 1969년에야 설립된 삼성전자를 경쟁 상대로 여기지도 않았다. 그래서 방문의 의도를 재계 주변에서 평하되, 삼성이 치열한 추격전을 펼쳤으나 도저히 승산이 없다고 느낀 나머지 향후 좋은 관계를 유지해 보자는 신호가 아니겠느냐, 대략 이런 추측이었다.

그런데 그 며칠 뒤.

신문에는 삼성의 파격적인 제품가격 인하 발표로 뒤덮였다. 당시로서는 눈이 번쩍 뜨일 혁명적인 가격 인하였다. 금성 제품이 아무리 좋다 하더라도 이처럼 싼 제품을 두고 살 마음이 나지 않을 정도였으니까.

사실 그 동안 삼성은 금성을 추격하기 위하여 은밀히 작업을 하고 있었다. 생산라인을 확충하고 자동화하는 등 코스트를 낮추어 가격을 파격적으로 인하하고도 충분히 흡수할 수 있을 만큼 준비해 두었던 것이다.

불의의 기습을 당한 금성은 허둥대며 당일로 그와 비슷한 가격으로 전 제품을 인하한다는 발표를 내놓았다. 원가고 뭐고 따질 형편이 아니었다. 그대로 있다가는 크게 밀린다는 것은 불을 보듯 훤한 사실이었기 때문이다.

사전 준비를 끝내고 치밀한 손익계산을 마친 상태에서 가격을 인하한 삼성은 이를 계기로 시장점유율을 상당수 끌어올려 도약의 발판을 삼은 것으로 평가된다. 또한 가전제품의 국내 보급률 향상에 이바지함은 물론 국제경쟁력을 높여 1980년대 후반 세계 시장에 나서는 돌파구가 되었던 것이다. 반면 아무런 준비 없이 덩달아 가격을 인하한 금성은 얼마동안 경영에 주름살을 면치 못했음은 확실하다.

치명적인 비수라 할 가격인하의 계획을 품고 상대 회사를 이례적으로 방문한 진정한 의도는 무엇인가? 추측컨대 만에 하나라도 극비리에 추진되는 가격인하 조치가 새어나가지나 않았는가 탐색할 겸 자사에 대한 상대의 경계심과 후각을 떨어뜨리려 한 것이 아닌가 한다. 그것도 웃으면서 갔으니 문자 그대로 36계 중 10계인 소리장도(笑裏藏刀: 비수는 웃음 속에 감추어라)이다.

제2차 세계대전 중 군국주의 일본이 일으킨 태평양전쟁도 소리장도의 계책을 유감없이 발휘한 예이다. 미국의 판단을 흐리게 하기 위하여 일본정부는 미일 쌍방이 태평양에서의 이익을 확실히 보장하기 위한 것이라는 명분을 내걸고 미국정부와 끊임없는 외교 단판을 벌였다. 분쟁 해결의 궁극적인 수단은 결국 전쟁 밖에 없다는 것을 숨겨둔 채 미국 지도층으로 하여금 일본이 끝까지 외교적인 노력에 의하여 문제를 해결하려 한다는 착각에 빠지도록 했던 것이다.

협상은 반년 이상 계속되었다.

1941년 11월초에는 꾸르쓰라는 관리를 미국에 파견하여 미국 여자와 결혼한 뒤 워싱턴으로 거처를 옮겨 노무라 주미대사의 협상 진행을 돕도록 했다. 12월 7일 일본 함대가 진주만을 기습 공격할 시점에도 일본 특사는 미 국무장관에게 면담을 요청해 놓은 상태였다. 협상에 적극적으로 매달린다는 의지를 보이기 위해서였다.

이 계책의 요체는 강중유외(剛中柔外), 곧 마음속으로는 전의를 불태우면서 겉으로는 부드럽게 보이는 것이다. 그러므로 한창 다투고 있는 상대가 갑자기 나에게 불필요한 호의나 친절, 유화적인 말이나 태도 등 미소작전으로 나올 때는 경계하지 않으면 안 된다.

인간 사회란 공연히 타인에게 호의를 베풀거나 도움을 주는 경우는 드물다. 그럴만한 이유가 있기 때문이다. 그 이유를 충분히 알기 위해서는 면밀히 관찰하고 냉철히 분석해야 한다. 왜냐하면 상대로부터 불의의 비수를 맞지 않기 위해서.

그러나 한편으로는 신중해야 한다.

섣불리 판단하여 남을 의심하는 것보다 나쁜 것은 없다. 위에서 든 예라는 것도 사실은 인간의 모습 가운데 극히 일부에 지나지 않는다. 일생동안 한 번도 경험하지 않을 수도 있다. 비록 어떤 사람과 긴장 관계에 있다 하더라도 상대에 따라서는 스스로 좋은 관계를 만들기 위해 노력하는 경우가 많다. 그 미소가 진심이고 아무런 음모를 내포하고 있지 않는 것임에도 불구하고 계속 경계한다면 어떤 결과가 오겠는가?

모든 사람은 기본적으로 원만한 대인관계를 가지려 한다.

타인과 다투기를 좋아하는 사람은 아무도 없다. 남에게 친절하고 돕는 자세는 언제 어느 때 어떤 경우라도 버리지 말아야 할 미덕으로 여기고 있다는 사실을 잊어서는 안 된다.

어떤 남자가 은근한 미소를 보내며 친절히 대해 준다고 하여 대뜸 '소리장도'를 떠올린다면 그 여자의 삶은 얼마나 끔찍하겠는가? 이웃이 베푸는 따뜻한 정을 외면하며 경계하는 눈빛으로 얼굴이 싸늘하게 식어간다면 우리의 삶은 얼마나 메마르고 사회는 얼마나 살벌하겠는가?

혹시 남이 어떻게 해서라도 나를 해치지 않을까 하고 겁에 질린 모습으로 곁눈질하며 사는 사회, 곧 피해망상증 환자가 넘치는 사회를 상상해 보라. 타인과 어울려 대화하고 공동의 선을 위하여 돕는 것을 당연시하지 않고 만인에 대한 만인의 경계심으로 저마다 자폐증에 빠진 사회를 상상해 보라.

이것은 이 계가 갖는 진정한 뜻이 아니다.

먼저 타인의 호의와 친절을 두려움 없이 받을 수 있는 열린 가슴과 트인 시야를 가져라. 인간은 누구나 남에게 베풀기를 좋아한다. 순수하고 구김살 없는 마음만이 타인과의 충돌을 피할 수 있는 지름길이다. 소리장도의 계책은 천천히 생각해도 절대 늦지 않다. 오관을 가진 인간은 자신에게 드리워지는 위기의 그림자에 대해 재빨리 작동하기 마련이다. 이때 비로소 상대를 헤아려 보고 자위책을 강구해도 늦지 않다. 타인의 진정한 호의와 친절을 곡해하여 색안경을 쓰는 어리석음은 결코 범해서는 안 된다.

그러기 위해서는 먼저 남에게 호의를 보여라.

따뜻한 마음을 가지고 친절히 대할 것이며, 힘 자라는 대로 도와 주라. 진실한 사랑과 순수한 이상은 혹시라도 타인이 몰래 품었던 비수를 거두어들일 수 있는 하나의 방법이기도하다. 이 인간 사회는 아직도 이웃에 대한 친절과 친구간의 따뜻한 우정과 사랑

하는 사람을 사랑할 줄 아는 뜨거운 가슴과 약한 자에 대한 동정
심과 불행한 자를 돕고 헌신적으로 봉사하려는 마음이 아무 것도
숨긴 것이 없는 가슴을 통해 한 줄기 미소로 흘러나오는 사회임을
절대 잊지 말기 바란다.

11

약할 때는 한발 물러서라

춘추전국시대의 귀족들은 경마로 도박을 즐겼는데, 제 나라의 전기라는 귀족과 왕족과의 경마에서 이기는 방법을 제시한 손빈의 전략이 그것이다. 왕족의 경마는 세 차례 진행되었는데, 경주마의 능력을 상중하 세 등급으로 나누어 상대의 상중하 세 등급의 말과 대결시켰다. 손빈이 보기에는 말의 능력은 서로 별 차이가 없었으나 전기의 말이 지는 경우가 많았다.

손빈은 전기에게 이렇게 건의하였다.

"상대가 상등 말을 출전시키면 당신은 하등 말을 내보내 뛰게 하면 십중팔구 지게 될 것이요. 그 다음 당신의 상등 말과 상대의 중등 말을 맞붙이면 이기게 되고, 또 당신의 중등 말과 상대의 하등 말을 맞붙이면 역시 이기게 됩니다. 결과는 2승1패니 이것이 바로 서로 비슷한 말을 가지고 경마에서 이길 수 있는 계책입니다."

이것은 군략가 특유의 계략으로써 아무나 생각해 낼 수 있는 것이 아니다. 이는 36계 중 11계인 이대도강(李代桃僵: 상대에게는 나의 살을, 나는 상대의 뼈를)인 것이다.

불평등 교환작전

중국 악부시를 집대성한 악부시집(樂府詩集) 상화가사(相和歌辭)
에 계명(鷄鳴)이라는 옛 시가 있다. 여러 형제가 입신출세하여 성
대한 위의를 갖추고 한날 한시에 집으로 돌아오다가 길에서 만난
다. 수많은 인파가 둘러서서 구경하며 그들 형제를 복사꽃과 오얏
꽃에 비유하여 형제 사이의 우애를 강조하였다.

복사꽃은 우물가에 피었고	桃生露井上
오얏나무는 복숭아나무 곁에서 자란다	李樹生桃傍
벌레가 복사꽃 나무 뿌리를 갉아먹으니	蟲來齧桃根
오얏나무가 복사꽃나무 대신 넘어진다	李樹代桃
나무조차 죽음을 대신하는데	樹木身相代
형제는 도리어 우애를 저버리네	兄弟還相忘

복사꽃이 피면 오얏꽃도 봄을 반긴다.
예로부터 도리화(桃李花)라 하여 시인 묵객의 영탄에 빠짐없이
등장하는 형제 같은 꽃이요 연인 같은 나무들이다. 무심한 초목
도 형제를 위해 대신 죽거늘(李代桃僵) 하물며 만물의 영장인 사
람들이야.
이러한 연원을 가진 사자성어(四字成語)가 전혀 엉뚱한 뜻으로
쓰이고 있으니 언어의 변화란 참으로 불가사의하다 하겠다.

86

작은 것을 희생으로 내어주는 대신 큰 승리를 획득하라는 것이 이 계책의 기본 정신이다. 앞에서 예로 든 것처럼 경마에서 전체 말을 다 경쟁시키는 것이 아니라 가장 경쟁력이 약한 말을 상대의 가장 강한 말과 싸워 지게 하는 것이니 그 약한 말은 상대를 묶어 두는 것만으로 임무를 완수한 것이 된다.

1984년 미국 LA 올림픽대회에서 우리 나라 여자농구는 은메달 이라는 좋은 성적을 거두었다. 그 대회는 4년 전 모스크바 대회에 서방측이 참가하지 않았다고 하여 그 보복조치로 소련을 위시한 동구권이 참여하지 않았기 때문에 경기 자체는 좀 느슨했다. 그러 나 장신 선수만이 빛을 발할 수 있는 농구 경기에서 그만한 성공 을 거두기도 쉽지 않았다.

당시 금은 미국, 동은 중국이었는데, 미국은 워낙 장신이었기 때문에 우리로서는 도저히 이길 수 없는 상대였다. 그래도 잡을 가능성이 있는 것이 중국이었다.

그렇다고 만만한 상대는 아니었다. 중국에는 진월방이라는 키 가 월등히 큰 선수가 포진하고 있었는데, 상당수의 공이 그녀에게 로 전해져서 득점하는 상황이었다. 그녀의 득점을 막는 것은 거의 불가능한 노릇이었는데, 다만 상대 선수가 전반적으로 우리보다 개인기가 약한 것이 다행이라면 다행이었다.

그녀에게 가는 공을 우리 선수들이 악착같이 차단하니까 30초 라는 시간에 쫓긴 나머지 다른 중국 선수가 바스켓을 향해 슛을 날리게 되고, 개인기가 떨어지는 중국 선수는 실패하는 경우가 많았다. 반면에 우리는 공을 잡기만 하면 별 실수 없이 득점으로 연결하였다. 중간 결산은 우리 팀이 이기고 있었다. 뒤진 중국 팀은 기를 쓰고 진월방에게 공을 넘겨주려고 했다. 그녀에게 공이 가면 득점으로 이어지고, 자칫하다가는 역전도 될 수 있는 상황이었다.

이때 나온 것이 우리의 지공(遲攻) 작전이었다. 즉 상대의 공격 기회를 줄이기 위해 공을 잡으면 빙빙 돌면서 최대한 시간을 끌었다. 30초가 거의 되어서야 공을 날리고, 이에 안달이 난 중국 팀은 죽기살기로 따라붙고, 그러다가 파울이 나고…….하여간 마지막 10여 분 동안은 상대팀과의 싸움이 아니라 시간과의 싸움이었는데, 이미 벌어놓은 점수를 작게 까먹자는 것이었다. 상대에게는 작은 점수, 곧 나의 살을 내어주더라도 더 중요한 나의 뼈는 잃지 않았던 것이다.

축구 경기에서 상대팀의 가장 강력한 공격수에게 수비선수 한 명을 그림자처럼 따라붙게 하여 공격력을 마비시키는 작전이나 농구경기에서 특정 선수를 철저히 마크하도록 하는 것도 같은 맥락에서 이해해야 할 것이다. 또 장거리 육상경기에서 우승후보로 지목되는 선수의 페이스를 흔들어 놓기 위하여 초반 내지 중반에 과도한 스피드를 내어 따라오게 한다든지 그의 앞을 어른거리며 신경을 건드려 정상 페이스를 잃게 하는 수법도 마찬가지다. 물론 이 선수는 입상을 기대하지 않고 중도에 기권하는 것이 상례다. 경주마에서 가장 약한 말의 역할을 충실히 이행하는 것만으로 족하다.

야구에서 스퀴즈 번트가 그것이다. 한 선수의 아웃은 한 점을 얻기 위해 희생되고, 1득점은 승패를 가르는 큰 것이기 때문이다.

2002년 월드컵에서 우리 팀은 3,4위 전을 승리로 장식하려던 계획이 터키 팀의 기습으로 어려운 게임을 치르게 되었다. 이탈리아와 스페인을 상대하여 연장전과 승부차기까지 가는 격전을 치르면서 선발 선수들의 체력이 급격히 떨어졌기 때문에 독일전에서도 고전하고, 터키와의 3,4위 전에서도 고배를 마신 게 아닌가 한다.

매 경기마다 승패에 목숨을 걸지 않을 수 없고, 어떤 가정에 의하여 작전을 수립할 수는 없는 노릇이지만 어차피 결승까지 가기란 우리로서는 무리이니 3,4위 전이나 확실하게 잘 치르자고 마음먹고 비책을 세웠다면 결과가 어떻게 되었을까 하는 생각도 든다. 지각 있는 감독으로서는 도저히 내놓을 수 없는 용병술이기는 하지만 가령 이렇게 했더라면 어떠했을까?

독일전에서는 그 동안 벤치에 있던 선수들을 대거 기용하여 경기를 치른다. 요행히 이긴다면 그보다 더 좋은 수는 없지만 십중팔구는 질 것이다. 이것은 바로 상대에게 나의 살을 내어주는 수, 바로 버리는 경기이다. 그리고 치르는 3,4위 전에는 앞의 경기를 소화해 낸 베스트 멤버를 기용한다. 그들은 일주일 이상 쉬었으니 싱싱한 체력으로 뛰어 무난히 3위를 차지한다.

글쎄, 우리 선수가 경마장의 도박 말(馬)이 아니고, 매 경기마다 최선을 다해야 한다는 스포츠 정신을 잊어버린 실없는 망상인가?
아무리 3위가 아쉽고, 3위가 보장되더라도 그렇게는 할 수 없었
을 것이다.

　장기를 생각해 보자.
　장군을 불러 상대가 막든가 피하지 못하면 이기는 것이지만 그
단계에 이르는 과정은 간단치 않다. 우선 판 전체를 살펴보면 누
가 더 단단한 수비 형태를 갖추었는가, 그것이 공수 전환이 용이
한 포진인가, 행마의 요해처를 점령하고 있는가, 상대보다 강력한
기물(말)을 확보하고 있는가, 공격권 즉 선수(先手)를 확보하고 있
는가 등 여러 요인에 의해 결정된다. 우세 국면을 확보하기 위하
여 수많은 국부적인 전투가 벌어진다. 아무런 대가를 치르지 않고
상대의 기물을 포획하거나, 대가를 치르더라도 좀 더 유리한 조건
으로 바꾸기 위해 치열한 공방전을 펼친다.
　이때 기물을 죽이더라도 좀 더 유리한 조건으로 죽이려 한다.
　바로 이대도강의 전법이다. 예컨대 상(象)으로 졸을 잡아 적의
졸이나 다른 말에 먹히면 그 말을 또 잡는 2대1 교환작전, 졸을 깊
숙이 전진시켜 마(馬)를 먹고 죽이겠다는 위협이나 나의 마를 죽
일 테니 차(車)나 포(包)를 달라는 흥정 등 차등적 교환작전, 정 여
의치 않으면 마대(馬對)나 차대(車對) 등 동등 교환에 의한 주도권
확보작전 등 가능한 한 작은 것을 내주고 큰 것을 얻으려는 싸움
등 수없이 많다. 이 전법의 능란한 구사야말로 수의 높낮이를 판

90

가름하는 것이라 해도 지나친 말이 아닐 것이다.

전투에서의 승리는 최소의 인원과 장비로 적에게 심대한 혼란과 타격을 주는 데 있다. 공수특전단이나 결사대를 적의 후방 깊숙이 투입시키는 것도 모두 이 계책이다. 작전의 실패는 전면적인 손실을 전제로 한 것이므로 손빈이 패배를 기정 사실로 하고 내보낸 약한 말과 별로 다르지 않다.

태평양전쟁 당시 일본의 악명 높은 가미가제특공대가 가장 대표적인 예이다. 한 대의 전투기와 한 명의 조종사를 제물로 바치는 대신 적의 군함 한 척을 격침시킨다는 것은 전쟁의 논리로 따져 볼 때 그보다 더 엄청난 승리는 없다. 그러나 이것은 이대도강의 계책을 전략적인 차원에서 쓰지 않고 인간의 고귀한 생명을 소모품으로 삼았다는 점에서 영원히 비난받아야 마땅하다.

그런데 가미가제특공대의 전술을 빌린 것이 미사일이 아닌가 한다.

재래식 무기처럼 사격지점에서 지시한대로만 날아가 명중이 되었건 말건 폭발하는 것이 아니라, 마치 조종사가 목표물을 탐색하듯 전자 장치가 목표물을 판독하여 정확하게 때려 부수거나 이동하는 목표물은 방향을 바꾸어 가면서 따라가니 과연 가공할 신풍(神風)이라 하겠다.

1991년.
한국통신공사에서 하이텔 수상기를 서울 여의도, 과천, 광주 일원에 무상으로 대여한 적이 있다. 대당 10만원 이상 소요되는 수상기를 수만 대 제작하여 나누어주었으니 손해라면 무척 손해 보는 장사다. 그러나 더 큰 것, 정보통신에 대한 국민적 이해의 향상, 시험 운영으로 인한 기술 축적, 한국 현실에 맞는 정보통신망의 구축, 통신망의 확대 등 더 이익을 위하여 투자한 것이다.

대기업 사이에는 좀 더 큰 것이 오고간다.

VTR은 VHS방식과 BETA방식이 있는데, 현재 VHS방식이 대종을 이루고 있다. 당초 각기 다른 방식으로 개발된 이 제품은 개발회사끼리 치열한 주도권 다툼이 있었다. 자신이 개발한 방식이 범세계적으로 채택되기만 하면 시장을 완전히 장악하는 것은 따놓은 당상이니까.

그런데 BETA방식 쪽에서는 기술 이전을 기피하고 독자적인 생산 판매만을 고집한 반면 VHS방식 쪽에서는 과감히 기술을 이전하여 세계 각처에서 생산 판매되도록 부추겼다. 결과는 VHS방식의 승리였으니 범용성을 가진 만큼 기기 생산이 촉진되고 비디오테이프의 제작도 늘어났던 것이다.

VHS방식 쪽에서 타사에 기술 이전한 것은 그 자체로 보면 손해였다. 그러나 작은 손해를 감수한 뒤 더 큰 이득을 얻은 반면 이에 인색했던 BETA쪽에서는 VTR의 주류에 편승하지 못하는 불행을 겪지 않을 수 없었다. 이것은 소니 역사상 최대의 실책이요 패배로 기록되고 있다. 소니도 현재 자사가 개발한 BETA 방식을 버리고 VHS 방식으로 생산하고 있다고 하니 작은 것에 대한 집착이 얼마나 큰 화를 부르는가.

PC에서 IBM과 매킨토시의 대결도 좋은 예이다.

'애플'이라는 상표로 8비트 개인용 컴퓨터를 처음 만들어 '위대한 퍼스널 컴퓨터 시대'를 연 애플사는 뛰어난 성능과 윈도우 방식의 운영체계를 최초로 개발했음에도 불구하고 IBM 컴퓨터에 밀리고 있다. 누적된 적자에 허덕이다가 창업자가 밀려나는 수모까지 당했다. 개발과 생산을 독점하며, 고가 정책을 고집한 결과 시장이 협소해졌기 때문이다.

그 반면, IBM은 PC의 대명사로서 굳건히 자리를 잡았다.

IBM은 하드웨어를 인텔, 소프트웨어는 MS에 분산하여 개발하게 하였다. 실속은 두 회사에 다 넘겨준 꼴이다. 따라서 IBM은 20세기 최대의 실책이라는 핀잔을 들어야 했다. 그러나 IBM PC 개발이라는 영예는 얻은 셈이다. 비록 실속은 없지만 개방 정책이 컴퓨터 기술을 앞당기는 지렛대가 되었던 것이다.

승부처에서는
과감한 승부수를

2백 년에 걸친 전국시대.

오랜 전란에 시달린 나머지 통일의 기운이 높았으므로 전국7웅을 상대로 한 책략가들이 각국을 돌아다니며 부국강병책을 유세하였다. 부국강병을 이루기 위해서는 영토와 백성을 더 많이 차지해야 한다.

진(秦) 나라는 한때, 국경을 접한 한(韓)과 위(魏) 나라와는 가까이 지내면서 멀리 떨어져있는 제(齊) 나라와는 전쟁상태에 있었다. 이러한 구도를 과감히 깨어야한다고 역설한 책사가 있었으니 범수(范雎)라는 정치가가 그 인물이다.

멀리 있는 제 나라는 쳐서 이겨도 땅을 빼앗지 못하고 전력만 크게 소모하니 우호관계를 맺는 대신 가까이 있는 한과 위를 잠식해 들어가야 한다고 주장했던 것이다. 이것이 제23계 원교근공의 계책이다.

그는 진 소왕에게 다음과 같이 건의하였다.

"대왕께서 이웃 나라를 치게 되면 한 치의 땅을 얻어도 대왕의 땅이 되며 한 자의 땅을 얻어도 대왕의 땅이 되는 것입니다.”

이것이 유명한 득촌(得寸)도 즉왕지촌(則王之寸)이요, 득척(得尺)도 역왕지척(亦王之尺)이라는 계책이다. 손 가까이 있는 것부터 철저히 챙겨 이득을 얻으라는 것이다.

유비가 임종 때 아들 유선에게 ‘선(善)이 작다고 하여 행하지 아니하지 말 것이며 악은 작더라도 하지 말라’고 유언했는데, 이 말을 이렇게 바꿀 수도 있다.

“이득이 작다 하여 얻지 아니하지 말 것이며 승리가 작다고 하여 쟁취하지 아니하지 말라”

이득이 작다고 하여 손에 들어오는 것을 소홀히 넘겨버리겠는가?

진시황 때의 정치가 이사(李斯)는 타국에서 찾아오는 인물들을 배척하지 말고 받아들여 잘 활용할 것을 건의하면서,

“황하는 개울물이 흘러 들어오는 것을 막지 않았으므로 그처럼 큰 강을 이룰 수 있었고, 태산은 한 줌의 흙이 쌓이는 것도 사양하지 않았으므로 그처럼 높은 산을 이룰 수 있었습니다.”

라는 유명한 말을 남겼다.

그러나 작은 것을 소홀히 하지 않는다 하여 소탐대실(小貪大失)의 우는 범하지 말아야 한다. 어디까지나 작은 성과부터 차근차근 쌓아 나가라는 뜻이다.

바둑에서 ‘실리를 중시하는 바둑’, ‘현찰을 좋아하는 바둑’이라는 것도 바로 이것이다. 집이 많아야 이기는 것이 바둑이니 대세

에 큰 지장이 없는 이상 집을 확보할 수 있으면 확보하는 것이 중요하다. 고수들의 바둑에서는 이 경우 일반적으로 두터움이 없다고 하지만 현찰의 매력을 간과하지 않는다.

중앙에 거대한 집을 만들고 경영하기를 좋아하는 바둑으로는 일본의 다케미야(武宮) 명인이 있다. '우주류(宇宙流)'라 불리는 그의 바둑은 중앙에 던지는 바둑 돌 하나가 망망한 우주 속에 점 하나를 찍듯 아득하기만 하지만 결국에는 중앙에 큰집을 만들어내기 때문에 장대하고 화려하여 많은 사람으로부터 갈채를 받는다. 그러나 고수와의 전투에서 큰집을 만든다는 게 쉬운 일이 아니고, 그러다 보니 승률이 좋지 않기 때문에 승부사들의 세계인 프로 바둑에서 연명하기란 쉽지 않다.

하여간 실리를 중시한다 하여 실리에만 몰두하면 대세에 뒤지기 마련이므로 적당한 균형을 이루는 것이 필요한데, 따라서 실리란 재빨리 기회를 포착하여 대세에 뒤지지 않을 때 차지하는 것이 중요하다.

기회란 항상 오는 것이 아니다.

주의 깊게 관찰하지 않으면 지나간다. 자신도 모르게 지나쳐간 것은 엄밀한 의미에서 기회라고 말할 수 없다. 그리고 기회란 오래 머무는 법이 없다. 우리 인생이 유수 같다 하고 세월은 쏜살같다 하지만 기회란 이처럼 빠른 가운데 몇 차례 밖에 다가오는 것이 아니니 이에 비할 바가 아니다.

96

계명을 살펴보자.

순수(順手)란 '자연스럽게 내미는 손'이니 동작이 빠를 수밖에 없을 것이요 '양을 끌고 오는(牽羊)' 것은 힘이 들지 않는다. 이처럼 제 발로 찾아오는 것과 다름없는 기회를 맞아 잘 살리지 않으면 어떻게 되겠는가?

아까운 기회를 놓쳤다고 땅을 치며 원통해 하는 경우가 있는데, 뒤늦게 깨달은 것이라면 어쩔 수 없는 노릇이지만 알고도 결단을 못 내려 미적미적거리거나 용기가 모자라 우물쭈물하다가 지나쳐버린다면 문제는 간단치 않다. 기회를 놓쳤다는 심적 부담과 승세에 자연스럽게 편승할 수 없는 진로상의 차질이 겹쳐 곧바로 위기상황으로 치닫는 경우가 흔하다. 내가 잡지 못한 기회는 상대방이나 제3의 인물이 잡기 마련이니 나는 그만큼 경쟁에서 뒤지게 되는 것이다.

야구에서 흔히 '기회 뒤에 위기가 온다'고 한다.

이것을 상대의 입장에서 보면 '위기 뒤에 기회가 온다'는 말과 같다. 득점할 기회에 득점하지 못하면 공수가 바뀌어서는 위기를 맞는 것을 하나의 징크스로 여기고 있지 않은가.

오는 기회를 살리지 못하거나 회피하면 그것으로 끝나는 것이 아니라 도리어 재앙이 돌아오는 경우가 어디 야구뿐이겠는가. 학생이 공부하지 않는 것은 기회를 버리는 것이요, 직장인이 근무를 태만히 하는 것도 기회를 잃는 것이며, 주부가 가사를 등한히 하는 것도 기회를 놓치는 것이다. 진정한 기회의 포착은 성실한 일상생활 가운데서 얻어 낼 수 있는 것이기도 하다. 자신에게 주어진 기회를 저버린 그들이 필연적으로 되돌려 받아야 할 것은 무엇이겠는가.

고려 태조 왕건과 궁예의 관계를 살펴보자.

자칭 '미륵'으로서 '관심법(觀心法)'을 가지고 부하를 괴롭히던 그가 마침내 부하 장수들로부터 저항을 받게 된다는 것은 잘 알려진 사실이다. 홍유, 배현경, 신숭겸, 복지겸 등 여러 장수들이 궁예를 내쫓고 덕망 있는 왕건을 추대하기 위해 밤에 몰래 그의 집으로 찾아갔다. 왕건이 완강히 거절하자 부인 유씨가 갑옷을 입혀주며 이렇게 말했다고 한다.

"하늘이 내린 기회를 마다하면 재앙이 돌아온다 합니다."

왕건도 야망이 있었기 때문에 끝내 거절할 리야 없지만 만약 끝내 거절하여 거사를 중지했더라면 그 비밀이 누설되어 궁예에게 죽음을 당했을 것은 필연적인 결과이다. 아니면 왕건에게 실망한 여러 장수들은 다른 누구에게 기대를 걸 수밖에 없었을 것인데, 만일 제3의 인물이 추대된다면 추대된 그는 궁예를 제거한 후 왕건을 최대의 정적으로 삼았을 것이 분명하다.

이상은 자연스럽게 다가온 기회를 순조롭게 잡아 승리로 이끈 경우다. 다음 이야기는 달아나려는 기회를 뒤늦게 알아차리고 배짱 하나와 승부에 대한 무서운 집념으로 버티어낸 경우다.

동아건설의 창업자 최준문 회장은 건설업으로 일생을 마친 기업인이다. 건설업에 남다른 애착을 갖고 있던 그도 잠시 싫증이 났던지 건설회사를 그만두기로 마음먹은 적이 있었다. 동아건설과 지금은 고층빌딩이 들어서서 형체조차 없어진 광화문 네거리의 국제극장과 맞바꾸기로 했던 것이다.

그런데 며칠 지나서 다시 생각하니 이만저만한 실책이 아니었다. 물려야 했다. 그러나 어쩌랴. 계약서는 이미 작성되었고, 물려려해도 물려주지 않을 것은 불을 보듯 훤했다. 부랴부랴 변호사를 동원해서 계약서를 검토하도록 했다. 혹시나 계약을 파기할 방법은 없는가 하고. 최씨로서는 천우신조인지, 서류에 계인이 찍혀 있지 않았으므로 무효라고 주장할 수도 있다는 법적 자문을 받았다. 즉시 그는 계약 무효를 선언했다.

상식적으로 있을 수 없는 일이었다.

입회인이 보는 앞에서 서명 날인한 계약서가 아닌가? 그러나 그의 태도는 단호했다. 세상의 비난이나 조소 따위는 문제가 되지 않았던 것이다. 이 대목이 바로 최준문 개인이나 동아건설로서는 기회요 승부처였던 것이다. 건설업을 절대 놓쳐서는 안 된다는 판단과 놓치지 않을 기회는 오직 이 대목밖에 없다는 절대절명의 위기감, 그리고 이것이 일생을 좌우하는 최대의 승부처라는 인식이 강하게 작용했을 것이다. 그는 결국 자기의 뜻을 관철하여 동아를 지켰다. 지금은 비록 최석원 회장이 경영권을 잃는 지경에 빠지기는 했지만 말이다.

그로 봐서는 어려운 형편에서 던진 승부수가 아닌가 한다.

그것을 놓치지 않고 과감하게 승부수를 던졌으므로 이후 1960,70년대의 개발붐에 편승하여 재벌기업으로 발돋움할 수 있었던 것이다. 만일 그 당시 우물쭈물했더라면 그는 자신의 극장에 앉아 가끔 영화나 감상하며 노후를 보냈을 것이요, 오늘날 20세기의 대역사라 불리는 리비아의 수로배관공사도 있을 수 없었을 것이다. 이는 36계 중 12계인 순수견양(順手牽羊: 양 한 마리라도 손에 닿는 대로 취하라)을 잘 활용한 것이다.

기회를 왔을 때 놓치지 말고, 승부수를 던져야 할 때 우물쭈물하지 말라.

X-파일을 흘려라

〈유양잡조〉라는 중국 책에 이런 이야기가 있다.

당 나라 때, 당도현(當塗縣)이라는 지방에 왕노(王魯)라는 현령이 있었는데, 돈을 무던히도 밝히는 인물이었다. 윗물이 맑아야 아랫물이 맑지 않는가. 현령이 돈을 밝히면 아전들도 밝히기 마련. 뇌물과 부정부패에 물든 윗사람을 증오하는 것은 그의 입에 넣는 부정한 재물도 재물이지만 그 한 사람 때문에 공직사회 전체를 흐려놓기 때문이다.

견디다 못한 지방민들이 현령의 부정에 대해서는 감히 바로 고발하지 못하고 하급관리의 부정을 고발하게 되었다. 고발장을 들여다보던 현령이 깜짝 놀라며,

"너희들은 비록 풀밭을 두드리지만 나는 이미 놀란 뱀과 같다.(汝雖打草, 吾已驚蛇)"

라는 여덟 자를 써 주었다. 부하의 부정을 고발하는 것이 자신의 비리를 간접적으로 들추어내는 것이라 여기고 지레 겁을 집어먹은 것이다. 지방민이 의도한 바는 충분히 달성된 셈인데, 탐관

오리도 이 정도 센스가 있고 양심이 곱다면 별 걱정이 없는 세상이라 하겠다. 요즈음처럼 자신의 결백을 증명하기 위하여 배를 갈라 보이겠다고 큰소리치다가 며칠도 못 가서 쇠고랑을 차는 어리석고 우스꽝스러운 짓은 하지 않으니까 말이다.

군사 계명은 원래의 뜻과는 다르게 쓰여졌지만 주된 목적은 뱀을 찾아내어 잡는 것이고, 뱀을 잡기 위해서는 제 스스로 놀라 뛰쳐나오도록 먼저 풀밭, 즉 주변을 두드리라는 것이다. 수색 정찰의 중요성, 다시 말해서 주변 상황과 상대가 처한 입장을 면밀히 관찰하라는 것이다.

다른 사람과 협상할 때 아무리 화끈한 사람이라 하더라도 먼저 자기의 복안을 모두 내보이는 사람은 없을 것이다. 우선 상대가 어떤 생각을 가지고 있는지를 살피려 한다. 상대도 마찬가지 전략으로 임한다. 서로 상대의 속셈을 탐색하기 위한 씨름은 끝이 없을 것이니 국가나 대기업간의 공식적인 협상 테이블에서는 기조 연설이라는 것이 있다. 그러나 기조연설만으로 상대의 속셈을 정확히 파악하기란 어렵다.

속셈이라는 뱀을 찾아내기 위해서는 풀밭을 두드려야 한다.

상대의 반응이 어떤가를 살피려면 전혀 예기치 않은 짤막한 화제를 내보이는 것도 좋다. 물위에 돌을 던져 파장이 어떤가를 관찰하면 물의 깊이와 물살을 알 수 있는 것과 같은 이치다.

상대가 먼저 발언한다면 그의 주장과는 전혀 반대되는 주장을 개진하여 반응이 어떤지를 살펴본다. 물론 상대가 반론을 펼 것인데, 반대하는 강도라든가 논리를 들어보면서 어떤 생각을 가지고 있나 파악해야 한다. 나의 발언은 가능한 한 짧게 하고 상대에게는 많은 말을 시키는 것이 유리하다. 표정도 면밀히 살펴야 한다. 반대로 나는 말을 삼가고 표정 관리도 잘 해야 함은 물론이다.

핵심은, 나에게 유리한 협상의 타결이다.

몽둥이를 들고 뱀 굴을 찾는 것이 힘들 듯이 상대를 논쟁으로 이기려 해서는 안 된다. 자칫하면 전투에는 이기고 전쟁에는 진다는 말과 같이 토론에는 이기고 상담에는 실패하기 때문이다. 교활한 뱀을 잡자면 뱀보다 더 지혜롭고 참을성이 있어야 한다. 이는 36계 중 13계인 타초경사(打草驚蛇: 풀밭을 두드려 놀란 뱀을 찾아라)에 속한다.

그런 의미에서 우리 나라 사람들은 협상의 기초도 모른 채 너무 순진하게 처신한다. 일본과의 어업협상에서 대통령의 방일에 맞추기 위하여 시한을 정하는 바람에 결국 끌려가는 꼴이 되었고, 결과는 독도를 분쟁의 소지가 있는 섬으로 만들어버리고 말았다. 명태, 고등어 협상 모두 잃기만 했지 얻은 것이 없다.

왜 이런 결과가 나왔는가?

나의 것을 내보일 줄만 알았지 상대가 어떤 생각, 어떤 전략을 가지고 있는지 전혀 신경을 쓰지 않고 협상에 나선다는 것이다. 뱀을 불러내 보려고 상대를 향해 막대를 한번 휘둘러보는 수고도 하지 않았다.

협상이라는 게임에서, 사실 협상이나 게임이나 마찬가지이지만, 가장 해서는 안 되는 것은 자신의 패를 상대에게 내보이는 것이다. 패가 들통난 뒤에 어떻게 이길 수 있는가. 그런데도 우리 정부 기관에서는 공개 행정이라며 패를 종종 까서 보이는 바보 같은 경우가 있다.

예를 들어, 2004년 시작되는 쌀 시장 재협상에서 개발도상국 입장을 스스로 포기하겠다는 뜻이 담긴 도하개발어젠더(DDA) 대책반 보고서를 발표한 적이 있다. 한국은 농산물을 포함한 모든 협상 의제에 대해 선진국 입장에서 전향적으로 협상에 참여하고 있다고. 홈페이지에 실린 이 대목이 문제가 되자 황급히 지우기는 했지만 우리의 태도는 이미 세상에 알려지고 난 뒤였다. 풀밭을 두드리지도 않았는데 놀란 뱀처럼 나타난 것이다.

우리 무역 규모로 봐서 개도국의 입장을 고수하기는 어렵지만 농업처럼 취약한 부분에 대해서는 양보할 때 양보하더라도 속셈을 내보이지 말아야 한다. 과거 우루과이 라운드 협상 때, 프랑스 대표는 자국의 농업을 위하여 끝까지 속내를 들어내지 않으면서 농민들의 시위를 유도하여 많은 성과를 거두었다.

1996년 5월 31일은 한·일 두 나라가 월드컵 대회를 공동 개최하기로 결정된 날이다. 월드컵 대회를 유치하겠다고 먼저 뛰어든 나라는 일본이었다. 우리 때문에 월드컵 본선행이 번번이 좌절되어 눈물을 삼키던 일본은 본선행 티켓을 얻기 위해 아예 대회를 유치하기로 결정한다.

대한축구협회의 정몽준 회장은 뒤늦게 유치 대열에 뛰어든다.

아시아에서 가장 여러 번 본선에 진출한 한국이 대회를 유치해야 한다는 것이 명분이었다. 명분이야 어떻든 당시 우리로서는 어려운 싸움이었다. 22년간 아성을 쌓은 아벨란제 회장이 일본을 밀고 있으므로 세에서 밀리고, 표로도 장담할 수 없는 상황이었다.

이때 두 나라가 공동 개최하도록 하자는 의견이 나왔다.

대표 발의자는 요한손 유럽연맹 회장이었다. 일본과 아벨란제는 극력 반대하고 나섰다. 우리도 겉으로는 반대, 단독 개최를 고수하고 있었지만 모든 가능성을 열어둔다는 입장이었다.

결국 표결로 갈 수밖에 없었다.

특히 요한손 회장은 아벨란제와 각을 세우고 있는 사이이므로 표 대결이 불가피해 보였다. 요한손의 중재안이 나오자 FIFA 집행위의 판도가 확연히 드러나기 시작했다. 공동 개최라는 풀밭을 두르려 뱀의 정체를 찾아낸 순간이었다.

요한손의 제안이 우세하게 되자 자칫 표 대결을 했다가는 패배할 수 있다고 느낀 일본은 공동 개최안을 받아들이지 않을 수 없었다. 뒷날 나가노마 겐 일본축구협회 회장은 공동 개최의 진정한 발의자는 정몽준 회장이었다고 회고했다.

첩보 영화에서 흔히 보는 수법이지만 상대에게 진짜 정보와 가짜 정보를 뒤섞어서 흘려보내어 판별하는 능력을 살피는 것도 이 계책이다. 적의 비밀공작원이 침투하여 활동하는 것은 분명한데 아무래도 실체를 파악할 수 없다. 아지트를 어렴풋이 알고는 있지만 수색할 법적 근거나 명분도 없다. 자칫하다가는 놓쳐버린다. 이럴 경우 일부러 불을 질러 그들의 동태를 살핀다. 소방관을 가장하고 들어가는 것도 있을 수 있는 일이다.

자유당 때의 일이다.

국무총리를 지낸 P씨의 저택에 정치적 사건으로 수배 중인 한 인사가 숨어 있다는 혐의를 두었다. 경찰에서는 수색하고 싶었으나 법원으로부터 수색영장을 발부 받으려니 구구하게 설명하는 것이 거추장스러울 뿐 아니라 만약 수색해서 아무도 찾아내지 못한다면 경찰의 체면이 말이 아니므로 그 집으로 드나드는 사람만 감시하고 있었다.

망설이다 못한 경찰은 그 저택으로 연결된 전기선을 끊어버렸다.

전기수리공을 부른 것은 당연한 순서인데, 전기수리공으로 변장한 경찰이 그 집으로 들어갔다. 어디에서 탈이 났는지 모르겠다면서 이 방 저 방으로 쑤시고 다니자 곁에서 지켜보던 식모가 빨리 전기를 들어오게 할 양으로 수리공을 다락방까지 데리고 들어갔다. 이를 지켜본 경찰은 그 집에 아무도 없다는 결론을 내리고 그 집에 대한 감시를 풀었다고 한다. 경찰은 전기선을 끊는 방법으로 풀밭을 두드려보았던 것이다.

어느 때나 마찬가지지만 대선이 다가오면 여야간 정쟁이 치열하다. 이때 항상 등장하는 말이 있으니 이른바 X-파일.

106

이회창의 병력 X-파일, 노무현의 고의 부도 X-파일, 정몽준의 커닝 X-파일, 홍준표가 폭로한 연예인 성 상납 의혹 파일 등 상대방이 가장 아파할 부분을 무기로 가지고 있다는 뜻이다. 이런 파일이 있다고 은근히 말을 흘리면서 "한 방에 보낼 수 있다."고 큰소리치는 것이 보통인데, 엄청난 폭발력을 가진 내용임을 암시한다.

그러나 실제 이것이 펼쳐진 경우는 그리 많지 않다. 파일이라는 풀밭을 두드릴 터이니 여기에 해당하는 너는 뱀처럼 놀라면서 정신 차리며 까불지 말라는 뜻이 강하다. 상대에게 겁을 주며 압박하여 상대로 하여금 실수나 실언을 유발하여 득을 보자는 심산이다.

14

쓸모없는
사람은없다

몰락한 왕손에게
빌려준 스산한 꿈

영화 '마지막 황제'로 유명한
선통제 푸이(溥儀)의 일생이야말

로 차시환혼의 연속이라 하겠다. 청 나라의 혼을 불러들이기 위해
제위에 오른 세 살의 나이는 시체와 다름없고, 신해혁명 후 퇴위
하였다가 일본 관동군에 얹혀 만주국 괴뢰황제가 된 것은 36계
중 14계인 차시환혼(借尸還魂: 시체를 빌려 놓고 혼을 불러들여라)의
대표적인 본보기이며, 공산 혁명 후 사회주의적 교양을 통해 새로
운 인간이 되었노라고 하는 것도 중국공산당의 선전을 위해 시체
를 빌려준 꼴이 되었다.

얼핏보아 대중적인 인기나 지지도 없고 정치적 영향력도 완전
히 소진한 인물이 타인의 수중에서 우대 받는 경우가 있다. 이른
바 '흘러간 스타'를 옆에 끼고 그 명성을 팔고 다니는 것이다.

여러 가지 경우를 볼 수 있다.

첫째, 인간이면 누구나 조금씩 가지고 있는 과거의 잔영에 대한
그리움이라든가 복고적인 성향을 이용하는 경우.

둘째, 과거의 복원이라는 허무맹랑한 기대심리를 이용하는 경우.

셋째, 대의명분이나 슬로건으로 내세우기가 용이한 경우 등이 있다.

우선 첫 번째 경우를 보자.

군국주의 일본이 푸이를 만주로 데리고 와 괴뢰국을 세운 뒤 소수이긴 하지만 명망 있는 인사를 끌어들이는데 성공하였다. 갑골학 연구로 유명한 나진옥 같은 수구적인 인물이 만주국 황제의 사부로 참여하게 된 것도 그런 이유다. 이들의 포섭은 일제가 추구하는 목표, 즉 중국의 분열을 가속화시키는 효과가 있었다.

상표의 경우 칠성사이다나 삼강하드는 인수한 회사가 음료수 제조업체로서 확고한 명성을 가지고 있으면서도 과거의 상표를 그대로 쓴다. 최초의 회사는 이미 소멸되었지만 칠성이니 삼강이니 하는 것이 워낙 고전적인 이름이므로 시체의 값을 하기 때문이라 할 것이다.

두 번째의 경우를 보자.

푸이가 천진에 있을 때는 물론이거니와 만주에 가서 만주족 추종자를 거느릴 수 있었던 것은 그를 통하여 멸망한 왕조 청을 복원할 수 있으리라는 기대심리 때문이었다. 일본은 첫 번째 경우와 함께 이 점을 십분 이용하여 한족과 만주족을 이간시켰던 것이다.

세 번째의 경우가 가장 흔하고 위력도 크다.

진시황이 죽은 뒤 진승, 오광을 신호탄으로 시작된 각처의 봉기는 항우와 유방의 패권다툼으로 압축되었다. 항우의 경우, 그의 숙부인 항량이 봉기하자 반란에 참가하여 큰 세력을 이룰 기틀을 만들어나갔다. 이에 책사 장양이,

"초 나라의 왕손인 손심을 영입하여 왕으로 삼으면 천하의 인심이 장군에게로 모이게 될 것입니다."

라고 권했다. 영토와 백성을 모두 잃은 몰락한 왕손이지만 진 나라를 타도하기 위해서는 상징적인 구심점이 필요했던 것이다. 이후 각처의 군웅들은 초회왕을 중심으로 모여들었고, 상징적이나마 구심적인 역할을 수행했다.

초회왕 손심은 뒷날 항우로부터 이름뿐인 의제라는 칭호를 받은 뒤 죽음을 당하게 되는데, 이를 또 유방이 이용한다. 즉 항우를 공격할 명분을 얻기 위해 의제의 죽음을 천하에 공표한 다음 임금을 시해한 무도한 항우를 쳐야 한다면서 군사들에게 흰 상복을 입혀 공격을 개시하였던 것이다. 이로써 당시 항우는 유방에 비해 군사적으로는 월등히 강했지만 대의명분, 즉 정치적인 입지라는 측면에서는 궁지에 몰리지 않을 수 없었다.

후한 말.

황건적의 봉기로 한 왕실은 명목상의 황제만 있을 뿐 조정의 권력은 각지에서 할거하는 군웅들의 수중에 있었다. 군웅의 하나였던 동탁은 텅빈 낙양으로 쳐들어가 소제를 폐하고 아홉 살 난 유

협을 제위에 오르게 하니 그가 헌제이다. 각지에 흩어져 있던 군웅들이 동탁을 공격하자 헌제를 데리고 서쪽 장안으로 수도를 옮겼다. 여포의 손에 동탁이 죽자, 조조의 모사 한 사람이 이렇게 건의하였다.

"옛날 춘추시대에 주 양왕(周襄王)이 난리를 피하여 진 문공(晉文公)에게로 가니 받아 주었는데 이후부터 제후들이 모두 진 문공에게 복종하였습니다. 한 고조 유방은 항우를 칠 때 의제의 죽음을 조상하고 그 원수를 갚는다는 명분을 내걸어 천하를 얻었습니다. 지금 천자를 곁에서 받드는 사람이 없으니 장군이 가서 천자를 옹위하고 제후들을 호령한다면 장군의 모든 명령은 천자의 명으로 변하게 되니 명분상 우위를 차지할 수 있습니다."

이를 옳게 여긴 조조는 재빨리 낙양으로 가서 헌제를 손안에 넣었고, 뒤이어 자신의 근거지인 허도로 옮겨 삼국 가운데 가장 강력한 세력을 형성하였다.

이상과 같이 동탁이나 조조가 한 왕실을 싸고돌며 헌제를 수중에 넣으려 하는 것은 죽은 것이나 다름없는 황제의 신성불가침적인 힘과 거역하기 어려운 명분을 빌어 자기의 목적을 손쉽게 달성하려고 한 것이다.

일본 전국시대의 이야기이다.

무로마치 막부(室町幕府)의 15대 쇼군(將軍)인 아시카가 요시아키(足利義昭)는 실권을 가신인 미쓰요이(三好), 마쓰나가(松永) 등에게 빼앗긴 뒤 근거지인 교토(京都)에서 추방되고 말았다. 요시아키는 하는 수 없이 몇몇 가신을 거느리고 여러 지역의 다이묘(大名)들을 찾아다녔으나 어느 누구도 이처럼 영락한 쇼군을 받아주지 않았다. 2백 년 가까이 일본 천하를 호령하던 무로마치 막부의 후계자라 하기에는 믿기지 않는 처지가 되고 말았다.

각지를 유랑하던 그는 1568년 7월에 이르러서야 미노(美濃)의 오다 노부나가(織田信長)에게 몸을 의탁하게 된다. 요시아키를 흔쾌히 맞아들인 오다 노부나가는 두 달 뒤 그를 앞세우고 교토로 쳐들어갔다. 당시 각국의 다이묘들은 팽팽한 세력 균형을 이루며 연횡합종(連衡合縱)을 거듭하던 때인지라 어떤 다이묘가 세력을 확장하기 위하여 이웃 나라를 침공하게 되면 견제를 받기 일쑤였으나 노부나가의 진격 앞에는 어떻게 손을 쓸 도리가 없었다.

물론 그는 강하기도 했다. 그러나 그는 명분상 우위에 있었으니 요시아키를 내쫓은 미쓰요시와 마쓰나가의 대항군에 대하여,

"쇼군은 원래 교토에 있어야 할 분이다. 지금 교토로 돌아가는 길이며, 나는 지금 쇼군을 호위하고 있다."

하는 데는 어쩔 수가 없었던 것이다. 본래부터 가지고 있던 막강한 실력과 대의명분을 등에 업은 노부나가가 싸움에서 이긴 것은 당연하다.

오다 노부나가는 아무도 거들떠보지 않는 시체와 다름없는 요시아키를 빌어 마침내 패자의 위업을 달성하였고, 이후 천하는 도요토미 히데요시의 손을 거쳐 도꾸가와 이에야스에 의해 완전히

통일, 에도 막부(江戸幕府)를 수립하는 길을 열었던 것이다.

제국주의 열강이 약소국을 병탄한 뒤에도 왕조의 임금은 죽이거나 내쫓지 않고 명목상의 왕으로 남기는 경우가 많다. 설혹 폐위시키더라도 상당한 위엄과 권위를 부여하여 정중하게 대우하는 예가 있었다. 월남, 캄보디아 등이 그러했는데, 그들 왕을 통하여 반발세력을 무마하고 효과적으로 통치하기 위하여 시체를 빌리자는 계략임은 재론할 여지가 없다.

반대로 망국의 후예를 신속히 제거하고 혈통을 남기지 않으려 하는 것도 차시환혼의 계략이 생기는 여지를 아예 없애자는 것이다. 조선이 개국한 뒤 창왕, 우왕, 공양왕 등을 죽이고 왕실 일족을 제거한 것도 만에 하나라도 있을지 모를 후환에 대비한 것이었다. 연산군과 광해군은 폐위 당한 다음 교동과 제주도로 각각 귀양길에 올랐고, 연산군은 이내 죽음을 당했으며, 두 임금의 자손도 성명을 보전한 예가 없다.

일제의 조선 침략을 살펴보자.

우선 임금을 제거하기 위하여 고종황제를 독살하였고, 혈통을 끊기 위해 영친왕을 볼모로 데려가 일본 왕실의 여자와 혼인시켰다. 또한 민중 속에 남아있는 왕가에 대한 애정과 연민의 정을 말살하기 위해 명성황후 민씨는 성질이 표독하고 얼굴이 추악한 곰보였다거나 후궁 소생인 순종황제는 이를 질투한 명성황후가 어릴 때 고환을 잡아당겨 생산을 못한다는 따위의 이루 헤아릴 수 없이 많은 악의에 찬 유언비어를 날조하여 조직적으로 유포시켰던 것이다.

민주당 기반을 현명하게 이용한 노무현

굳이 멀리서 예를 들 것 없이 새천년민주당의 노무현 후보는 어떠한가.

2002년 대선은 봉건 왕조와도 같은 3김의 정치적 장벽이 무너지는 선거이며, 5년간에 걸친 DJ정부의 공과를 심판하는 선거이자 새로운 정치 세력이 등장하는 전환기적인 현상이 나타나는 가운데 치러지는 선거이다.

집권 민주당으로서는 쉽지 않은 싸움을 해야 할 형편이다.

몇 가지 실패한 정책과 집권층의 부패 스캔들은 전통적인 지지 기반마저 무너지려하고 있다. 선거를 1년이나 앞두고 DJ가 당을 떠나지 않을 수 없는 상황이었으므로 민주당으로서는 한 왕조의 쇠락을 보는 것과 같다고 할 것이다. 이처럼 위험과 도전이 깔린 시기에 민주당의 주류세력은 전환기에 합당한 인물, 한나라당 이회창 후보의 강력한 도전을 저지할 인물, 지역적 정서를 누그러뜨려 가며 재집권할 수 있는 인물로서 노무현을 선택하였던 것이다.

노무현은 대통령 후보가 곧 당의 실질적인 지배자라는 우리 정치의 오래된 등식이 성립하지 않는 인물이다. 당내에서 그는 소수파에 불과하며, 지지기반도 특정 지역과 특정 인물의 지지기반과 심하게 겹쳐있다. 이러한 현상은 이인제가 한때 누렸던 지지 현상과 너무 유사하다. 이인제의 지지도처럼 소리 소문 없이 언제든지 사라질 수 있는 것이다.

결국 그는 민주당 주류세력으로부터 모든 것을 빌린 셈이다. 아니 주류세력이 그에게 모든 것을 빌려주었다고 하는 표현이 옳을 것이다. 그리하여 원문에도 있듯이 이 계책의 핵심, 즉 '모든 병권(兵權)을 그 사람에게 맡겨 그로 하여금 민주당 주류세력을 대신하여 공격과 수비를 맡도록' 했다.

그는 위에서 예를 든 망국의 후예처럼 민주당 주류세력에 몸이 실리어 항우 시대의 초회왕이 되었다가 유방에 의하여 받들어진 의제(義帝)가 될 것인지, 일본 무로마치 막부의 마지막 쇼군인 아시카가 요시아키가 되어 다시 교토로 들어가게 될 것인지, 아니면 다른 많은 망국의 후예처럼 물거품처럼 사라질 것인지 두고볼 일이다.

그가 이번 도전에 성공한다면 당의 실질적인 지배자가 아닌 인물이 집권하는 최초의 예가 될 것이다. 따라서 그의 정치적 기반이 어쩌면 취약할 수도 있다. 이제 그는 지금부터라도 업무 수행 능력이 있는 실질적인 인물들을 많이 규합해야 할 것이다.

15 미끼를 써라

호랑이를 꾀어
산을 떠나게 하라

손자병법에서는 '성을 공격하는 것은 하책(下政攻城)'이라고 하였다. 적이 성을 매우 튼튼하게 지키고 있는데도 억지로 공격하여 빼앗으려한다면 실패하여 손해만 보게 된다. 적이 유리한 지형을 먼저 차지했다면 그것도 굳이 빼앗으려고 해서는 안 된다. 하물며 적이 이미 만반의 준비를 갖추고, 병력 또한 강대하다면 더 말할 나위가 없다.

적이 만반의 준비를 갖춘 상태에서는 미끼를 던져 유인하지 않으면 공격해 오지 않을 것이다. 적이 병력면에서 나보다 강대한 상태에서는 일기, 기후 조건, 그리고 인위적인 책략을 결합하여 사용하지 않으면 전쟁에서 승리할 수 없다.

후한 말, 우후라는 장군이 강족(羌族: 중국 서부에 있던 종족)의 반란을 평정할 때의 일이다. 진군 도중, 수천 명의 강족이 진창(8계의 암도진창)의 효곡을 차단하였다. 이에 우후는 즉각 진군을 멈추고 말했다.

"조정에 구원병을 청하는 글을 올려 구원병이 도착한 뒤에 출발하겠다."

이 소문을 들은 강족들은 인근 고을로 흩어져 노략질하기 시작했다.

우후는 적의 병력이 흩어진 것을 틈 타 주야를 가리지 않고 진군하여 하루에 백 리 길을 달렸다(행군의 정상적인 속도는 하루 30리이다). 그리고 군사들에게 2개씩의 취사솥을 걸게 하고, 이를 날마다 갑절로 불어나게 했다. 이것을 본 강족들은 원병이 도착한 것으로 착각하여 감히 공격하지 못했다. 우후는 마침내 강족을 크게 무찔렀다.

원병이 도착한 뒤에 진군하겠다고 선언한 것은 재물을 약탈하도록 미끼를 던져 병력을 분산하도록 유인한 것이다. 주야를 가리지 않고 강행군한 것은 시간적으로나 공간적인 예측을 벗어나게 하여 전투의 주도권을 장악하기 위한 것이었다. 취사솥을 날마다 갑절로 늘린 것은 원병이 도착한 것처럼 믿게 하여 적을 혼란에 빠뜨리기 위한 것이었다.(후한서, 우후열전)

호랑이도 저자에서는 개에게 희롱 당한다

'벼슬아치는 도장에 의지하고 호랑이는 산에 의지한다' 는 옛말이 있다.

예나 지금이나 관청에서 도장 받기가 어렵고 힘든 것은 다를 바 없고, 산중호걸 호랑이가 산을 떠나서는 힘을 쓰지 못하는 것은 당연하다. 그래서 '호랑이가 평양(平陽: 번화한 도시)에 내려오면 개에게도 희롱을 당한다(虎落平陽被犬欺).' 라는 말이 있지 않는가.

이 계책의 핵심은 적이 유리한 장소를 차지했거나 좋은 조건하에 놓여있을 때는 어떤 수를 써서라도 그 유리한 점을 없애고 희석시키라는 것이다. 산에 가서 호랑이와 싸울 수는 없지 않는가.

원문에서 '공성하책(攻城下策)' 이라고 지적했듯이 성이나 고지를 공격하여 이기려면 다른 전투에 비해 많은 대가를 지불해야 한다. 정상적인 공수 관계에서는 지키는 적보다 3배의 병력과 물자를 투입해야 작전이 이루어진다. 무슨 수를 써서라도 적의 유리한 조건을 불리하게 만들어야 하는 것이다.

1944년 영미 연합군의 노르망디 상륙작전 당시, 제일 처음 2개의 미군 공수부대가 독일군 후방에 투하되었는데, 모두 포위되고 말았다. 포위망이 점점 좁혀지면서 공수부대의 운명은 바람 앞의 등불이었다.

이때 연합군 사령부에서는 3백여 대의 비행기를 동원하여 포위망을 펼친 독일군 서쪽 방면에 낙하산을 대량으로 투하했다. 독일군의 롬멜 원수는 이것이 연합군의 주력부대이며, 그 방면으로 대규모 상륙작전이 벌어질 것으로 예상하여 포위하고 있던 부대 일부를 옮겨 새로 배치하는 한편 모든 예비부대를 그곳으로 급히 보

118

냈다. 독일군의 주력부대를 옆으로 빼돌린 데 성공한 연합군은 전멸이라는 위기를 모면하면서 호랑이의 입에서 벗어날 수 있었다. 롬멜이 연합군의 계략에 넘어간 것인데 투하된 모든 낙하산에는 나무로 깎은 인형이 매달려 있었던 것이다.

이러한 예는 정계에서 여야의 공방전이나 국제사회에서 국가간에 치러지는 각종 분쟁에 대한 협상에서 수없이 등장한다. 협상 테이블에 앉기 전에 상대의 강점을 희석시키기 위해 여러 가지 전략전인 조치가 취해지고, 상대는 이를 지키거나 역전시키기 위해 또 다른 조치를 취한다. 여론이 동원하기도 하고 힘을 과시하기도 한다.

1991년 1월.

걸프전은 미국과 이라크 사이에서 오랫동안 끈질긴 전쟁 준비 이후에 벌어진 것이다. 미국은 국제사회에서 유리한 여론을 등에 업기 위해 유엔안보리에서 여러 차례 결의안을 거쳤고, 이라크는 사막에서의 성전이라는 지리적인 강점을 살리기 위해 준비를 게을리하지 않았다.

전쟁 결과, 이라크는 사막전이라는 자신의 강점을 살리지 못한 채 끝내야 했다. 이라크를 사막에서 불러낸다는 것이 아예 불가능한 노릇임을 잘 아는 미국은 이를 피해 공습으로 일관했기 때문이다. 이처럼 적의 유리한 점을 없애거나 희석시키기 어려울 때는 아예 그것을 피하는 것도 한 방법이다.

기업 경쟁에서 살펴보자.

벌써 이십여 년 전의 일인데, '다이얼'이라는 외국상표를 들여와 비누를 생산하는 한 중소기업이 세숫비누 시장을 석권하고 있었다. 이에 LG의 전신인 럭키가 비누시장에 뛰어들었다. 판매망이나 판매 기법, 기업의 인지도에서 재벌기업은 단연 앞섰으나 다이얼 비누의 브랜드 인지도가 워낙 높아 기존 시장을 잠식하기가 쉽지 않았다.

대기업에서 할 수 있는 가장 손쉬운 방법은 풍부한 자금력을 바탕으로 저가공세를 펴는 것이었다. 상대의 강점은 브랜드인지도 내지 신뢰도라 할 수 있는데, 그 문제와 맞붙어 경쟁하기란 용이하지 않을 뿐 아니라 시간도 많이 걸리는 것이었다.

상대의 강점, 마치 호랑이가 산을 지키고 있는 현상을 타개할 수 있는 방법은 당연히 호랑이를 산에서 내려오게 하는 것이다. 여기에 그 중소기업이 말려들고 말았다.

다이얼 비누가 같은 가격대로 값을 내리자 럭키에서 새로 생산된 비누와는 무엇이 달라도 다르다는 생각은 점차 사라져갔고 악화되는 것은 점유율의 축소와 경영 수지였다. 결국 '다이얼' 비누로 시장을 석권했던 중소기업은 이후 부도를 내고 말았다.

거기에는 다른 여러 요인도 작용했겠지만 가장 중요한 요인은 럭키 상품과의 계속적인 차별화 전략을 고수하지 않은 점을 꼽고 있다. 따라서 럭키는 상대의 강점을 희석 내지 소멸시키는데 성공한 셈이고, 그 중소기업은 자기가 지켜야 할 산을 스스로 포기하고 만 것이다.

지금은 두산으로 넘어간 지가 오래됐지만, 동아출판사는 우리나라 출판계에 큰 족적을 남겼다. 창업자이자 최후의 경영자였던 김상문 사장은 그 방면에서는 호랑이 같은 존재였다. 동아출판사가 어려움에 처하자, 두산은 동아출판사를 인수하면서 한 가지 조건을 내걸었다고 한다. 계약 체결 후 몇 년 동안은 절대로 출판업에 관여하지 않는다는 것이었다. 당시 김상문 사장의 대저택은 은행에 저당 설정된 상태였다. 만일에 다시 출판계에 관여를 한다면, 영원히 저당 설정을 풀어주지 않음은 물론이고 집을 은행에 넘기겠다고 위협(?)했다.

동아출판사 김 사장이 출판 쪽에는 워낙 탁월한 능력을 가졌기에 아예 화근의 싹을 자른 것이다. 김 사장이 두산에 동아출판사를 어쩔 수 없이 넘겼다고는 하지만, 이를 발판으로 다시 출판사를 차려 두산에 대항할 것이 두려웠던 것이다.

이후, 양쪽의 시비가 없었던 것으로 보아 원만한 관계가 유지된 것으로 추측하지만, 두산이 김 사장에게 내걸었던 조건이 바로 36계 중 15계인 조호이산(調虎離山: 호랑이를 꾀어 산을 떠나게 하라)인 것이다. 김 사장을 출판계에서 일정 기간 떠나있게 함으로써 재기불능 상태를 만들고자 했음이니 말이다. 그 당시 김 사장으로서는 참으로 가혹한 조건이 아닐 수 없었을 것이다. 호랑이가 산을 떠나야만 하는 심정이 어떠했을까?

16

줄 때는 화끈하게 쥐라

느슨하게 풀어주면서
잡아라

낚시를 해 본 사람이라면 경험하는 일이지만 월척이 순식간에 끌어올려지는 것은 아니다. 대어를 단숨에 끌어올리려 했다가는 요동치는 힘을 이겨내지 못하여 꿰인 입이 찢겨 달아나든지 줄이 끊어지기 십중팔구다. 대어라 감지되는 순간일수록 침착하게 줄을 늦추었다 당겼다 일진일퇴를 거듭하며 조금씩조금씩 끌어올려야 한다. 장시간 승강이하는 동안 물고기는 조금씩 당기어오게 되고 힘도 빠지게 된다. 그리하여 건져 올려도 고기가 저항하지 못한다고 생각되는 가장 안전한 시점과 위치에서 포획하는 것이 상식이다.

계명 중 금(擒)이 낚시에서의 목적이라면 종(縱)은 수단과 방법이다. 낚시만이 아니라 모든 일에는 목적을 실현하기 위해 그에 맞는 수단과 방법이 강구되어야 한다. 목적 달성에만 너무 집착하고 서두르다가는 낚싯줄이 끊어지는 수가 있다.

故를 姑로 표기하는 경우도 있는데, 어느 쪽을 써도 무방하다.

故는 '일부러, 고의로' 라는 뜻이며, 姑는 '잠시' 라는 뜻을 가지고 있다. 낚시에서 대어를 늦추어주는 것은 일부러 늦추어주는 것인 동시에 잠시 풀어주는 것이니 두 글자를 함께 쓰는 것이 더 적절할 것이다.

개인이나 기업간에 발생하는 채권 채무 관계에서도 이런 예는 적용된다. 받아야 할 돈이 있다고 하여 상대방의 사정은 전혀 고려하지 않고 다그치기만 해서는 문제 해결을 더 어렵게 만드는 경우가 왕왕 있다. 조금만 참아달라고 호소하는데도 어음을 결재하라고 불쑥 은행에 들이민다면 부도밖에 날 것이 없으며, 빚을 갚으라고 지나치게 윽박질러 채무자에게 노골적인 반감을 사게 되면 채무 우선 순위에서 밀려날 염려도 없지 않다는 것을 고려해야 한다.

상대방이 진정으로 어려울 경우에는 조금 시간적인 여유를 주고 그의 사업을 힘 자라는 대로 도와주는 것이 낫다. 사업장에 화재가 났다든가 물난리를 겪는 등 불의의 사고를 당한 기업인에게 물건을 납품한 사람이 돈을 받으려 하지 않고 도리어 더 많은 물건을 주어 재기하도록 도와주는 경우를 흔히 본다. 이것은 거래하는 동안 맺은 신용이나 인간적인 유대도 작용하겠지만 근본적인 이유는 잠시 채무의 압박에서 풀어주어 훗날 받아야 할 돈을 받자는 데 있다.

제갈량의 칠종칠금은 적을 완벽하게 포획하자는 것이다.

몸은 물론 마음까지 사로잡아 영원히 복종하도록 만드는 것이니, 심모원려가 없이는 도저히 불가능하며, 정치적 판단이 앞서야 한다.

그러나 이것은 제12계의 순수견양과 상치되는 것이 아닌가.

순수견양에서는 전리품이 눈에 보이면 잽싸게 손에 넣으라는 것이고 이것은 유예하는 시간을 두고 처리하라는 것이니 상호 모순이다. 사실 삼십육계의 여러 계책을 찬찬히 뜯어보면 서로 모순되거나 상치되는 것이 더러 있다. 그러나 각각의 계책은 활용하는 사람에 따라 나름대로 가치를 지니고 있다 할 것이다.

우리가 명심해야 할 것은 목적하는 바가 동일하다고 하여 이를 달성하는 수단이나 방법도 동일하다고 생각해서는 안 된다는 것이다. 모든 일은 사안에 따라 처리하는 방법이 달라야 한다. 고정된 틀을 가진 수단과 방법이란 존재하지 않는다. 때와 장소와 경위에 따라 적절하게 대처하는 것이 중요하다. 따라서 사물을 관찰하고 사태에 대응하는데는 유연한 사고와 순발력이 있는 대책 수립이 중요하다.

특히 현대와 같은 초스피드 시대에는 하루만 지나도 구문(舊聞)이 되고 한 달만 지나도 고물이 되는 운명을 피할 수 없다. 낡고 진부한 생각과 구태의연한 처리 방법으로 복잡하고 다양한 이 세상을 헤쳐나가려 해서는 낙오와 패배만이 동반자로 남을 것이다.

모든 사물에 대하여 항상 새로운 마음으로 생각하고, 새로운 관찰법으로 사물을 바라보며, 새로운 잣대로 평가하며, 새로운 목표를 설정해야 하고, 새로운 논리와 방법으로 문제에 접근해야 한다. 과거도 새롭게 해석하고, 현재도 새롭게 인식해야 새로운 미래를 건설할 수 있다. 빠르게 변화하는 시대에는 항상 새로워져야 한다. 옛날 중국의 탕(湯)이라는 성군은 자신이 쓰는 목욕 그릇의 받침대에,

"진실로 날마다 새로워지자. 날마다 날마다 새로워지며, 또 날마다 새로워지자.(苟日新, 日日新, 又日新)"

이라는 글을 새겨 두고 심신을 닦았다 한다.

율곡선생의 격몽요결에는 혁구습(革舊習)이라는 장이 있는데, 공부하는 사람은 나쁘게 물든 과거의 때를 벗어버려야 한다고 역설하였다.

따라서 삼십육계의 진정한 가치는 목표 달성을 위한 끊임없는 도전과 유연한 사고를 기르는데 있다고 하겠다.

각설하고, 바둑에서 장문이라는 수를 생각해 보자.

상대에게 두 수가 허용되는 소장문과 세 수가 허용되는 대장문은 바둑돌을 쥘 줄만 아는 사람이면 손쉽게 사용하는 수이다. 얼핏 생각하면 그렇게 해야 상대의 말을 꼼짝없이 가두어 잡을 수 있으니 그런 수를 구사한다고 여기겠지만, 그게 바로 36계 중 16계인 욕금고종(欲擒故縱: 강한 말일수록 천천히 잡아라)이다. 단수로 바로 잡으려 했다가는 어디로 터져 나와도 나오니 잠시 한 발 물러서서 상대의 말을 늦추어 주는데 포위망은 더 강력하고 치명적이 아닌가?

기원전 209년, 중국 북방의 흉노족에서 묵특(冒頓)이라는 새로운 선우(單于: 흉노의 국왕)가 즉위하였다. 주소국의(主少國疑)라 하여 임금이 어리면 나라의 기틀이 흔들린다는 말이 있는데, 이것은 고금의 상례이다.

이웃 나라 동호(東胡)에서 새 선우를 시험하기 위하여 사자를 보냈다. 묵특이 아끼는 천리마를 달라는 것이다. 좌우 신하에게 의견을 물으니 모두 극력 반대하고 나섰다. 그러나 묵특은,

"이웃 나라의 청인데 그까짓 말 한 마리 때문에 우의를 깨뜨릴 수 있느냐?"

하고는 선뜻 주어버렸다.

얼마 뒤 동호에서 또 사자가 왔다. 이번에는 묵특이 가장 사랑하는 후궁을 달라고 했다. 신하들의 반대는 더욱 극렬하였고, 이런 모욕에 대해서는 군대로 갚아야 한다고 펄펄 뛰었다. 그러나 묵특은 껄껄 웃으며,

"내게는 불필요한 여자 하나 때문에 양국의 우호를 상할 수 있느냐?"

하며 후궁을 내주었다.

그 얼마 후 또다시 사자가 왔다. 이번에는 두 나라 사이에 놓인 빈땅을 갖겠다는 것이었다. 좌우 신하에게 물으니 쓸모 없는 땅이니 주어도 무방하다는 의견을 내는 사람도 있었다. 묵특은 갑자기 탁자를 내려치며 소리쳤다.

"영토는 국가의 근본이다. 어떻게 남에게 줄 수가 있느냐?"

그리고는 동호에서 온 사자와 땅을 주어도 무방하다는 신하의 목을 자르는 한편 전체 인마를 휘몰아 질풍처럼 동호로 쳐들어갔다. 항상 느슨하게 양보만 하는 묵특인지라 아무런 방비 없이 태평스럽게 있던 동호 왕은 불의의 습격을 받아 손도 미처 써보지 못하고 패퇴하였다. 궁전까지 쳐들어간 묵특은 왕을 잡아죽인 뒤 아예 동호국을 멸망시키고 말았다.

이것은 제10계 소리장도와도 일맥상통하는 계책이다.

17

되로 주고
말로 받아라

36계 중 17계인 포전인옥(抛磚引玉: 벽돌을 던져주어 구슬을 끌어내라)을 보면, 적을 유인하는 계책은 매우 많지만 가장 교묘한 방법은 비슷하게 보이는(疑似法) 정도가 아니라 실지와 거의 같아야(類似法) 적의 의아심을 해소시킬 수 있다고 말한다. 기치를 벌려 놓고 복과 징을 울려 적을 유인하는 것은 의사법이며, 늙고 잔약한 군사를 내보내거나 군량이나 말먹이 따위를 미끼로 던져 주는 것은 유사법이다.

예를 들면, 기원전 700년경, 초 나라가 교(絞) 나라(지금의 호북성 원현 서북)를 침공했을 때 초 나라가 사용한 계책이 그것이다. 교 나라의 도성 남문에 진을 친 다음 초 나라의 대신 굴하(屈瑕)가 무왕(武王)에게 이렇게 건의했다.

"교 나라는 작은 나라이기도 하지만 재빠르게 움직이는 나라인데, 움직임이 재빠르면 계략이 부족합니다. 군사의 보호 없이 땔나무꾼만을 산으로 보내어 저들을 유인하는 게 좋겠습니다."

그 계책대로 하니 아니나다를까 교 나라 군대가 성에서 나와 그들을 사로잡아갔다. 이튿날은 군사들을 땔나무꾼으로 변장시켜

산으로 올려보내니 더 많은 군대가 쏟아져 나와 땔나무꾼을 추격하였는데, 초 나라 군사들은 산 속으로 달아나는 체하면서 매복하여 기다리다가 역습하였다.

한편 초 나라 주력부대는 북문에서 숨어 기다리고 있다가 역습을 받고 쫓겨 내려오는 교 나라 군대를 공격하니 교 나라 군대는 크게 어지러워지면서 참패하고 말았다. 초 나라는 빈 성을 점령하여 항복을 받은 다음 돌아갔다.

이 계책은 손빈이 군사의 취사솥을 줄여 나가면서 방연을 마릉으로 유인하여 죽인 것과 같은 작전이다. 〈4계 이일대로 참조〉

작은 것을 잃고 큰 것을 취한 소주회사

전등록(傳燈錄)에 다음과 같은 이야기가 전한다.

당 나라 때 조하(趙)라는 시인이 있었다. 시상이 맑고 참신하여,

"긴 피리 한 소리에 누각에 기대었네.(長笛一聲人倚樓)"

라는 시구를 읽은 대시인 두목지도 칭찬해 마지않아 조의루(趙倚樓)라는 별명이 생기기까지 하였다.

한번은 소주(蘇州)지방을 유람하게 되었는데, 그곳에는 상건(常建)이라는 격이 좀 떨어지는 시인이 살고 있었다.

조하가 소주에 온다는 소식을 들은 그는 분명히 영암사(靈岩寺)에 갈 것이라고 예상하고 먼저 가 그 절의 벽에 시 두 줄을 써 놓

았다. 절구에서 기승(起承) 두 줄을 완성하였으니 뒤에 전결(轉結) 두 줄을 이으라는 뜻이다. 자기보다 시를 잘 짓는다고 정평이 난 조하의 시를 끌어내어 합작으로 한 수의 시를 만들기 위해서였고, 이것은 시인으로서 명성을 얻는데 도움이 되는 일이었다.

영암사에 간 조하는 상건이 예상한대로 벽면에 쓰인 미완의 시를 보고 시흥이 동하여 과연 전결 두 구절을 지어 시 한 수를 완성하였다. 뒤에 지은 시가 앞의 시보다 나았음은 물론이다.

그 뒤부터 더 좋은 것을 얻기 위해 자기 것을 내놓는 행동을 포전인옥이라 하였고, 이것이 군사상의 용어로 쓰이면서 성격을 조금 달리하게 되었다. '되로 주고 말로 받는다' 는 것이다.

이 계는 앞의 16계 욕금고종에서 동호왕을 멸망시킨 흉노국의 묵특선우의 고사와도 일맥상통하고, 제11계인 이대도강, 작은 것을 희생으로 내어주고 대신 큰 승리를 획득하라는 계책과도 통하는 것 같다.

그러나 엄밀하게 따지면 모두 각각 조금씩 다르다.

욕금고종은 적을 느슨하게 포위 공격하여 방심을 유도하라는 것이고, 이대도강은 어쩔 수 없이 희생을 치러야 할 경우에는 작은 희생으로 큰 이득을 획득하라는 것이다. 반면 포전인옥은 적에게 벽돌을 옥으로 속여 적의 옥을 끄집어내라는 것이다. 나의 벽돌과 적의 옥을 함께 던지게 하면 손해는 옥을 가진 적이 보게 되는 것은 당연한 이치이니 이렇게 유도하라는 것이다.

다시 말하면, 나무에 올라가 있는 원숭이에게 야자열매를 따게 하기 위하여 원숭이에게 돌을 던지면 원숭이도 이를 흉내내어 야자열매를 따서 던진다는 이야기에서 적을 그 원숭이처럼 만들라는 것이 가장 적절한 비유가 될 것이다.

그런데 인간 사회에서 원숭이에게 하는 것처럼 돌과 야자열매를 바꾸는 일이 과연 가능하겠는가? 불가능하다. 아무리 뛰어난 지혜와 빤짝이는 꾀를 가진 사람이라도 사기라는 죄명을 쓰지 않는 이상 불가능한 일이다. 우리가 검토하는 이 삼십육계가 사기술은 아니지 않는가. 그러면 이 계는 전혀 비현실적인 공리공담인가?

그렇지는 않다.

제7계 무중생유에서 보는 바와 같이, 장순이 허수아비에게 검은 옷을 입혀 성밖으로 내보낸 것은 가짜 군사이며 벽돌이고, 적이 알아차리지 못하고 활을 마구 쏘아 장순의 군대에 보태어준 것은 화살인데, 이것이 바로 옥이다. 제갈량이 적벽대전 직전, 안개가 자욱히 낀 날을 이용하여 징을 치며 배를 몰아 조조군 가까이가 화살을 얻어온 것 또한 같다. 적의 주력을 분산시키기 위해 허장성세를 보인 것이 벽돌이라면 엉뚱한 곳을 공격하여 전장의 주도권을 빼앗은 것은 옥이다.

이것은 가짜를 내보여 진짜를 은폐하는 것이며, 미끼를 던져 적을 유인하는 것이다. 가짜를 내보이거나 미끼를 던질 때는 그만한 재료가 있어야 한다. 말로만 될 수 있으면 그보다 큰 성과는 없지만 무엇이든 물질이 있어야 한다. 이 편에서 무엇이든 던져야 저

편에서도 던지게 되는 것이 인간 세상이다. 요컨대 불공정 거래를
하라는 것이다.

1970년대 초.

우리 나라 술꾼들의 입맛은 막걸리에서 소주로 바뀌어가고 있
었다. 지방 각 면마다 하나씩 있던 '술도가'라는 그 양조장의 막
걸리는 어려운 식량 사정 때문에 생산이 어려웠다. 쌀 대신 밀가
루로 막걸리를 만들었지만 변해 가는 입맛을 바꾸기는 어려운 형
편이었다.

특히 농촌 인구가 빠른 속도로 도시로 옮겨가면서 간편하게 빨
리 마시고 빨리 취하는 술을 선호하게 되었으니 그게 바로 소주였
다. 소주의 매출을 늘리기 위해 혈안이 될 당시, 한 소주회사 영업
부에서 벌어진 일이다. 하루는 한 젊은 직원이 상무에게 갔다.

"상무님, 오늘 저녁 저와 대포 한 잔 하시지요."

이 맹랑한 풋내기 사원을 모두 놀라운 눈으로 쳐다보았다. 그의
말투와 고압적인 태도에 흥미를 느낀 상무는 퇴근길에 그 사원을
따라나섰다. 사람이 북적거리는 허름한 술집을 골라 들어간 사원
은 자기 회사의 소주 한 병과 간단한 안주를 시켰다. 술병을 딴 그
는 주위 사람이 들으라는 듯 큰소리로,

"소주에는 가스가 차 있단 말이야."

하며, 병에 든 술을 반 잔 가량 바닥에 찔끔 흘려 부었다. 술 한
병을 대충 마신 그들은 통행금지 시간이 가까울 때까지 이곳 저곳

사람들이 북적거리는 술집을 전전하며 술을 부었고, 가스가 있다고 외쳤다. 이후 그 회사는 몰래 사원을 풀어 서울시내 곳곳을 누비며 다니게 했다고 한다.

이것이 바로 포전인옥의 계책이다.

그렇게 버린 술의 양만큼 판매량이 증가되는 것이고, 소주에 관한 새로운 정보는 술꾼에게 호기심을 자극하기에 충분했던 것이다. 더 중요한 것은 술을 따르다 마지막 잔이 차지 않으면 한 병 더 주문해서 그 잔을 채우는 우리 술좌석의 관습을 이용한 것인데, 약간 버리고 나면 잔에 차지 않을 용량의 소주 잔(지금 우리가 쓰고 있는 소주잔이 바로 그것이다)까지 만들어 소주 판촉용으로 공급했던 것이다. 그러다 언제부터인지 소주에 가스가 있다는 것은 허무맹랑한 속설이라는 것이 밝혀지면서 첫잔을 따르기 전에 흘려 붓던 습관은 슬그머니 사라졌다.

18
가지는 놔두고 뿌리를 찍어라

적을 공격하여 승리하였다면 전과를 다 거두어들일 수 없을 정도가 되어야 한다. 작은 승리에 만족하여 큰 승리를 거둘 기회를 놓쳐버린다면 군대의 손실은 어느 정도 막을 수 있을지 모르지만 적의 주력을 격파하지 못하여 결과적으로 장수에게는 골치거리가 되고 최고사령관에게는 재앙이 되어 앞서 이룬 공로에 오점을 남기게 된다. 또 완전한 승리를 거두었다고 방심하여 주력부대를 격파하지 않고 적의 우두머리를 사로잡지 않으면 그것은 마치 사로잡은 호랑이를 풀어 산으로 돌려보내는 것과 같다.

적의 우두머리를 사로잡으려면 적의 깃발의 움직임만 보고 파악하려 해서는 안 되고 적의 진영에서 누가 지휘자인가를 살펴야 한다.

당 나라 숙종 때.

장순이 반란군 안녹산의 부하인 윤자기를 공격할 때의 일이다.

장순이 군대를 몰아 윤자기의 진영으로 바로 쳐들어가자 적진

은 큰 혼란에 빠졌다. 장순은 이 틈을 타 적장 50여 명과 군졸 5천
여 명의 목을 베었다. 그러나 우두머리인 윤자기를 죽였는지는 알
수가 없었다.

윤자기의 생사를 알아내기 위하여 한 가지 꾀를 내었다. 마른
나무로 깎은 화살을 쏘게 하니 그 화살을 맞은 적의 군사가 기뻐
하며,

"장순의 군대에는 화살이 떨어졌다."

고 소리치며 대장에게 보고하러 달려가는 것이었다. 그제야 윤
자기의 존재를 알게 된 장순은 부하 장수에게 활을 쏘게 하여 그
의 왼쪽 눈을 맞추었다. 장순의 군대에 사로잡힐 지경에 이른 윤
자기는 급히 군대를 거두어 퇴각하였다.〈신당서, 장순열전〉

백만 대군보다 한 사람의 왕을 잡아라

6 · 25 당시.

인천상륙작전에 성공한 UN군이 서울을 수복한 다음 국군이
38선을 돌파한 뒤 북진이 개시할 때의 일이다. 38선 돌파에 소극
적이던 미군도 전선이 확대되자 나름대로 작전을 수립하기에 이
르렀는데, 공산군을 일찍 소탕하기 위해서는 청천강 이남에 공수
부대를 대거 투하하여 적 수뇌부의 퇴로를 차단해야 한다는 결론
을 내렸다.

작전 계획을 세워 실행에 옮기려는데 D-데이에 이르러 악천후가 계속되었다. 미군은 작전을 차일피일 미루었고, 작전을 함께 짠 한국군 수뇌부는 발을 동동 구르며 출동을 재촉했다. 그러나 남의 땅에서 모험을 걸 필요가 없었던 미군은 마냥 날씨만 좋아지기를 기다리며 들은 척도 하지 않았다.

며칠 뒤.

공수부대를 띄워 청천강 이남을 차단하고 보니 김일성을 비롯한 수뇌부가 막 빠져나간 뒤가 아닌가. 일이 그렇게 되느라고 그랬겠지만 가령 악천후가 아니었다던가, 악천후라 하더라도 작전권이 한국군에게 있었다면 어떤 희생을 각오해서라도 작전은 예정대로 수행되었을 것이다. 그러면 6.25의 향방은 물론 1950년 이후 우리의 역사도 달리 기록되지 않았겠는가.

고구려 보장왕 4년.

수 나라에 이어 중국을 통일한 당 태종은 수륙 양면으로 대군을 휘몰아 요동으로 쳐들어왔다. 이를 맞은 고구려는 몇 개의 작은 성을 잃었을 뿐 안시성에서 치열한 항전을 치렀으니, 하루 6,7차에 걸친 주야 공격을 견디며 60일 동안 연인원 50만이 넘게 투입되어 성보다 높게 쌓은 적의 토산을 빼앗는 등 초인적인 힘을 발휘했다.

가을이 되자, 고구려군의 용맹과 끈기에 질리고 추위마저 닥쳐 패주하기에 이르렀는데, 계절 탓도 있지만 야사에 의하면 당 태종이 성주인 양만춘이 쏜 화살에 한쪽 눈을 맞았기 때문이고, 그의 죽음도 그것 때문이라고 한다. 감히 정사에 기록할 수 없는 사건인지라 사서에는 전혀 언급이 없지만 황제의 실명이라는 전대미문의 치욕을 맛본 당군이 전의를 상실했음은 익히 상상할 수 있는 일이다.

전쟁 중 최고사령관의 위치는 그 전쟁의 승패를 결정지을 만큼 막중하다. 그의 생사 여부와 결정 여하에 따라 천군만마의 생사와 국민의 안위와 국토의 존립이 좌우된다.

국가 단위가 아니라 일개 중대 단위라 하더라도 다를 바가 없다.

전선에서 중대장의 전사나 실종은 곧 그 중대 전체의 전투력 손실로 평가하는 것이 군 작전상 일반적인 통념이다. 중대원 전체 1백여 명이 고스란히 살아 있더라도 그 중대는 당장 전선에 투입되지 못할 뿐 아니라 적어도 새 중대장이 보임되어 중대의 전투력을 보강할 때까지는 유고 상태가 되는 것이다. 평상시도 정도의 차이가 있지 다를 바 없다.

걸프전 당시.

다국적군이 혈안이 되어 찾은 것은 이라크군의 미사일 기지였고, 그보다 더 혈안이 된 것은 후세인의 행방이었다. 위성 정찰과 첩보를 통하여 후세인의 행방을 알아낸 다음 융단폭격으로 전사시켜버리는 것이 전쟁 종결의 지름길이라 여긴다는 보도가 있었다. 그러나 후세인은 버젓이 살아남아 아들 부시 대통령과 대결하고 있으니 군 수뇌부나 워싱턴의 의도도 그러했는지는 알 수가 없는 일이다. 다만 적 수뇌의 제거는 전쟁의 일반 원칙으로 볼 때 충분히 노려봄직한 일이다.

케네디 대통령이 암살된 직후.

부통령 존슨이 워싱턴으로 돌아가는 비행기 안에서 한 지방판사에게 취임선서를 하는 장면을 보면 정상의 자리가 얼마나 막중한가를 알 수 있다. 미국 같은 나라에서 이처럼 파격적인 취임선서를 한 것은 새 대통령이 즉시 핵가방을 인수하고 전군을 장악하기 위해서였음은 물론이다. 10.26 당시의 숨막히는 며칠이라든가 그 후 전개된 정치군인들의 난동은 우리가 이미 경험한 바다.

궁극적인 목표를 달성하기 위해서는 무엇이 가장 장애물이 되는가, 목표 달성의 첩경이 무엇인가를 판단한 다음 이를 주 타켓으로 삼아 모든 전력을 쏟아 부으라는 것이 이 계의 근본 취지다. 이것저것 곁가지를 힘들게 쳐봐야 나무를 넘어뜨릴 수 없다. 나무 기둥이나 뿌리를 건드려야 한다.

적의 중심부를 강타하라.

전쟁에서는 적군의 임금이나 군사령관이 될 것이요, 전투에서는 부대장이나 적이 보유한 가장 가공할 무기가 주 타켓이 될 것이다. 전력의 집중은 군사만이 아니라 정치에서도 유용하게 쓰이는 전략이다. 1970,80년대 야당이 개헌 투쟁을 할 때 온갖 악법, 갖가지 부조리가 많았지만 모든 병의 근원은 그릇된 헌법과 이의

자의적인 운용에 있었던 만큼 이 법 고치자 저 법 만들자 하지는 않았다.

'코트 달라 모자 달라, 여러 가지 주문할 것 없이 돈 달라는 한 마디만 하면 된다'는 어느 정치인의 말처럼 오직 개헌 그것이었다. 만약 당시 야당이 헌법 개정이라는 정곡을 찌르지 않고 하위법 몇 개를 고치자고 목청을 높였더라면 주의만 산만해지고 전력만 분산될 뿐, 별 소득이 없었을 것이다.

장기에서 상대의 말을 잡기 쉽다고 상도 좋다, 마도 좋다, 닥치는 대로 먹는다고 해서 꼭 이긴다는 보장이 없다. 이것이 만약 상대가 유인한 계략이라면 '장군!' 한 번 부르는 소리에 어이없이 지고 만다. 장기에서 모든 작전과 행마는 항상 상대의 궁을 겨냥하고 있어야 한다.

특혜 시비가 끊이지 않던 시절 재벌기업의 오너가 궁극적으로 벌여야 할 로비는 청와대라는 것이 상식이었다. 상공부의 무슨 국장, 건설부의 아무 차관하고 쑤시고 다녀 봐야 분위기는 무르익게 할지언정 결정적인 찬스는 만들지 못한다. 최고 결정권자와 담판하는 것, 이것이 바로 36계 중 18계인 금적금왕(擒賊擒王: 장수를 잡았으면 왕까지 잡아라)의 계책이다.

이러한 원리는 과거로 거슬러 올라갈수록 더 치열했다. 큰 장사, 큰 이득을 남기려할수록 임금과 담판해야 한다. 그도 안되면 뒷날을 위해 왕자라도 잡아야 한다는 것은 누구나 생각할 수 있는 계책이다. 그러나 왕은 고사하고 왕자와 사귄다는 것도 어디 쉬운 일인가.

진시황 때의 여불위(呂不韋)라는 인물의 행적을 살펴보면 이 계책이 뜻하는 바가 무엇이며, 권력이란 이렇게 접근하여 획득하는 수도 있구나 할 것이다. 그리고 권력의 속성도 약간은 터득할 수 있을 것이다.

　　여씨춘추(呂氏春秋)라는 중국 고전은 여불위가 진 나라의 재상이 되고 난 뒤 천하의 선비를 모아 고금의 역사와 삼라만상의 이치를 기록한 책이다. 책을 발간하기 전, 수도인 함양 성루에 펼쳐 두고 누구라도 와서 잘못된 부분을 한 글자라도 고쳐주는 사람에게는 천금의 상을 주겠다고 호언할 만큼 자신만만하게 펴냈다. 거기에는 영원토록 자신을 기념하겠다는 뜻도 담겨 있었으니 대단한 권세와 부를 누린 인물이다.

　　그런 그의 본래 신분은 양책의 일개 상인에 지나지 않았다.

　　그가 한번은 장사차 조 나라의 수도인 한단에 가게 되었는데, 우연한 자리에서 진 나라 왕손을 만나게 된다. 그는 진 나라 태자의 아들로서 볼모로 와 있었는데, 이인(異人)이라는 이름을 가진 젊은이였다. 당시 진 나라는 조 나라를 자주 침범했으므로 조 나라로부터 박대를 당해 형편이 말이 아니었다.

　　이를 본 여불위가 무릎을 쳤다.

　　"기이한 보배다. 잘 건사하면 뒷날 큰 이득을 얻을 수 있겠다(奇貨可居)."

　　그래서 그에 대한 투자에 나섰다.

　　"그대의 할아버지인 진왕은 늙었고, 아버지인 태자는 화양부인을 사랑하고 있지만 자식이 없소. 그대는 20여 명의 형제 중 중간에 있으면서 전혀 사랑을 못 받고 있으니 태자가 즉위하더라도 그대로서는 왕위를 감히 넘볼 수 없는 형편이지요."

자신의 가장 아픈 점을 정확히 지적하자, 이인이 급히 다가앉았다.

"그러면 어떡해야겠소?"

"지금 후계자를 세울 수 있는 사람은 화양부인 뿐입니다. 제가 비록 돈은 없지만 천금을 들여 진 나라로 가 그대를 후계자로 삼도록 힘써보겠소."

"그렇게만 된다면 뒷날 진 나라를 당신과 반 나누어 갖겠소."

이에 여불위는 이인에게 5백금을 주어 천하의 선비들과 사귀게 했다. 좋은 평판과 명성을 얻도록 하자는 취지였다. 그리고 자신은 5백금을 털어 진기한 보물을 사 들고 진 나라 수도로 갔다. 화양부인에게 언니가 있다는 것을 알아낸 그는 보물을 화양부인에게 바치게 한 뒤, 다음과 같은 말이 들어가게 하였다.

"이인의 현명함은 세상이 다 아는 바라 빈객이 천하에 두루 깔려 있습니다. 날마다 밤이면 태자와 부인을 사모하여 울면서 '나는 부인을 하늘같이 섬기겠다'고 한답니다."

이 말을 전해들은 화양부인이 매우 기뻐하더라는 말을 들은 그는 다시 언니를 시켜 다음과 같이 설득하게 하였다.

"부인은 태자로부터 총애를 받고 있으나 아들이 없소. 지금처럼 젊고 태자의 사랑이 있을 때에 여러 아들 중 현명하고 효성스러운 아들을 후계자로 선택하여 결연해 두는 것이 앞날을 위해 좋지 않겠소? 세월이 흘러 아름다움이 사라지고 태자의 사랑이 풀린 뒤에 무슨 말을 한들 듣기나 하겠소? 지금 이인은 어질지만 맏아들이 아니므로 후계자가 될 수 없다는 것을 잘 압니다. 이러한 때 이인을 발탁하여 후계자로 삼아두면 이인으로서는 나라가 없다가 생겼으니 참으로 부인을 하늘처럼 섬길 것이요, 부인 또한 아들이 없다가 생겼으니 종신토록 진 나라에서 영화를 누릴 것입니다."

이 말을 옳게 들은 부인은 틈을 타 태자에게 말하니 태자는 옥을 쪼개어 나누어 가지며 그렇게 하기로 맹세하였다. 이어 여불위를 스승으로 초빙하기에 이른다.

여불위는 절세미인과 살고 있었는데, 첫눈에 반한 이인이 그녀를 달라고 청하자, 여불위는 화를 내는 체하면서 그녀를 주고 말았다. 당시 그녀는 임신 중이었는데, 아들을 낳으니 그가 바로 진시황이다. 그리하여 진시황은 후세 사람들로부터 진 나라 왕의 성(姓)인 영씨(嬴氏)가 아니라 여씨(呂氏)라는 희롱을 들어야 했다.

이 무렵 진이 조 나라의 수도 한단을 포위하자 신변의 위험을 느낀 이인은 여불위의 도움을 받아 뇌물을 주고 탈출하였다. 이인이 초 나라 옷을 입고 부인에게 인사하니 크게 환대하며,

"나는 초 나라 사람인데 네가 초 나라 옷을 입었으니 후사로 삼는 것이 마땅하다."

하고 이름까지 초(楚)로 고치게 했다.

태자가 즉위한 지 몇 년 뒤 죽고, 초가 왕위에 오르니 그가 장양

왕이다. 장양왕도 재위 3년만에 죽으니 여불위와 살던 절세미인의 아들이 즉위하였다. 그가 바로 진시황이다. 여불위는 문신후로 봉해져 국사를 한 손으로 주물렀고, 아버지와 다름없이 존경한다는 뜻으로 중부(仲父)라 불리었다.

이후 여불위는 진이 천하를 통일하고 난 다음 재상이 되었다. 하지만 전날의 아내였던 태후와 사통을 계속하다가 발각되어 자살하고 마는데, 그가 나라를 요리하기 위해서 왕자를 사로잡은 계책은 완전히 성공한 셈이다.

상대의 강점을
약점으로 만들어라

상대의 기세가 마른 장작더미
에서 타오르는 불과 같고, 제방
을 무너뜨리며 쏟아져 흐르는 홍수와 같을 때는 정면으로 대적하
려 해서는 안 된다. 그 활활 타오르는 불길과 도도히 흐르는 물줄
기를 누가 막을 수 있단 말인가.

끓는 물을 보자.

상대의 기세와 힘은 가마솥에 끓는 물과 같다. 그 열을 아무도
막을 수가 없다. 끓지 못하도록 한 다음 식을 때까지 기다려야 한
다. 김을 빼야 빨리 식는데, 두 가지 방법이 있다. 끓는 물을 솥채
들어내는 것이 하나요, 솥 밑에 타오르는 땔감을 들어내는 것이
두 번째 방법이다. 솥을 들어내는 것은 잠시 멈추게 할 수는 있어
도 근본적인 대책은 되지 못한다. 두 번째 방법인 땔감을 들어내
어 아예 화력을 제거해야 한다. 이것이 36계 중 19계인 부저추신
(釜底抽薪: 맞붙어 이길 수 없거든 먼저 상대의 김을 빼라)인 김빼기
작전의 요체이다.

태평양전쟁 당시의 일이다.

미드웨이해전은 미일 해군력의 우열을 한순간에 바꾸어 놓은 중요한 전투였다. 일본 연합함대사령관 야마모도(山本) 제독은 미국의 전체 해군력이 산호해 방면에 집결해 있기 때문에 미드웨이 방면은 비어 있을 것이라 판단했다. 이곳을 점령하면 미 함대가 열세를 만회하기 위해 한 판의 결전을 서두르지 않을 수 없을 것이고, 서둘러 달려드는 미군을 꺾으면 전쟁을 승리로 끝낼 수 있다고 생각했다. 그리하여 야마모도 제독은 알류산열도 쪽으로 공격하는 체하면서 주력 80여 척을 미드웨이 방면으로 진출시켰다.

나구모(南雲)중장이 지휘하는 아까기(赤城) 등 4척의 항공모함과 250대의 전폭기가 선봉에 섰고, 그보다 320km 후방에 야마모도 제독이 지휘하는 주력이 따랐으며 그 후방에는 공략부대가 있었다. 미드웨이에 포진한 미 해군력으로서는 상대가 되지 않는 가공할 대부대였다.

1942년 6월 5일 새벽.

미드웨이 서북방 370km 지점에 도착한 나구모 부대는 1차로 공격부대를 출격시켜 목표 지점을 폭격했으나 미군은 그림자도 보이지 않았다. 이에 당황한 일본군은 2차 출격을 시도하였다.

그런데 사실은 일본군의 무전을 입수하여 암호 해독이 가능했던 미군은 일본군의 작전을 미리 알고 있었으므로 태평양함대 사령관 니미츠 장군은 목표 지점 밖에 대기하고 있었고, 지상군은 폭격 지점에서 멀리 떨어져 대피했던 것이다.

145

함상에 대기 중이던 모든 전투기가 폭탄을 장착한 뒤 재차 출격하려 할 때 전방으로 나갔던 정찰기가 미군 항공모함을 발견하였다. 일본군은 이 미군 항공모함을 격파하기 위하여 전폭기에서 실었던 폭탄을 급히 제거한 뒤 어뢰를 탑재했다. 약 2시간에 걸친 작업이 끝난 후 막 발진하려는데 구름 속에서 미군 전폭기가 급강하하면서 포탄을 퍼붓는 것이 아닌가.

어뢰를 실은 전폭기는 갑판 위에서 연쇄 폭발하여 3척의 항공모함은 순식간에 기능을 상실하였고, 계속되는 공격에 견디지 못하여 격침되고 말았다. 남은 1척의 항공모함은 미 항공모함 요오크타운호를 격침시키고 엔터프라이즈호에 큰 손실을 입혔지만 결국 침몰되었다. 이로써 나구모 부대는 전멸하였다. 이는 곧 일본 해군의 정예부대를 상실한 것이었으므로 이후 일본군은 해상에서의 열세를 영영 만회하지 못했다.

이 해전에서 일본군은 미군에게 암호가 노출되는 치명적인 실수를 저지르게 된다. 이 약점을 틈 탄 미군은 기세가 등등한 일본군의 불필요한 공습을 유도하여 김을 빼버린 것이다. 이것이 바로 이 해전을 승리로 이끈 원동력이 되었다.

미국 자동차 업계의 거인 포드는 엄청난 힘을 가지고 있었다.

그 힘이란 대량 생산 체제로써 모델 하나를 개발했다면 몇 백만대든 단숨에 생산하여, 싼 가격으로 공급할 수 있는 저력을 뜻한다. 이런 엄청난 물량 공세에 견디다 못해 생겨난 것이 GM이다.

146

GM은 6개의 군소업체가 모인 회사로서 생산력에서는 여전히 포드의 적수가 아니었다. 이에 GM은 '포드의 강점을 약화시켜라'는 전략을 세웠다.

우선 다품종 소량 생산으로 포위망을 구축했다.

6개의 회사가 모였기 때문에, 각자 특성을 살려 품종을 특화 할 수 있었고 순발력도 뛰어났다. 그 반면 공룡처럼 거대한 기업이 된 포드는 일괄 생산체제에는 강했으나 순발력은 떨어지지 않을 수 없었다. 상대의 강점을 약점으로 변하게 한 GM의 전략은 적중하여 미국 자동차업계는 GM, 포드, 크라이슬러 순으로 정착되어 오늘에 이르고 있다.

부저추신의 계책은 정치 일선에서 많이 응용된다.

선거 합동유세 때, 연설을 마친 후보가 지지자를 이끌고 퇴장하는 것은 이 방면의 고전이다. 상대편에서 기세를 올리면 그 페이스에 말려들지 않기 위해서 상대가 취약한 부분을 치고 나오는 것이 정치의 원칙처럼 되어 있다.

노무현 대통령이 대선을 치르면 이 계책을 썼다고 볼 수 있다.

야당에서 제기하는 이슈들을 정면으로 대응하기에는 부담스러운 부분이 많았다. 남북 문제, 개혁의 성과와 방향, 공적 자금과 회수 불능 액수, 부정 부패 척결과 과거 청산 문제 등 방어해야 할 부분이 수없이 많았다. 그는 이들을 정면으로 대응하기보다는 다른 화법으로 대응했다.

147

상품 광고에서도 이런 현상은 더욱 뚜렷하다.

하이트 맥주가 처음 나올 당시, 광천수로 빚은 새 술이라고 광고하였다. 그런데 OB맥주에서 이것을 놓치지 않고 시정을 요구해, 광고 문안을 고치게 한 적이 있다. 하이트맥주로서는 김빠지는 일이었다.

LG전자가 2002년 상반기 부호분할다중접속(CDMA) 휴대전화 수출에서 1위를 했다고 발표하자 삼성전자는 세계 시장 점유율에서 삼성이 앞선다고 응수했다. 해외 조사기관인 스트래티지 어낼리틱에서 삼성전자는 740만대, LG전자는 600만대를 판매했다는 것이다. 그러나 LG전자는 지지 않고 삼성은 내수분이 414만대이므로 수출만 따지면 LG가 앞선다고 반박했다. 이에 삼성은 그 조사기관 자료는 믿을 없는 가공의 수치라고 받아쳤다.

서로 자기 회사가 1위라고 외치다가 상대의 주장에 대해서는 "소가 웃을 소리. 누가 1위인지는 세상이 다 안다."는 반응이다. 이 모두가 상대방 김빼기 작전이다.

일을 복잡하게
하는 사람은
멀리하라

혼란에 빠뜨려
어부지리를 노려라

1973년 10월, 제4차 중동전쟁 당시 어느 날 오후였다.

스웨즈 운하의 부교 건너편에 한 떼의 탱크부대가 하늘을 뒤덮는 모래먼지를 일으키며 다가오는 것이 이집트군 초병의 눈에 들어왔다. 탱크는 부교 입구에 일제히 멈추어 섰고, 선두 탱크에서 한 장교가 뛰어내렸다. 그리고 유창한 아랍어로 소리쳤다.

"수고한다, 형제들."

"전방은 이스라엘 진영인데 수고 많습니다, 장교님."

초병은 경례를 멋들어지게 올려붙이며 대꾸했다.

"이 부교를 건너실 작정이십니까?"

"우리는 21장갑사단이다. 운하 서편에 임무를 마치고 전선으로 다시 투입된다."

"현재 전선은 어떻습니까?"

"알라께서 보호하시어 아주 좋다. 우리는 지금 이스라엘군을 곤경에 몰아넣고 오는 길이다. 서안에서 임무가 끝나면 다시 싸우러

간다."

"알았습니다. 장교님."

이집트 초병은 다시 한번 정중하게 경례를 올려붙였다.

탱크는 즉시 부교를 통과하여 속속 운하의 서안에 당도했다. 한참 뒤 초병의 뒤편 저 멀리에서 요란한 탱크 포 소리가 끊임없이 터져 나왔다.

어이없게도 이 탱크부대는 이스라엘군이었다.

그들은 운하를 건너 전면에 있는 이집트군의 유도탄기지와 고사포 진지를 파괴하기 위하여 결성된 부대였다. 아랍군의 복장과 장비를 갖춘 탱크부대를 선발대로 내보내어 이집트 병사를 멋지게 속인 뒤 운하를 건너, 그 장교의 말대로 임무(?)를 수행했던 것이다.

불시에 적진 깊숙이 침투해 들어간 이스라엘군은 이집트군에 섞여서 종횡무진 진지를 유린했다. 이집트군은 한때 적군과 아군을 구분할 수 없는 혼란에 빠져들었고, 임무를 마친 이스라엘군은 신속히 집결하여 마침내 든든한 교두보를 확보하기에 이르렀던 것이다.

제2차 세계대전 말이었다.

독일군에게 전세가 날로 불리해지자 히틀러는 하나의 모험을 결행한다. 영어를 유창하게 하는 장병 2천여 명을 선발하여 미군 군복을 입히고, 노획한 탱크와 트럭, 지프 등으로 무장시켜 경계가 허술한 후방으로 침투시켰다. 미군 후방의 요충을 차단하여 도로와 통신선을 절단하면서 전혀 경계 태세를 갖추지 않은 미군을 기습하였다.

전선 깊숙이 침투하여 양군이 대치하고 있는 강변까지 진출, 도하작전에 의해서만 통과할 수 있는 교량을 탈취하여 독일군 주력부대를 맞아들일 준비까지 갖추기에 이르렀던 것이다. 결국 그들은 미군의 소탕전으로 실패하고 말았지만, 이 특공대가 미군에게 준 혼란과 손실은 엄청난 것이었다.

냇가에서 고기를 잡아본 사람이면 누구나 기억할 것이다.

반두를 치고 고기를 몰아넣을 때는 일부러 흙탕물을 많이 일으킨다. 그렇지 않으면 피라미처럼 약삭빠른 물고기는 반두 반대방향으로 달아난다. 손으로 돌 틈을 더듬어 잡을 때도 마찬가지이다. 멀찌감치 흙탕물을 일으켜 물을 흔들어 놓고 시야를 흐리게 한 뒤에 손을 넣는 것이 효과적이다.

이처럼 36계 중 20계인 혼수모어(混水摸魚: 흙탕물을 일으켜 시야를 흐린 후 물고기를 잡아라)란 계책은 물고기를 잡아 본 사람만이 터득할 수 있는 생활의 지혜이다. 적의 조그마한 약점을 이용하여 피아의 구별이 어렵도록 혼란을 조성하여 목적을 달성하는 것이 이 계책의 요점이다. 물이 흐려진 상태에서, 공격측은 유리하지만 상대측은 그와 반비례하여 방어하기 어렵다는 것이다.

피아를 분간하지 못하는 전투만큼 어려운 것은 없다.

사실 여부는 확인할 수 없으나 6.25 당시 종군했던 사람의 회고

담을 들어보면, 칠흑 같은 밤에 고지에서 백병전을 벌릴 때 육안으로는 분간할 수 없기 때문에 마주치면 먼저 머리부터 만져본다는 것이다. 머리를 더 짧게 깎았으면 어느 쪽이라는 식으로 판단했다니 그 어려움이 어떠했겠는가?

어려운 전투를 꼽는데 있어서 시가전을 빠뜨리지 않는다.

소요 시간과 사상자가 많아 어렵기는 양편이 마찬가지인데, 이것도 따지고 보면 혼수모어의 양상이다. 각종 건물과 도로와 민간인과 수많은 은폐, 엄폐물들은 모두 흙탕물과 같은 것이니 여러 가지 성분이 잡다하게 혼재된 가운데 섞인 적을 찾아내야 하는 것이다. 열세에 몰린 적일수록 할 수만 있다면 시가전을 치르는 것이 효과적이다. 다만 수많은 인명과 막대한 재산 피해를 감수하고, 무고한 시민을 인질로 삼아 싸운다는 비난을 무릅쓸 각오가 되어 있으면 말이다.

우리 현대사에서도 그런 예를 찾아 볼 수 있다.

10.26사태 이후 모든 국민은 새로운 시대를 갈망하는 기대감과 장래에 대한 불안감이 뒤섞인 상태였다. 일찍이 경험하지 못한 엄청난 사건들이 연속되었으므로 위기의식은 그 어느 때보다 높았고 안정이 파괴될까 우려했다.

1980년 신군부의 등장은 이러한 국민 정서를 교묘히 이용한 결과라 할 수 있다. 그들은 국민 정서에 맞추어 계속 안정을 호소하면서 한편으로는 공공연히 불안 요인을 증폭시켜 나갔다. 정권 탈취를 내비치는 자체가 불안을 가속화시킨다는 것을 잘 아는 그들은 정국을 끊임없이 뒤흔들어 놓음으로써 혼란에 빠져들게 유도해 나갔던 것이다.

그 혼란을 당시에는 '안개 정국'이란 말로 표현했는데, 시야가 가리기는 마치 물고기를 잡기 위해 흙탕물을 일으키는 것과 다를 바 없는 것이었다. 뒤섞고 뒤흔들어 뭐가 뭔지 정신을 차리지 못하게 한 다음 정권을 잡자는 혼수모어의 계책이었다.

감사 경험이 많은 사람의 이야기를 들어보면, 부정 비리를 저지르는 대부분의 사람들은 일을 간단 명료하게 처리하지 않는다는 것이다. 일을 집행하다가 불가피하게 그렇게 된 경우도 있지만 거의 대부분이 고의로 일이나 문서를 흩트려 놓아 자세히 집중적으로 조사하지 않고는 적발하지 못하게 만든다. 이 역시 혼수모어의 수법이다. 따라서 간단 명료하게 처리할 수 있는 일을 공연히 이 법규, 저 규정, 이런 관행, 저런 논리를 끌어대고, 서류를 뒤죽박죽 흩어놓아 일을 복잡하게 만드는 사람은 한번쯤 눈여겨볼 필요가 있다.

21

매미가
허물벗듯
형체만 남겨라

허물만 남기며
바람과 함께

유방과 항우가 천하를 다툴
때이다.

싸울 적마다 패한 유방이 이번에는 형양이라는 성에 갇힌 몸이
되었다. 유방은 사자를 보내어 강화를 제의하여 항우의 허락을 받
았다. 그러나 항우의 책사인 범증의 반대로 강화가 이루어지지 않
자 유방은 범증과 항우를 이간시킬 목적으로 반간계를 써서 항우
로 하여금 범증을 의심하게 했다. 항우가 자신을 믿지 못하게 된
것을 눈치챈 범증은 낙심하여 벼슬을 버리고 고향으로 돌아가다
가 울화가 치밀어 등창이 나서 죽고 만다. 범증이 죽고 난 뒤에야
자신의 잘못을 깨달은 항우는 형양을 더욱 단단히 포위하여 맹렬
히 공격하기 시작했다. 이대로 가다가는 전군이 몰살하는 것은 시
간 문제였다.

그러던 어느날.

한밤중에 동쪽 성문이 갑자기 열리며 갑옷 입은 병사 수천 명이
쏟아져 나왔다. 항우의 군대가 이들을 붙잡아보니 모두 여자들이

었다. 뒤이어 누런 비단으로 휘장을 덮은 가마와 검정 소에 멍에를 거창하게 차린 왕의 수레가 여러 겹 호위를 받으며 나타났다. 수레에 앉은 왕이 소리쳤다.

"성안에 식량이 떨어져 한왕이 초 나라에 항복한다!"

초 나라 군사들이 일제히 만세를 부르며 그쪽으로 우르르 몰려갔다. 군사들의 호위를 받으며 수레는 천천히 항우 앞으로 다가갔다. 수레에는 기신(紀信)이라는 장군이 타고 있었다.

"한왕은 어디 갔느냐?"

"한왕은 이미 성을 빠져나갔습니다."

항우 군사들이 만세를 부르며 갑옷 입은 여자들과 어울려 히히덕거리는 사이, 유방은 수십 기의 호위를 받으며 서쪽 성문을 열고 탈출했던 것이다. 성이 머리끝까지 오른 항우는 기신을 불에 태워 죽였다.

이와 비슷한 이야기는 우리에게도 있다.

지금의 대구인 공산성에서 견훤에게 몰린 고려 태조 왕건을 대신하여 목숨을 바친 신숭겸의 죽음도 이와 비슷하게 전개되었을 것이다.

36계 중 21계인 금선탈각(金蟬脫殼: 알맹이는 나가고 껍질만 남겨라)은 애벌레가 성충이 될 때 허물을 벗어 던지고 몸 전체가 빠져나가듯 적의 수중에 가상의 군사력만 남겨두고 주력부대는 무사히 다른 곳으로 옮겨 작전을 수행하는 것을 말한다.

155

제1차 세계대전 당시.

탄넨베르그 전투에서 독일군이 러시아군에게 구사한 교묘한 수법은 이렇다. 전쟁이 발발하자 삼소노프가 지휘하는 50만 러시아군은 독일 동부 프로이센 지방을 동남 양쪽에서 공격하여 프리드비츠가 지휘하는 독일 제8군 13만 병력을 포위하려고 했다. 이에 대항하여 독일 8군사령관 프리드비츠는 러시아군을 저지하면서 진격을 지연시킬 임무를 맡고있었다. 그러나 러시아군이 남방 깊숙이 우회하고 있었으므로 매우 초조하여 비스투라강까지 후퇴하기로 결심했다. 이 보고를 받은 참모총장 몰트케는 놀라 그를 해임한 뒤에, 후임으로 67세의 퇴역장군 힌덴부르그를 임명하였으며, 참모장에는 젊은 루덴돌프를 보냈다.

특별열차편으로 전선에 온 새 수뇌부는 작전계획을 변경하였다.

우선 일부 병력으로 러시아군의 동쪽을 저지하는 동안 주력을 남쪽으로 빼돌려 격파하기로 하였다. 이 작전의 성공을 위해서는 동쪽에 있는 러시아군을 그대로 묶어두고, 주력을 몰래 남쪽으로 이동시켜야 했다.

천신만고 끝에 남방으로 주력을 옮긴 독일군은 부대 이동을 까맣게 모르는 러시아군을 기습적으로 포위하였다. 포위망에 갇힌 러시아군이 전멸하자 사령관 삼소노프는 자살하고 말았다.

한편 동쪽 23만 러시아군과 대치하면서 그들의 발목을 묶어두는 임무를 맡은 독일군은 기병을 주축으로 한 1만여 명의 병력에 불과했다. 그야말로 허물만 남겨놓고 주력이 빠져나간 것이다. 이

들은 전선 정면에 부대를 분산시켜 러시아군의 정찰을 방해하는 동시에 야간에는 후퇴하고 주간에는 전진하여 후방에서 증원부대가 계속 도착하는 것처럼 꾸미는 등 갖가지 기만책을 구사했다. 현대의 칸네 전투로 일컬어지는 이 전투로 힌덴부르그와 루덴돌프는 국민적인 영웅이 되었고, 러시아는 뒤이은 몇 차례의 패배로 말미암아 결국 전선에서 떨어져 나가고 말았다.

6.25 당시.

인천상륙작전이 성공한 유엔군이 서울을 향해 진격하자 북한 공산군은 부평 등 서울로 통하는 곳곳에서 완강히 진격을 저지하고 나섰다. 잠시라도 유엔군의 놀랍게도 묶어놓기 위하여 능선 일대에 기관총을 배치했다. 그런데 놀랍게도 기관총을 잡고있는 나이 어린 기관총 사수의 손발은 철사로 묶여있었다고 한다. 사격이 끊이지 않았으니 껍질은 남아 있는 셈인데, 우리 전사에 결코 쓰여지지 말았어야 할 참혹한 일이다.

바둑에서 사석작전도 같은 맥락에서 이해하여야 한다.

대수롭지 않은 말을 넘겨주는 대신 선수 뽑기, 세력을 쌓기, 또는 집 장만하기, 아니면 상대의 대마를 공격하기 등 모두 사석이라는 작은 껍질을 남겨두고 주력을 다른 곳으로 옮기는 전법이다.

나쁜 예이기는 하지만 기업은 망해도 기업인은 살찐다는 말도 결국 금선탈각의 결과다. 회사 돈을 개인구좌로 빼돌려 빈 껍질만 남겨놓고 부도를 내고 외국으로 도망가는 수법이다. 유신정권의 몰락과 10.26을 촉발케 한 하나의 도화선이 되었던 YH사건도 알고 보면 금선탈각이 빚어낸 후유증 때문이다.

기술 개발은 뒷전이고 그럴듯한 이름과 막후의 실력자를 팔아 투자자를 끌어 모아 주가를 띄워 올리는 수법으로 천문학적인 거액을 챙긴 뒤 사라진 벤처기업, 막대한 공적자금을 받고는 돈을 쓴 기업도 사람도 찾을 수 없이 손실액만 남기고 잠적한 기업, 이 모두가 금선탈각의 수법을 쓴 셈이다. 모든 게 빈 껍질만 남지 않았는가.

22

고객이 행복할 때까지

쥐도 도망갈 구멍을 주고 쫓아라

'쥐도 구멍을 보고 쫓아라' 든가 '도둑도 달아날 구멍을 보고 쫓아라' 고 한다.

코너에 몰린 상대를 지나치도록 강경하게 몰아붙여 문제가 잘 해결된 경우는 흔치 않다. 아무리 완승을 거둔다 하더라도 후유증이 조금은 있게 마련이다. 특히 대화와 타협을 최대의 미기(美技)로 여기는 정치에서 어느 한쪽이 상대에게 약간의 명분이나 실익도 주지 않고 밀어붙여서 정국이 풀려나간 예는 없다. 어느 시대든지 강경파가 득세하여 얻어지는 것은 끊임없는 국론의 분열이요, 정치의 일탈현상이다.

상거래는 정치보다 더 심하다.

협상 상대가 조금 취약한 형편에 있다고 하여 굴욕적인 손해만을 강요한다면 결과는 어떻게 되겠는가?

그러나 그것이 우리 내부에 침투한 적이라면 문제는 달라진다.

미봉책이 통하지 않는 것이 전장의 법칙이다. 간첩은 철저히 색출하지 않을 수 없고, 진영 깊이 들어온 유격대는 아무리 소수라 할지라도 완전무결하게 소탕하지 않으면 안 된다. 간첩을 잡기가 어렵다고 하여 적당히 암약하다가 넘어가라고 해안 일부를 비워 주며, 휴전선을 넘어왔을 경우 총격전이 귀찮고 희생이 따른다하여 철책선 한 구석이나 민통선 일부를 열어 줄 수야 없지 않는가?

한 마리의 쥐라고 하여 대수롭게 여겼다가는 뒷날 떼로 몰려오지 않는다는 보장이 없고, 지나치다 기웃거린 고모도적이라 해서 내일 소도둑이 되어 오지 않는다는 법이 없다. 작고 대수롭지 않다고 하여 헐겁게 대해서는 안 된다. 웅덩이를 맑게 하기 위해서는 한 마리 미꾸라지라도 잡아내야 한다. 모든 불행은 지극히 사소한 것에서부터 출발한다. 바늘구멍이 큰 둑을 허물어뜨린다지 않는가?

적을 추격할 때는 복병에 걸리지 않는 범위 내에서 완벽하게 포위하여 철저히 분쇄하지 않으면 안 된다. 그렇지 않으면 적의 교란으로 인하여 작전상 심대한 차질을 줄뿐만 아니라 심리적으로도 악영향을 미친다. 적에게는 아군이 소수의 적조차 평정할 수 없는 무능한 부대라 여기게 되어 자신감만 키우고 사기만 북돋우어 주는 결과가 된다.

세계 전사상 징기스칸처럼 적을 철저하게 격파한 인물도 없을 것이다.

그는 공격을 중도에 포기한 예가 없다. 성곽이거나 도시거나 마을, 들판 가릴 것 없이 완전히 초토화시켰다. 병사는 한 사람도 남김없이 죽이고, 전투 능력이 있든지 없든지 생명이 있는 것은 모조리 죽이거나 약탈했다. 적이 무력으로 저항할 경우 저항력이 완전히 없어질 때까지 쓸어버렸다. 이것은 징기스칸만이 아니라 몽고족의 일반적인 전투 방법이었다. 이들에 대항하여 수십 년을 두고 싸운 고려는 유례를 찾아보기 어려운 예이니 우리의 강인함도 부끄럽지 않다.

그들이 얼마나 지독했던지, 다음과 같은 이야기가 역사에 전한다. 야율초재(耶律楚材)라는 뛰어난 정치가가 있었는데, 그는 아마 중국인의 은인으로 추앙 받아 마땅할 것이다.

원 나라가 중국 북방을 압박하면서 계획한 것은 화북 대평원 전체를 목장으로 만든다는 것이었다. 지금의 하북성에서부터 양자강 이북까지 성이고 도시고 마을이고 사람이고 존재하는 모든 것을 죽이고 파괴한 뒤 황무지에 말과 양을 풀어놓아 길러서 국가적인 부를 축적하겠다는 것이다. 지금 생각하면 어처구니없는 발상이지만 못할 것도 없는 것이 대원제국의 무력이었다.

이때 야율초재가 나서서 목장을 만들기보다는 중국 백성들을 그대로 살려 농사를 짓게 하고 공업을 장려하여 세금과 곡식과 물건을 받아들이는 것이 훨씬 낫다고 설득하였다. 그 당시만 하더라도 몽고인들은 백성으로부터 세금을 거두어들이는 것을 알지 못하였으니 그가 교육을 담당한 셈이다. 결국 그 말이 받아들여져 오늘날 '북경 건설 8백년' 이라는 말이 있게 되었던 것이다. 이처럼 적을 철저히 분쇄한다는 것은 지나쳐도 너무 지나쳐 야만이라는 이름을 붙이지 않을 수 없지만 전장에서는 냉혹한 선택이 완전한 승리로 연결되는 경우가 많다.

　장개석의 국민당 정부가 대만으로 내몰리는 불행을 당한 것도 국공합작이라는 덫에 걸려 모택동을 끝까지 추격하지 못하고 놓아 준 결과이다. 역사에서 가정은 무의미하다고 하지만 만일 그 당시, 연안 대장정을 끝까지 계속했더라면 모택동도 등소평도 없었을는지 모른다. 물론 국민당 정부의 무능과 부패, 민중의 끊임없는 혁명 열기 등으로 국민당이 쉽게 정착하기는 어려웠을 것이라는 여건상의 문제가 없는 것도 아니지만 말이다.

　36계 중 22계인 관문착적(關門捉賊: 문을 닫아걸고 소탕하라)은 한 기업이 다른 기업을 장악하는 방법으로도 사용된다. 우리 재계에서 SK만큼 힘들이지 않고 성장해 온 기업도 드물 것이다. 기술 개발이라야 SKC의 테이프가 고작이 아닌가 한다. 이것은 술과 음료를 주로 만들던 OB나 백화점과 제과에 힘을 기울이는 롯데와 또 다른 비교가 되는 점이다. 신기술 개발과 새로운 상품을 만들고 수출하여 국민 경제를 살찌게 한다는 것과는 거리가 있어 보인다.

　1970년대 후반만 해도 SK, 곧 선경그룹은 재계 서열 10위권 정도였는데, 1980년대 들어 대한석유공사(현 유공)를 인수하여 단숨에 재계 5위로 성장하였고, 1990년대에는 한국이동통신(현 SKT)을 인수하여 재계 3위로 급부상 하였다. 모두 국가의 기간산업이라 할 수 있는 국영기업을 인수하여 쌓은 성과이다.

그런데 묘한 것은 SK가 이처럼 힘들이지 않고 부상하면서도 사회적으로나 재계 내부에서도 별다른 질시나 저항을 받고 있지 않다는 점이다. 반반한 국영기업체 하나 인수하기도 어려운 형편인데 SK는 정권이 바뀔 때마다 한 건씩 한다. 그러고서도 그 말 많은 시민단체로부터 지탄을 받아본 예가 별로 없다.

그 힘은 어디에 있는가.

그 방법을 잘 보여준 것이 얼마 전에 끝난 KT 민영화의 지분 장악이 아닌가 한다. KT의 지분을 상당수 확보하고 있는 SK는 이번 지분 입찰에는 불참하겠다는 입장을 뒤집으며 경쟁사들의 사외이사 참여까지 봉쇄한 채 1대 주주로 등장했다. KT의 올바른 민영화를 저해한 것이며, 경쟁사와의 약속도 저버린 처사이다.

SK는 자신의 세력 범위 안에 들어온 공기업을 절대 놓치지 않는 집착력을 가지고 있고, 이를 인수하여 이른바 SK화하는데 남다른 재능을 가지고 있다. 사정권 안에 든 물건을 절대 놓치지 않으려면 일단 문을 닫아걸어야 된다는 사실을 잘 알고있는 것 같다. 이른바 관문착적의 원리 말이다.

"SK! 고객이 행복할 때까지…"라는 CF의 멘트를 "SK에게 소탕될 때까지…"라고 해야 옳은 것이 아닌지 모르겠다.

23

가까이 있는
사람들과
친해라

달라지는 외교술

권력의 세계에서는 자기 자신
외에는 모두가 적일 수도 있는
것인가.

1952년 8월. 제2대 정부통령 선거에서 부통령에 함태영이 당선
되었다. 당시 대통령 이승만을 추종하던 가장 큰 세력으로는 족청
이 있고, 그 실력자는 전 국무총리 이범석이었다. 모든 사람들은
이범석이 러닝 메이트로 지명될 것이라 믿고 있었으므로, 선거 공
고문조차 비워 두고 이승만의 선언만을 기다렸다. 그런데 선거가
임박해서 전혀 의외의 인물인 함태영이 지명되었다. 그는 기독교
장로로서 정치와는 거리가 있는 인물이었다.

이승만이 구사한 것이 원교근공책. 나이가 적고 기력이 왕성한
무골(武骨)의 이범석을 지명하는 것은 자기의 자리를 넘보는 후환
이 되는 것이므로 가까이 있는 그를 공격하면서 멀리 있는 함태영
을 끌어들인 것이다.

사정은 조금 다르지만 1992년의 양김 공조와 노재봉 총리의 퇴
진을 들 수 있다. 당시 노재봉 총리 등장 이후 명지대학생 강경태

군의 죽음이 몰고온 파고는 공안정국으로 표현하고 있다. 대통령 비서실장에서 일약 총리로 기용된 그는 노대통령의 후계자로 지목되었다는 설이 있었다.

당시 민자당 대표로서 대권을 노리던 YS로서는 묵과할 수 없는 사태였다. 이에 YS는 DJ와 손을 잡았다. 두 사람은 뒷날의 혈투를 예비하면서도 서로 없어서는 안될 순망치한의 관계에 있었던 것이다. 어느 한쪽이 무너져 대권 후보에 오르지 못하는 날에는 양김 동시 퇴진이라는 여론의 압력을 받아야 하기 때문이다. 그리하여 YS는 가까이 있는 노총리를 공격하기 위해 멀리 있는 DJ와 손을 잡고 공안 통치를 철폐하라고 요구하여 관철시킨 셈이다.

36계 중에 23계인 원교근공(遠交近攻: 먼 곳엔 미소를, 가까운 곳엔 비수를)책을 가장 적절히 구사하는 경우는 북한이 아닌가 한다. 북한 정권은 6.25종전 이후 시종일관 우리 남한과는 어떠한 문제도 협상하지 않는다는 자세를 보이고 있다. 간혹 남북회담과 교류가 있기는 했으나 그들의 손으로 파기한 것이 대부분이므로 민족의 비극적 상황을 해소하기 위해 진실로 남한과 대화하겠다는 자세가 있는가 의심스러울 때가 많았다.

핵사찰 문제가 발생했을 때에도 한국은 완전히 따돌린 채 미국만 상대하여 이야기하려고 한다. 미국으로부터 체제를 인정받고 경제적인 제재도 풀어보겠다는 생각이다. 강경, 온건 전략을 어지럽게 구사하는 것을 보면 단수 높은 외교 전략이 대견하기도 하고, 그 집요함과 거기에 매달려 체제를 유지하자는 충정이 눈물겹기까지 하다.

가까울수록 적으로 돌려놓고 위기국면으로 치닫게 하여, 이러한 적대 상태를 불안하게 여기게 한 다음 그 불안을 해소해야겠다는 우리측의 심리를 역이용하여 멀리 있는 미국에게 이런저런 평계로 손짓하는 수법, 바로 원교근공책이다.

2000년 6.15 공동성명이 있고 난 이후에도 우리와의 대화를 마지못해 하는 듯한 태도를 보면 아직도 과거의 원교근공책을 버리지 않은 것이 아닌가 하는 의구심이 든다. 미국으로부터 '악의 축'이라는 공격을 받은 뒤에는 다시 우리와 대화도 하고 이산가족도 만나게 하는 것 같더니 미국과 회담 약속을 하고 난 뒤에는 태도가 달라지면서 서해에서 우리 경비정에 포격을 가해 경비정을 격침시키고, 전상자를 내게 하는 등 긴장을 유도하는 것 같다.

해설에도 있듯이 "가까이 있는 적과는 친교를 맺어서는 안 되니, 친교를 맺게 되면 자신의 심장부에서 변란이 일어날 위험이 있다."고 하였는데, 이 또한 북한을 두고 한 말처럼 보인다. 그들은 남한의 물결이 밀려들면 금방 체제가 무너진다고 보고 있다. 다른 나라에서 오는 개방 물결보다 남한의 물결을 더 겁내는 것이니 그들은 우리와 같은 민족이므로 밀려오는 개방 물결에 대해 차별화를 꾀할 명분이 없기 때문이다.

그들이 원교근공책을 버리지 않았다는 점을 들어 지금의 북한이 과거와 변하지 않았다고 한다면 지나치게 경직된 생각일 것이

166

다. 그러나 아직도 통상적으로 사용하던 원교근공책을 버리지 않은 것이 아닌가 한다.

그러면 원교근공책을 제창한 범수의 이야기는 제12계 '순수견양'에 있으니 여기서는 종횡패합(縱橫捭闔)에 대해 설명하고자 한다.

남북을 연결하는 것을 종(縱)이라 하고 동서로 연결하는 것을 횡(橫)이라 한다. 전국 7웅이 패권을 다투다가 끝내는 진(秦) 나라 세력이 제일 강대해지자 이에 대항하여 다른 여섯 나라가 연합하여 생존을 도모하자는 계책이 나왔다. 이를 소진(蘇秦)의 합종(合縱)이라 한다. 서쪽에 있는 진과 대항하는 여섯 나라가 남북으로 연결되어 합한다는 것이다.

이에 대항하여 장의(張儀)는 여섯 나라의 연합을 와해시키면서 각국이 진 나라를 섬겨 생존을 도모하는 계책을 내놓았으니 이를 연횡(連橫, 連衡)이라 한다. 서쪽에 있는 여섯 나라는 각각 동서로 연결되어 가로 선을 긋는 모양이 되기 때문이다. 진 나라의 패권주의에 반대하여 대항하느냐, 아니면 진 나라의 패권주의를 인정하면서 '팍스 – 진', 곧 진 나라에 의한 질서와 평화의 세계에 동참하느냐가 문제였다.

패합이란 형세에 따라 수단과 방법을 가리지 않고 대처하는 것을 말한다. 패는 공개적인 것, 겉으로 표현된 말, 양성적인 것을 뜻하며, 합은 은폐된 것, 침묵, 음성적인 것을 뜻하는데, 이중 삼중으로 중첩된 권모술수의 끝없는 연속을 뜻한다. 전국시대의 손빈, 한비자, 이사 등 권모술수에 능한 책략가의 대스승인 귀곡자가 주장한 변론술에서 나온 말이다.

역사상 춘추전국시대처럼 국제적으로 이합집산과 합종연횡이 심한 때도 없었다. 그 시대와 비견할만한 시기가 있다면 19세기 서구열강의 아시아 침탈기 이후부터 현재까지가 아닌가 한다.

일본의 만주 진출을 저지하기 위한 3국 간섭에서는 독일, 프랑스, 러시아가 연합하였다가 20년이 채 안되어 독일은 두 나라와 1차 세계대전을 벌리고, 일본은 1차 세계대전 당시 우방이었던 대부분의 나라들과 적국이 되어 싸왔던 것이 국제관계의 역사다. 아랍세계에 본격적인 석유 채굴과 달러를 안겨준 것이 미국이라면 중동전쟁을 기점으로 미국은 사악한 무력집단이라는 규탄과 함께 걸프전도 불사하는 전쟁이 치러진다. 구 소련을 악마의 제국이라 부르던 레이건으로부터 10년이 채 못되어 부시는 고르바쵸프의 개방과 개혁을 돕기 위한 정치적 제스처를 보였다.

가까이 있는 구 소련이나 중국은 우리가 언젠가는 극복해야 할 적이었던 까닭에 멀리 있는 우방인 미국을 염두에 두면 원교근공이라는 말이 맞는가 싶었다. 그런데 동서 냉전이 종식되면서부터 극복의 대상이었던 두 나라가 우방으로 변하여 아무런 분쟁이 없는 반면 경우가 다르기는 하지만 우방인 미국과는 개방 압력, 지적소유권 분쟁, 미국의 패권주의, 한국의 미군 주둔 문제 등 대결을 의미하는 말이 빈번히 등장한다.

UR협상을 회고해 보자.

전통적인 미국의 우방으로 구성된 EC는 미국과 23시간 마라톤 협상도 마다하지 않고 피를 말리는 혈전을 벌였다. 일본은 공산품에 대한 협상장에서는 미국이나 EC의 우방이지만 쌀에 관한 협상에서는 항상 대립했다. EC내부에서도 프랑스가 합의 사항을 거부하고, 독일이 견제하며, 의견 절충을 위해 각료급 회의, 정상회의 등이 한 달이 멀다하고 열렸다. 지지와 반대의 의사 표시에는 지리적인 고려가 전혀 없다. 오직 자국 상품이 어떤 영향을 받느냐에 달려 있을 뿐이다.

과거 수 천년 동안 외교와 안보의 주된 명제였던 원교근공의 원칙은 빛이 바랬다. 지리적인 원근에 의한 적과 동지의 구분은 무의미하다. 냉전시대만 하더라도 동서 양 진영이 서로 상대방에게 포위되지 않기 위하여 아시아로, 남미로, 아프리카로 원조와 무기와 선전과 이념을 확산시키기에 분주했다. 상대로부터 근공을 당하지 않기 위하여 막대한 물량과 정력을 동원하여 원교를 편 것이다. 지리적으로 가까운 나라에 대한 통제에는 더욱 적극적이었다. 구 소련은 가까운 거리에 있는 폴란드의 자유화물결을 철저히 차단했고, 미국은 1960년대 쿠바사태에서 보듯이 소련이 미사일의 배치하려고 하자 전쟁을 불사하고 막았다.

이제는 경제적 이해에 따라 원교근공책이 동원되고 있다.

경제적 이해 관계가 많다는 것은 우리와 실생활에서 가깝다는 뜻이다. 상품을 팔 수 있어야 우리가 살 수 있으니 가깝고, 상품의 유입을 막아야 우리가 경제적 피해를 덜 보니 가깝다. 가까운 것, 즉 경제적 이득을 위해 나의 진출은 적극적으로 공략하고 상대의 유입은 적극적으로 방어한다. 모든 논리와 외교력과 협상력을 동원한다. 이것이 근공이다.

원교란 무엇인가?

경제적 이해 관계가 많지 않은 것은 아무래도 우리 실생활과는 소원하다. 그럴 나라도 없겠지만 만약 양고기 수입을 개방하라고 요구하는 나라가 있다한들 우리가 눈 하나 깜짝하겠는가? 교역량이 연간 백만 불도 안 되는 나라와는 긴장할 필요가 없다. 우리 생활과 거리가 먼 것이다. 이 경우는 양국간의 이해 증진이니 하는 따위의 외교적인 수사만으로 족하다. 사이가 좋은 정도면 그만이고, 유사시에 우리가 하고자 하는 일에 극력 반대하고 나서지 않을 정도면 된다.

근공은 물론 원교도 국가적 목표 달성의 일환이다.

근공은 당면 문제이자 원공을 위한 디딤돌이 된다. 그러나 근공을 차질 없이 수행하기 위해서는 원교도 소홀히 해서는 안 될 것이다.

24

약한 자에게는 **신뢰를** 먼저 쌓아라

IMF이라는 가도벌괵

임진왜란 당시,

왜군이 부산포에 상륙하여 동래부를 지키는 부사 송상현

에게 내민 첫마디가 가소롭게도 36계 중 24계인 가도벌괵(假途伐
虢: 갈 때는 빌린 길, 올 때는 나의 길)이었다. 조선의 길을 빌어 명
(明) 나라를 치겠다는 것이다.

원문의 내용을 좀 더 상세히 설명하면 다음과 같다.

괵 나라는 지금의 하남성 협현 일대에, 우 나라는 산서성 평륙
현 일대에 있던 약소국이었다. 진 나라에서는 괵을 치자면 어쩔
수 없이 우를 거쳐야 했으므로 괵을 공격하는 문제만큼은 약소국
이지만 우의 양해를 얻어야 했다.

진 헌공이 괵을 병탄하려 하자 대부 순식(荀息)이 우에게 좋은
말과 보물을 주어 환심을 사두자고 건의하였다. 진 나라에서 아끼
는 국보였으므로 헌공이 난처한 기색을 보이자 순식은 다음과 같
이 의미심장한 말로 설득한다.

"양마와 보물을 우국의 창고에 잠시 보관해 두는 것에 지나지

않는데 아까워하실 필요가 있습니까?"

이에 크게 깨달은 헌공은 선선히 내주면서 우국과 돈독한 우호 관계를 맺는다. 이후 진 나라에서 괵을 치기 위함이니 길을 빌려달라고 하자 우의 임금은 양마와 보물에 도취되어 허락하게 된다. 이때 대부 궁지기(宮之奇)가 나서서,

"우와 괵은 수레의 두 바퀴처럼 서로 의지해야 하는 사이요, 순망치한의 관계입니다. 만일 괵국이 망하게 되면 우 또한 안전하지 못합니다."

라고 간절히 호소했으나 받아들여지지 않았다. 궁지기는 결국 망국의 신하가 되는 치욕을 당하지 않겠다고 선언한 뒤 가족을 데리고 도망하고 마는데, 우국의 운명은 과연 그의 말대로 되고 말았던 것이다. 진 나라의 우호적인 몸짓을 철석같이 믿고 있던 우 나라는 방비마저 허술하게 하여 괵을 치고 돌아오는 진국의 군대로부터 기습을 받아 순식간에 무너지고 말았다.

이 계책은 어떤 목표를 달성하기 위해서는 주위의 세력을 나에게 협조하도록 만들던가, 아니면 최소한 적대 세력은 되지 않도록 하기 위하여 회유하거나 협박하는 것을 뜻한다.

1968년 5월.

구 소련이 동독, 폴란드, 체코슬로바키아와 함께 체코 경내에서 합동군사훈련을 전개하였다. 소련 전투기가 체코 국경 안으로 발진하고, 병력과 군수물자를 집결하여 훈련을 전개하였다.

3개월 뒤, 소련군은 불시에 체코를 침공했다. 선두에 선 부대는 합동훈련에 참가한 부대였고, 점령지역은 훈련하던 바로 그곳이었다. 소련군은 수도 프라하를 장악하여 당시 들판의 불길처럼 번지던 자유화운동을 무력으로 탄압하고, 그 중심이자 선봉인 수상 두브체크를 실각시켰다.

소련은 공산주의 종주국으로서 위성국에 한껏 우호적인 태도를 보이며 합동군사훈련까지 했지만 내심은 전열을 이탈하려는 체코를 끝까지 묶어두기 위해 군사적인 점령을 목표로 설정하고 있었던 것이다. 체코는 군사훈련을 통해 길을 빌려준 셈이다.

삼성그룹에서 기아자동차의 주식을 10% 이상 매입하여 말썽이 된 적이 있었는데, 이 역시 가도벌괵의 수법이다. 삼성측이 해명한대로 '우량주에 대한 순수한 주식 투자'라는 것도 사실은 '길을 빌린(假道)' 것이다. 그 다음 '벌괵(伐虢)'에 해당하는 경영권 인수에 나서거나 아니면 경영에 영향을 미쳐 승용차 신규 참여에 가장 적극적으로 반대하는 기아의 기를 꺾어놓자는 것이 아닌가하는 것이 일반의 분석이었다.

이처럼 삼성이 가도벌괵에 나선 것이 1997년의 일인데, 공교롭게도 그 해부터 이 땅은 가도벌괵의 책략이 공공연히 인정받는 살벌한 싸움터가 되고 말았다. IMF가 그것이다. IMF는 강자의 자본이 아무런 제지를 받지 않고, 아니 열렬히 환영까지 받으며 이 땅에 들어와 취약한 자본을 잠식할 수 있는 길을 열어준 사건이다.

이 땅에 IMF가 오게 된 단기적 원인 중 첫 번째 원인은 공교롭게도 기아 문제를 잘못 처리한 것이라는 게 중론이다. 기아 문제에서 우왕좌왕하며 적절하고 단호한 처방을 내놓지 못했기 때문에 외국 자본이 실망하여 떠나갔다는 것이다.

부질없는 가정이기는 하지만, 가령 그때 삼성측이 추구하던 기아 지분의 확대에 이은 기아의 경영권 획득, 곧 가도벌괴을 받아들였다면 어떠했을까? 그러면 기아의 운명은 어떻게 되며, 대우자동차와 삼성자동차의 운명은 어떻게 될 것인가? 나아가 IMF와는 궁극적으로 우리가 어떤 관계를 갖게 되었을까?

결과만을 두고 이야기하면 이렇다. 삼성의 가도벌괴을 허용했다면 자동차산업에 여러 모로 의욕을 보인 삼성이 부산지역에 또 다른 자동차공장을 짓지 않고, 짓더라도 소규모로 지은 다음 기아를 인수하여 알뜰하게 관리했을 것이다. 대우자동차는 자생력이 떨어지므로 현대가 맡을 수밖에 없다. 그러면 이 땅의 자동차 산업은 하나도 외국인의 손에 넘어가지 않고 경쟁력을 확보할 수 있었을 것이다. 기아 문제를 원만하게 처리했기 때문에 IMF도 오지 않았을 것이다.

이상과 같은 상황은 물론 가정에 불과하다.

역사에서 가정이 불필요하다고 하지만 그래도 아는가. 이처럼 도상 연습을 해 보면 다시는 어리석은 짓을 하지 않을지 말이다. 기아가 공중 분해될 위기에 몰리자 기아를 국민의 기업으로 만들어야 한다는 가당치 않은 주장을 펴며 정부 당국의 처리를 방해하던 그 어처구니없는 짓들이 다시는 되풀이되지 않도록 말이다.

174

전략과 주력을
적절히 바꿔라

36계 중 25계인 투량환주(偸
梁換柱: 대들보도 훔치고 기둥도
바꾸어라)는 36계 중 가장 어려운 계책의 하나이다. 이해하기도
어렵고 활용하기도 쉽지 않다. 외부의 적이 아니라 내부의 적과
싸워야함은 물론이거니와 내부의 동지조차 내심으로는 적으로
생각하며 작전을 펴야하기 때문이다.

전쟁은 모든 수단과 방법을 정당화한다지만, 동맹군이나 지원
군을 속이거나 의도적으로 함정에 빠뜨려 혼란을 유도한 다음 기
회를 엿보아 손아귀에 넣는다는 것은 일반의 상식을 뛰어넘는 것
이다. 평범한 인간으로서는 거부감부터 느끼게 될 것이다. 은혜를
원수로 갚고, 은인의 옆구리에 칼을 들이대는 짓이다.

백 보를 양보하여, 자신이 살아남기 위해서라면 일면 수긍할 수
있다. 그러나 이 계책은 그 정도에 그치는 것이 아니라 세력 확
대와 영토 확장의 수단이 되는 것이 명백하므로 도덕적 윤리적 측
면에서 비난받아 마땅하다.

한 개인은 물론 국가간에도 신의를 최대의 덕목으로 여기는 것이 인간사회다. 공자는 제자와의 문답에서 한 국가가 군대와 식량과 신의(信義), 이 셋 가운데 불가피하게 하나를 버려야 한다면 군대를 버리고, 다음은 식량이며, 끝내 버려서는 안될 것이 신의라 하였다. 한 나라에서 위정자에 대한 백성들의 믿음이 사라지면, 곧 불신의 골이 깊으면 백성들은 손발 둘 곳을 모른다고 하였다. 이런 정책을 펴도 믿지 않고 저런 방안을 강구해도 믿지 않으니 도무지 따르려 하지 않는다. 위정자의 명령이 아무리 준엄하고 설득이 아무리 간곡해도 명령은 이내 바뀔 것이라 여기게 되며, 설득은 곧 다른 설명으로 옮겨갈 것이라 생각하기 때문이다.

신의를 생명으로 삼는 국제관계에서 동맹군이나 지원군으로 출병한 우군을 함정에 몰아넣어 끝내는 나의 세력에 편입시키겠다는 생각은 어느 시대, 어디에서도 통할 수 없다. 설혹 그것이 잠시 통용되는 경우는 있을지라도 결국 큰 재앙을 몰고 올 것이다. 국제사회가 신용하지 않는 나라는 고립되고, 고립되면 사방의 적과 싸워야 한다. 아무리 강대한 나라도 홀로 주변의 많은 적과 싸워 이긴 나라는 없다.

예외가 있다면 몽고 같은 경우인데, 그들이 질풍노도처럼 달려들불이 번져가듯 주변국가를 정복해 나갈 때는 모든 나라를 적으로 돌렸지만 일단 판도가 완성된 상태에서는 나름대로 국가적인 신의를 가지려 노력했던 것이다. 몽고라는 나라가 정복전을 수행할 당시는 주변국의 눈치를 살피지 않아도 될 만큼 강력한 기병이 있었기 때문에 가능했지만 일반적인 경우 아무리 강대한 군대를 가진 나라라도 독불장군은 없다.

한 나라를 공격하기 위해서는 주변국가를 적대관계로 만들지 말아야 내가 펴는 작전이 방해를 받지 않고, 적은 고립된다. 이것은 외교로 해결해야 한다. 그 역시 힘으로 주변국을 꼼짝 못하게 할 수도 있지만 군사적 비용이 따른다. 최선의 방법은 정통적인 외교로 풀어나가는 것이다. 우리편으로 끌어들이기 위해서는 이해가 합치되어야 하는데 그러한 설득에는 신의가 밑바탕이 되어야 한다.

다시 개인적인 문제로 돌아가 유교에서 표방하는 인의예지(仁義禮智)를 생각해 보자. 이 네 가지에서 흔히 신(信) 하나를 더 꼽는다. 이것을 뒷날 음양가들은 오행으로 설명했다. 이를 보면 신의가 얼마나 중요한가 짐작할 수 있을 것이다. 그들은 인을 동, 의를 서, 예를 남, 지를 북, 신을 중앙에 배치하였다. 신을 중앙에 배치한 것은 신이란 인의예지의 기초요 중심이자 출발점인 동시에 종착점이라는 뜻이다. 신은 모든 덕목의 알파요 오메가다. 신은 인간이 갖추어야 할 덕목의 모태일 뿐 아니라 바로 그 산물이라 여겼기 때문이다.

신의가 없는 사람은 인을 베풀 수가 없으며, 의도 구현할 수 없고, 예도 실천할 수 없으며, 지도 펼 수가 없다. 신의가 없는 사람이 인을 베풀려고 한다면 위선으로 여기게 되고, 신의가 없는 사

177

람이 의로운 행동을 하려 하면 난폭하다거나 만용이라 비난받을 수 있으며, 신의가 없는 사람이 예를 실천하려 하면 허례나 지나친 공손으로 비웃음을 당할 수 있고, 신의가 없는 사람이 아무리 지혜로운 생각을 편다 하더라도 간교하다는 오해를 면키 어려울 것이다.

공자의 제자 중에 자로(子路)가 있다.

실행력이 뛰어나나 가끔 용기가 지나쳐 스승으로부터 꾸중 비슷한 질책을 받을 때도 많지만 10대 제자의 한 사람으로서 손색이 없는 인물이다. 그의 신의는 유별나다. 논어(論語) 안연편(顔淵篇)에 '자로(子路)는 무숙낙(無宿諾)'이라는 구절이 있는데, 남과 약속한 것은 바로 실행에 옮기지, 뒷날로 미루지 않는다는 것이다.

이런 일이 있었다.

이웃 나라의 소주역이라는 대부가 구역(句繹)이라는 땅을 떼어 노 나라로 도망 오게 되었다. 땅을 가지고 노 나라에 의탁하는 조건으로,

"자로가 나를 맞이해 주고, 나의 지위를 보장한다는 말 한 마디만 해 주면 노 나라와 별도로 맹약하는 것은 필요 없다."

라고 하였다. 자로 한 사람의 말 한 마디가 국가의 위신을 걸고 하는 맹약보다 더 무게가 있었던 것이다. 이에 자로는 끝내 그 대부에게 약속을 하지 않았는데, 이 정도라면 평소 그의 신의와 신망이 어떠했던가를 짐작할 수 있을 것이다.

그렇다면, 이 계책은 과연 잘못된 것인가?

그렇지 않다. 그만한 가치가 있기 때문에 쓰여진 것이다.

이제까지의 이야기는 모두 도덕과 윤리에 기초한 것이다. 그러나 인간의 역사는 도덕과 윤리만으로 이루어진 것이 아니다. 배신이 현실 사회에서 승리하고, 부도덕과 비리가 역사의 주역으로 기록되는 경우가 허다하다. 윤리 도덕의 가치를 경시해서가 아니라 현실은 이토록 비정하고 역사적 사실은 냉혹하다는 것이다.

우리는 윤리 도덕으로 인간 정신을 고양해야 할 의무가 있지만 그렇다고 부도덕, 비리의 실체를 부인하거나 외면해서는 안 된다. 어떠한 형태로, 어떠한 방법으로 저질러지는가 알고 있어야 한다. 범행 수법을 잘 알아야 범죄를 예방하고 범인을 잘 잡을 수 있는 것과 같은 이치다. 바둑에서 정석만 안다고 고수가 되는 것이 아니다. 속수가 어떤 것인지 알아야 하고, 상대가 속수를 두어 왔을 때는 어떻게 두어야 준엄한 문책이 되는 가도 알아야 한다. 그런 의미에서 이 계책은 어떠한 종류의 속수가 있을 수 있으며, 그 대응은 어떻게 해야 하는가를 보여주는 한 예에 지나지 않는다.

또 하나. 이 책의 성격에 관한 것인데, 삼십육계는 각 계의 계책도 중요하지만 그보다 더욱 중요한 것은 전편을 관통하는 정신이다.

삼십육계에서 패배란 존재하지 않는다.

어떻게 해서라도 이겨야 하고, 이겨야 살아남는다. 살아남기 위해서는 갖가지 묘안 기책을 동원해야 한다. 묘안 기책은 상식적인 사고, 정석화된 발상에서 나오지 않는다. 풍부한 상상력과 유연한 사고, 주어진 제반 조건을 활용하는 지혜가 필요하다. 따라서 삼십육계의 진정한 의미는 백절불굴의 정신과 유연한 사고 훈련에 있다. 승리를 향한, 생존을 위한 인간의 지혜는 절대 마르는 법이 없다는 사실을 이 계책을 통해 터득하기 바란다.

간접적으로
경고하고 압박하라

시어머니에게 화풀이하는 며느리가 부뚜막의 개를 걷어 차는 형국이다. 꼴이 말이 아니던 사람이 형편이 좀 나아졌다고 하여 아니꼽게 굴 때 바로 대놓고 말은 못하고 먼 산을 바라보며, "개구리 올챙이 적 모른다더니…" 어쩌고 하는 것도 36계 중 26 계인 지상매괴(指桑罵槐: 뽕나무를 가리키며 홰나무 욕을 하라)의 수법이다.

가령 회사의 부장이 자기 밑의 과장을 꾸짖을 일이 있을 때 정작 책망해야 할 사람은 놔두고 그 일과 전혀 상관없는 다른 과장을 나무란다거나 그 아래 직원을 야단치는 경우가 있다. 들어보라는 뜻이다. 상대방을 직접적으로 공격하거나 비난하지 않고 제3자에게 화살을 돌려 자기가 뜻하는 바를 관철하는 방식이다.

이 방법은 정치인이 가장 즐겨 쓰는 수법이기도 하다.
노련한 정치인일수록 직선적인 주장과 표현은 가급적 피한다.

181

자기의 주의 주장이나 정치적 목표가 왜곡되지 않을 정도의 선에서 완곡한 표현을 구사한다. 시위 군중의 외침 같은 직선적인 정치적 발언이나 검사의 논고 같은 노골적인 표현은 쓰지 않는다. 자칫하면 자신이 한 말에 묶여 처신하기 어려운 지경에 빠지기 때문이다.

특히 정적을 직선적으로 비난 공격할 경우 뜻하지 않게 정국을 경색시키고, 직설적인 언어가 동원될 경우 저질 정치라는 인상을 줄 우려가 있다. 넌지시 변죽을 울리고 상대의 주변을 공격하거나 비유를 통해 자신의 의사를 드러내 보이는 것으로 자신의 주장을 전달한다. 신문 정치 가십란에 옛날부터 오르내리는 김종필 총재의 '선문답식 코멘트'니 '간접화법'이니 하는 것도 모두 여기에 속한다.

정당의 총재가 당내 파벌 중 어떤 보스에 대해 경고나 타격을 줄 필요가 있을 때 직접적인 제재를 가하는 예는 별로 없다. 그 보스에게서 멀찌감치 떨어진 곁가지 하나를 꺾는 것으로 의사를 전달한다. 그러면 알아서 기는 것이다.

정치가 각박할 때는 상대를 공격하는데도 '구악'이니 '자질'이니 '마음은 비우지 않고 머리를 비웠다'느니 하는 식으로 원색적이다. 그러나 정치가 고급스러운 게임이 될수록 그런 경향은 없다. 오고가는 치열한 공방전에도 멋이 있고 웃음이 있다. 지상매괴의 수법도 동원된다.

춘추 중기.

주 왕실이 권위를 잃게 되자 춘추 5패의 한 사람인 제(齊) 환공이 천자의 명을 빌어 주변 제후국을 북행이라는 곳에 모아 회맹을 가졌다. 그가 회맹을 주도한 것은 중원의 패자가 되기 위해서였다.

초청을 받은 나라는 송(宋), 노(魯), 진(陳), 채(蔡), 위(衛), 정(鄭), 조(曹), 주(朱) 등 여덟 나라. 그러나 막상 모인 것은 송, 진, 채, 주 등 네 나라에 지나지 않았다. 그런데다가 이번 회맹에 참가하지 않으면 천자의 명을 어긴 것이 된다고 사전에 서약하고도 불참한 노 나라를 징계하자고 하니 송 나라에서 반대하고 나서는 것이었다. 결국 아무런 결론 없이 뿔뿔이 흩어지고 말았으니 말발이 먹히지 않은 셈이다.

패자를 자임하는 제 환공의 제안을 정면으로 반대하고 나선 송 나라가 괘씸하기 짝이 없었다. 노 나라에 앞서 송을 쳐서 기세를 꺾어 놓으려고 하자 재상 관중이 이렇게 반대했다.

"송은 멀리 떨어져 있고 노는 가까이 있습니다. 그리고 천자의 명을 어기고 회맹에 참석하지 않은 노부터 치지 않으면 송을 어떻게 복속시킬 수 있겠습니까? 노를 치는 문제만 해도 그렇습니다. 노는 큰 나라인데 함부로 출병했다가 만에 하나라도 실패하는 날에는 모든 계획이 수포로 돌아가고 우리의 위신도 말이 아니게 되니 신중히 생각하셔야 합니다."

"그렇다고 가만히 있을 수야 없지 않소?"

"방법이 있습니다. 노의 부용국으로 수(遂)라는 나라가 있지 않습니까? 형편없이 작아 일거에 함락시킬 수 있으니 우리가 수를 점령하게 되면 노는 반드시 겁을 먹고 회맹하자고 할 것입니다. 노가 우리에게 복속하는 것을 보면 송 역시 우리를 두려워하게 됩니다. 이것은 한번 소수의 군대를 일으켜 두 강대국을 복속시키는 것이니 이를 두고 '지상매괴'의 계책이라 합니다."

환공이 관중의 말대로 했더니 과연 노 나라에서 회맹에 참가하겠다고 제의해 왔다. 노 나라와 회맹하여 복속을 받아낸 후 점령한 땅을 되돌려 주었다. 이듬해 송 나라 정벌을 준비하자 겁을 먹은 위 나라와 조 나라가 회맹에 참가하기를 자청하면서 공동 출병에 나섰다. 회맹 8국 중 남은 것은 송 나라 하나 뿐. 송 나라도 결국은 제 나라에서 보낸 척녕이라는 모사의 설득을 받아들여 복속하고 만다. 이로써 제 환공의 패업의 기초는 닦여진 셈이다.

우암 송시열과 이완이 처음 만났을 때의 이야기가 진위를 알 수 없는 야사로 전한다.

우암이 하루는 강을 건너려고 배를 탔다. 배 안에는 이런저런 승객과 함께 중 하나가 타고 있었다. 그 중은 배에 오르기가 무섭게 옆에 앉은 부인을 희롱하는데 곁에서 두 눈을 뜨고 볼 수 없을 지경이었으나 워낙 기골이 장대하고 목자가 사나워 아무도 참견하지 못했다. 주위를 둘러보니 한 무사가 활을 메고 앉아 그 중을 노려보고 있었다. 마침 뱃머리에 까마귀 한 마리가 앉아 '까악까악' 시끄럽게 우는 것을 보고, 우암이 넌지시 손가락질하며,

"젊은이, 그 활로 저기 앉아 시끄럽게 구는 까마귀를 한번 쏘아 보구려."

했다. 이 말을 들은 무사는 잠시 생각하더니 시위를 메겨 재빨리 살을 날렸다.

"억!"

하는 비명소리와 함께 부녀를 희롱하느라 정신이 없던 중이 풍덩 강물에 떨어졌다. 이것 역시 지상매괴, 까마귀를 가리키면서 중을 욕한다는 것을 이완이 이내 알아차리고 활을 쏜 것이다. 이후 두 사람은 효종의 뜻을 받들어 북벌 계획을 추진하는 양 기둥이 되었음은 물론이다.

송시열이 이완에게 하던 말솜씨를 적극 활용해야 할 정치인이 많다.

노무현, 이인제 등 DJ 그늘에 있으면서 차기를 바라보는 사람들이다. 임기 말이 가까워 오면서 몇 가지 실정과 부패 스캔들로 인기가 바닥을 기고 있기 때문에 무슨 수를 써서라도 차별화하지 않을 수 없는 지경에 이르렀다.

그들은 자신이 DJ의 정치 철학이나 스타일과는 다르고, 실정에는 상관이 없으며, 부패와는 전혀 관계가 없다는 것을 보여야 한다. 더 나아가 부패 문제는 국민과 함께 분노한다는 메시지를 전하지 않으면 안 된다.

그렇다고 삿대질하듯 대놓고 비난할 수도 없다.

그것은 DJ 지지자와 등을 돌리는 일인데, 한 표가 아쉬운 판에 해서는 안될 일이다. 뽕나무를 가리키며 홰나무 욕을 해야 한다.

그런 뜻에서 정몽준도 예외는 아니다. DJ의 지지 기반을 상당 부분 물려받아야 승산이 있는 그로서는 DJ를 노골적으로 비난해서는 안 된다. 국민이 싫어하는 것은 자신도 싫어하며, DJ의 실정에 대한 국민의 지탄에 대해 공감하며 경우에 따라서는 선두에 서서 비난하는 척이라도 해야 한다. 이 역시 뽕나무를 가리키며 홰나무 욕을 해야 한다는 뜻이다.

27 너무 똑똑한 체 하지 마라

모르는 것처럼 행동한다는 것은 사실상 보통 현명해서는 안 된다. 하지 못하는 것처럼 행동하는 것은 진실로 하지 못해서가 아니라 기회가 오면 하게 된다는 의미이다.

조조의 뒤를 이어 위 나라를 호령하는 사마의(司馬懿)는 제갈량이나 조조에 버금가는 책략가였다. 조조와 조비 부자가 세상을 떠난 후, 병권을 손에 넣어 조정의 실권을 장악하게 되는데, 그도 한때는 역풍에 휘말려 병권을 조조의 일족인 조상(曹爽)에게 빼앗기고 명목상의 최고위직으로 물러난 일이 있었다.

고향으로 돌아와 기회만 노리며 은둔하고 있는데, 병권을 쥐고 있기는 하지만 그의 잠재력에 불안을 느낀 조상이 동태를 살피기 위해 사람을 보냈다. 사자가 온다는 소식을 들은 그는 중환자 행색을 하며 세상의 일은 전혀 관여할 수 없는 늙은이로 가장했다.

정치적으로 전혀 재기할 수 없는 무기력한 인물이라는 보고를 받은 조상이 그에 대해 경계를 소홀히 하여 황제를 따라 사냥을 나갔다. 이 틈을 노린 사마의는 심복을 동원하여 군사 쿠데타를

187

일으켜 병권을 되찾은 다음, 조상을 죽이고 황제를 내쫓아버렸다. 이 쿠데타는 10여 년 뒤, 위 나라를 뒤엎고 진(晉) 나라를 세우는 기초가 된다.

또 그는 제갈량이 수없이 싸움을 걸어도 굳게 성을 지키고 나가지 않았다. 중원으로 진출하기 위해 출병한 제갈량으로서는 무조건 싸워 이겨야 한다. 참다 못한 제갈량이 그를 모욕하기 위해 여자의 옷과 수건을 보내며 겁쟁이라고 놀렸다. 이것을 본 위 나라 장수들이 격분하여 여기저기서 싸우자고 하였으나 그는 황제에게 명령을 바란다는 글을 올렸다. 위 나라 황제는 절대 싸우지 말라고 명하여 분위기는 안정되었다. 그러나 원정 온 제갈량의 군대는 장기전으로 말미암아 피로를 견디지 못하였다.

이처럼 복지부동(伏地不動), 복지안동(伏地眼動)은 고금의 처세술.

반면에 촉한의 장수 강유는 아홉 차례에 걸쳐 중원 정벌에 나섰는데, 전과를 거두기 어렵다는 것을 잘 알면서도 경솔하게 군사를 자주 동원하였다. 이것은 그가 파멸한 원인이 되었다. 병서에 이런 말이 있다.

"슬기롭게 싸운 자의 승리에는 지모가 뛰어나다는 명성이 있지 않고 용맹으로 공을 세운 흔적이 없다." 〈손자, 형편〉

싸울 기회가 무르익지 않을 때는 조용히 기다리어 적으로 하여금 멍청하다고 여기게 하라. 만약 미친 체하면 나의 속셈이 드러

날 뿐만 아니라 행동에 혼란이 일어나 여러 사람들에게 의심을 사게 된다. 그러므로 바보로 위장하는 자는 승리하지만 미치광이로 위장하는 자는 패배한다. 이는 36계 중 27계에 속하는 가치부전(假痴不癲: 바보처럼 행동하여 난관을 극복하라)이다.

어떤 사람은 이렇게 말한다.

"바보처럼 보이면 적과 싸울 수 있음은 물론 부대도 지휘할 수 있다."

송 나라 때.

적청(狄靑)이 남방족인 농지고의 반란을 평정할 때의 일이다.

계림의 남쪽으로 내려간 그는 현지의 병력을 충원하면서 적진 가까이 다가갔다. 남방 사람들이 귀신을 숭상한다는 것을 안 그는 신전에 참배한 다음,

"이번 싸움에서 이길 수 있는지 알려주십시오."

하며 1백 개의 동전을 꺼내어 들고 신에게 이렇게 맹세했다.

"적을 크게 무찌를 수 있으면 지금 던진 돈의 앞면이 모두 위로 보일 것입니다."

옆에 있던 장수들이 놀라,

"만약 던진 돈이 뒤집어지기라도 하면 어쩌려고 그러십니까?"

하고 말렸으나 듣지 않고 수많은 사람이 지켜보는 가운데서 돈을 휙 집어던졌다. 결과는 어떠했겠는가? 전부대가 환호성을 울리니 산천이 진동했다.

적청도 대단히 기뻐하며 좌우 시종에게 못 백 개를 가지고 오게 하여 흩어진 돈에 못을 박게 했다. 그런 다음, 푸른 실로 짠 대바구니를 씌워 손수 봉한 뒤에 이렇게 맹세하는 것이었다.

"이기고 돌아와 이 돈을 모두 신령님께 바치겠다."

농지고를 평정한 다음 군대를 이끌고 돌아와 약속한 대로 돈을 거두어 들였는데, 막료들이 보니 그 돈은 앞뒷면이 모두 같은, 곧 앞면만 있는 돈이었다.(〈전략고, 송〉 참조)

복지부동은 고금의 처세술

'대지약우(大智若愚)', '대지부지(大智不智)'라는 말이 있다.

지혜를 드러내 보이는 것은 진정으로 지혜로운 것이 아니다. 어리숙하게 보여야 세상살이에서 득을 볼 때가 많다. 경우에 따라서는 바보스럽게 행동하고 귀머거리로 행세하는 것이 좋을 때가 있다. 이 계명과 비슷하고 내용도 적합하여 고사 하나를 소개한다.

당 나라 말, 곽자의(郭子儀)라는 권신이 있었다.

안녹산, 사사명의 난을 평정하고 토번을 정벌하는 등 큰 공을 세운 명장으로서 쇠락의 기운이 역력한 당 왕실을 한 몸으로 지탱하다시피 한 인물이었다.

분양군왕(汾陽郡王)에 봉하여져 흔히 곽분양이라 불리우는 그에게는 곽애라는 아들이 있었다. 호부견자(虎父犬子)라고 할까, 아버지에 비해 형편없는 인물이었던 모양이다. 그는 황제인 대종의 부마였는데, 하루는 아내 승평공주와 부부싸움이 벌어졌다. 오고가는 거친 말 끝에 깜짝 놀랄 말을 하고 말았다.

"네 아버지가 천자라고 으스대는 게냐? 우리 아버지는 천자를 우습게 여기는 사람이다."

그렇지 않아도 자신의 속상한 사정을 아버지에게 하소연하려던 공주는 득달같이 달려가 울며 이 말을 일러바쳤다. 그러자 황제는 이렇게 딸을 달랬다.

"그런 건 여자가 알 바 아니다. 정 그렇다면 그들더러 천자 한번 해 보라 그래라. 천하가 어디 너희 시집 것인 줄 아느냐?"

비록 사위의 입에서 나온 말이기는 했으나 문제 삼자면 여간 중대한 말이 아니었지만 치기 어린 말로 대응하고 말았던 것이다. 권위가 땅에 떨어진 당시 황제로서는 천하를 한 손에 쥔 권신의 아들을 두고 문제를 일으킬 기력이 없었던 것도 사실이었을 것이다. 그런데 아버지 곽자의로서는 등골에 진땀이 솟는 말이 아닐 수 없었다. 즉시 아들을 포박하여 천자 앞에 가 사죄하고 벌을 내리기를 청했다. 천자의 대답은 간단했다.

"바보나 귀머거리가 되지 않으면 부모 노릇하지 못한다(不癡不聾, 不爲家翁)는 말이 있지 않소? 젊은것들이 서로 다투다 한 소리를 무어라고 귀담아 들을 거요?"

대답하기 곤란한 질문을 받았을 경우 일부러 동문서답하거나 가당치도 않은 어리석은 대답을 하여 웃음을 자아내게 하는 예가 흔히 있는데, 이 역시 바보임을 가장하여 위기를 넘기려는 지혜에서 나온 것이다. 자기가 아는 것을 다 안다 하고, 능력을 있는 그대로 과시해서 좋을 때가 있지만 손해 볼 때도 적지 않다.

난득호도(難得糊塗), 바보인 척하기는 어렵다는 말이다. 중국인이 즐겨 쓰는 삶의 철학이자 생존을 위한 위장술이다.

직장인의 경우, 어떤 업무를 기획하여 품의서를 작성, 결제를 받으려 할 때 완전무결하게 하지 않는 것이 좋다고 한다. 물론 완벽하게 하는 것이 최상이기는 하지만 상사에 따라서는 부하의 결점 하나 둘은 꼭 지적하고 수정해야만 직성이 풀리고, 자신의 존재가치를 느끼는 사람이 있다. 이런 사람에게는 아무리 훌륭한 기안서를 만들어 가지고 간다하더라도 붉은 줄이 쳐져서 자기가 의도한 것이 왜곡될 수 있고, 더 심하면 경계의 대상이 되어 견제를 받는다는 것이다.

그런 상사에게는 그에 맞게 지혜롭게 대처해야 하는데, 별로 중요하지 않은 사항 한 두개를 일부러 빠뜨리거나, 정 빠뜨리기 뭣하면 맞춤법이라도 틀리게 써서 가지고 간다는 것이다. 그러면 그 상사는 점잖게 부하의 실책을 지적하는 것으로 만족하고, 이 만족이 바로 부하가 유능하다는 평으로 이어진다.

만일 상사의 몫을 전혀 남겨 놓지 않고 완전무결하게 일을 처리하게 되면 충돌이 일어날 소지가 있고, 고과 평점 또한 좋지 않을 것이다. 이런 간부가 있는 회사의 앞날이 어두운 것은 틀림없지만, 그러나 이것이 인간의 보편적인 심리요 인간사의 한 단면이라는 것도 간과해서는 안 된다.

삼성전자의 간부를 대상으로 좋아하는 부하와 싫어하는 부하의 성향을 꼽으라고 했더니 부지런한 부하를 가장 좋아하는 반면 리더쉽이 있는 부하를 가장 싫어한다는 대답이 나왔다고 한다.

어리숙한 체 하며 상대방을 내편으로 만든 김영삼

크게 성공한 사람에게는 어딘지 모르게 어리숙한 구석이 있다.

너무 영악스러운 사람에게는 주변에 사람이 모이지 않는다. 자기보다 더 똑똑하여 매사에 빈틈없는 사람에게 누가 가서 조언하겠다고 나서겠는가.

맹자의 말에 의하면, 사람의 가장 큰 병통은 남의 선생이 되겠다고 나서는 것이라고 한다. 이것이 병통이라는 것을 아는 사람도 웬만큼 조심하지 않고는 선생이 되려고 나서는 것이 보통이다. 그래서 사람은 알게 모르게 자기보다 덜 똑똑한 사람, 조금은 결함이 있는 사람, 조금은 어리석은 사람과 가까이 하려는 성향이 있다.

3김 중 자질 면에서 제일 열등하다고 생각되는 YS가 제일 먼저 대권을 잡을 수 있었던 것은 다른 2김보다 많은 가신을 거느릴 수 있었던 것이 아닌가 한다. 그가 많은 가신을 거느릴 수 있었던 원인은 무엇인가.

대부분의 사람들이 하는 말에 의하면, 그가 하는 일이 조금 모자라는 듯하고 그냥 두고 보기에는 위태위태하여 상도동에 한두 번 가서 조금씩 참견하다가 자기도 모르게 그 울타리에 들어가게 된 것이라 한다. 그에게는 어리숙하고 우직해 보이는 구석이 너무 많은데, 그것이 사람을 모으는 야릇한 힘이 되었던 것이다.

불치부전 - 그는 결국 어리석지 않으면서 어리석게 보였지만 미친 짓은 하지 않았다.

어느 장터에 건어물 장수가 있었는데 장사를 무척 잘했다.

그의 비결은 오직 하나. 양미리를 엮어도 한두 마리 더 넣어 엮고, 조기를 세어서 팔 때는 '열 마리요' 하면서 몰래 조그마한 것으로 한 마리 더 집어넣어 주는 것이다. 혹시 사는 사람이 셈이 틀렸다고 도로 돌려주면 아까운 표정을 하면서도 "손님의 손에 간 걸 어쩌겠습니까?" 하며 받지 않았다고 한다.

생색을 내며 한 마리 더 얹어주는 것은 어떤 상인이나 하는 노릇인데, 이 때 받는 사람은 잠시동안 고마워할 뿐 뒤에는 별로 고마워하지 않는 것이 보통이다. 그러나 셈을 잘못하여 한 마리가 더 왔다면 그 상인에 대해 미안한 마음과 함께 뜻하지 않게 횡재했다는 생각을 갖게 되어 그 상점으로 계속 가게 되는 것이다.

도요토미 히데요시가 만년에 측근들만 모인 어느 술자리에서 자기가 죽은 뒤 누가 천하를 잡을 것 같으냐고 물은 적이 있다고 한다. 관백이라는 대권은 아들 상속으로 이어지는 것이 관습법인데 천기를 누설하는 이러한 말을 누가 물으며, 묻는다고 하더라도 어떤 측근이 감히 대답할 수 있을까만 전해지는 이야기는 이러하다.

대부분이 도꾸가와 이에야스, 모오리 데루모또 등 당시 가장 세력이 강한 다섯 대로(大老)의 범위를 벗어나지 않았다. 그러자 히데요시는,

"모두 틀렸다. 구로다 간베에다."

라고 선언하고, 그 이유를 다음과 같이 설명했다.

"나는 수많은 전투를 거치면서 어려운 국면을 여러 번 경험했다. 어떻게 하면 좋을지 망설여질 때마다 간베에와 상의하면 즉시 판단을 내렸는데 모두 옳았고, 내가 미처 생각하지 못한 훌륭한 판단도 많았다. 그는 마음이 굳세고 신임할만한 사람을 신임하며, 사려 깊고 도량이 넓어 내가 살아 있더라도 원하기만 한다면 천하를 손에 넣을 수 있는 인물이다. 그는 겸손하여 못난 다이묘와도 친하게 지내고 우대하며, 재능이 있는 사람이면 비천하더라도 홀대하지 않기 때문에 모두 그를 위해 죽음도 두려워하지 않는다. 더욱 놀라운 것은 전기가 무르익어 승리할 가능성이 있는 전투에서는 맹렬히 돌진하여 단숨에 승부를 결정짓는다는 것이다."

이 말을 전해들은 구로다 간베에는 크게 낭패한 얼굴로,

"나무아미타불… 이것은 멸문의 화를 당할 징조다. 히데요시에게 주목받는다면 자손을 위해서라도 대책을 세워야 한다."

면서 곧 주변을 정리하였다. 그는 평소 자신이 어리석게 보이지 못했음을 한탄하며 머리를 깎고 은둔생활에 들어갔다. 그리고 여

수(如水)라는 호를 지어 물과 같이 살며 일생을 마쳤다고 한다.

제16계 욕금고종에서 동호를 멸망시킨 묵특선우의 행동도 눈여겨볼 대목이다.

헛똑똑이라는 말이 있고, 약삭빠른 고양이 밤눈 어둡다는 속담이 있지 않는가. 어리석은 체 하되 미치지만 않으면 된다.

28

지붕 위에 올려놓고
사다리를 치워라

한 번에 끝내라

적에게 조그마한 이익을 주
어 유인하는 것이다. 만약 조그
마한 이익만 주어 유인한 다음 다른 계략을 쓰지 않는다면 적은
미적미적거리며 더는 움직이지 않을 것이다. 그러므로 36계 중
28계인 상옥추제(上屋抽梯: 나무에 올려놓고 흔들어라)의 계책을 쓸
때에는 반드시 좋은 사다리를 걸쳐놓고 적에게 보여 철석같이 믿
도록 해야 한다.

남북조시대 전진(前秦)의 부견이 제위에 오른 뒤의 일이다. 부하
장수인 요장과 모용수가 남으로 내려가 진(晉) 나라를 칠 것을 건
의하였다. 그가 없는 틈을 타 반란을 일으키려함이었으니 뒷날 요
장은 후진(後秦)을, 모용수는 후연(後燕)을 세우게 된다. 그러한 음
모를 모르는 부견이 전군을 이끌고 남쪽으로 내려갔다가 비수에
서 대패하고 말았다.

후한 말, 형주자사 유표의 맏아들에 유기라는 인물이 있었다.

조조가 그를 총중고골(塚中枯骨: 무덤 속의 말라빠진 뼈다귀)이라 평한 것을 보면 사람됨이 보잘것없었던 모양이다. 그는 계모로부터 미움을 받아 모자 사이가 아주 좋지 못했다.

고민을 거듭하다가 자신이 어떻게 처신해야 좋겠는가를 제갈량에게 여러 번 물었다. 당시 제갈량은 유비와 함께 유표에게 얹혀사는 처지이기도 하거니와 다른 심산이 있었던지 들은 체도 하지 않았다.

하루는 두 사람이 높은 누대에 오르게 되었는데, 유기가 몰래 사람을 시켜 사다리를 치워버리게 하였다. 그리고 제갈량에게 단도직입적으로 물었다.

"오늘 우리가 있는 곳은 위로는 하늘이 닿지 않고 아래로는 땅이 닿지 않는 곳입니다. 당신 입에서 나오는 말은 나의 귀에만 들어가니 말씀해 주시기 바랍니다."

제갈량은 그제서야 당시로부터 9백여 년 전인 춘추시대 진(晉) 헌공의 아들인 신생과 중이의 고사를 예로 들어 설명했다.

헌공의 부인인 여희에게는 해제라는 아들이 있었는데, 왕위에 앉히고 싶어했다. 그녀는 전처의 아들인 태자 신생과 공자 중이를 헌공에게 끊임없이 모함했다. 한번은 신생과 함께 산에 올라가 헌공이 멀리서 보고 있는 곳에서 신생에게,

"내 몸에 무슨 벌레가 들어간 듯하니 잡아내다오."

하면서 사타구니를 가리켰다. 신생이 하는 수 없이 가리키는 곳으로 손을 내밀자 갑자기 소리소리 지르며,

"이 놈이 어미를 욕보이려 한다."

면서 울부짖었다. 그리고는 헌공에게 가 신생의 무례함을 호소하니 헌공은 결국 두 아들을 죽이기로 결심하기에 이른다. 기미를 알아차린 아우 중이가 생명이 위험하니 달아나자고 하였으나 신생은 아버지의 명을 거역하고 어디로 갈 것이냐며 자살하고 말았다.

후세 사람들은 신생을 평하여 순임금처럼 지극한 정성으로 효도하고 지혜롭게 대처하여 부모를 감복시키지 못하고 자신을 죽음으로 몰아가는 어리석은 짓을 했다고 비난하였다. 반면 중이는 뜻대로 탈출하여 목숨을 보전한 다음 뒷날 귀국하여 문공이 되었다.

제갈량이 말했다.

"신생은 나라 안에 있었기에 죽었고, 중이는 나라 밖으로 나갔으므로 살 수 있었습니다."

이에 크게 깨달은 유기는 강하라는 국경 도시로 가서 수비 임무를 맡겠다고 자원하고 나섰다. 어머니와 떨어져 나감으로써 갈등을 피하려 한 것이다.

이러한 계책을 내준다는 것이 유기에게는 고마운 것이었지만 제갈량은 제갈량대로 의도하는 바가 있었던 것이다. 자기 영토 없이 유표에게 얹혀 사는 유비로서는 가장 손쉽게 손에 넣을 수 있는 곳이 형주였는데, 늙은 유표와 아들 유기를 떨어져 있게 하면 일을 도모하기에 훨씬 쉽기 때문이었던 것이다.

이런 고사에서 연유하여 상옥추제란, 상대방과 강제로 비밀 이야기를 한다는 뜻이 되었고 더 발전하여 적을 유인하여 달아날 길을 차단한 다음 공격한다는 말이 되었다. 상옥추제를 혹은 상루추제(上樓抽梯)라고도 한다.

상옥추제의 세 가지 작전

이와 비슷한 것으로는 제22계 관문착적이 있다.

관문착적이란 아군 내부로 침투한 적의 퇴로를 철저히 차단하여 하나도 남김없이 쳐부순다는 것이다. 반면에, 상옥추제는 적을 먼저 위험한 곳, 즉 누대로 오르도록 유인한 다음 사다리를 철거하여 응원을 받지 못하도록 한 뒤에 쳐부순다는 점이 다르다. 전자는 나무에 올라가 있는 적을 꼼짝 못하게 하여 잡는다는 것이고, 후자는 나무에 올라가도록 유인하여 흔든다는 것이다.

상옥추제에는 세 가지 작전이 있을 수 있다.

첫째, 적을 유인하여 맹렬히 쳐들어오게 한 다음 그 퇴로를 차단하여 격파한다.

둘째, 스스로 퇴로를 차단하여 배수진을 쳐 부대를 위험한 상태로 몰아 놓고 전원이 필사적으로 싸우게 한다.

셋째, 자기만 유리한 곳으로 가고 다른 사람이 오지 못하도록 길을 차단한다. 공정하지 않은 게임을 치르는 것이다.

그러면 YS와 이종찬, 이회창과 이인제가 벌린 정치 상황을 두

200

고 이 계책에 대입해 보자.

1997년 초.

당시 집권 여당인 신한국당에서 벌린 대통령 후보 경선은 이인제, 이한동, 최병렬, 이수성, 이용구 등 화려한 멤버들이 벌린 이른바 9룡의 각축으로 관심을 모으다가 이회창으로 낙착되었다. 한때 그의 인기는 50%를 뛰어넘어 집권은 대세인 듯 했다. 그러나 그것도 잠시, 그를 항상 괴롭히는 두 아들의 병역 문제와 YS의 아들 문제, 그리고 IMF를 향해 치달려 가는 경제 상황 때문에 인기는 폭포수처럼 아래로 내리꽂혔다.

이때 나타난 것이 이인제의 대선 참여이다.

그는 예상을 깨고 경선 1차 투표에서 2위를 하여 본선에서 이회창과 겨루어 선전했다. 이회창이 고전을 면치 못하자 차츰 생각이 달라지기 시작했던 것이다. 여론조사에 나타난 숫자가 그를 고무시켰고, 치고 나간다면 집권도 가능할 것 같은 화려한 그림들이 눈앞에 어른거렸을 것이다. 그는 결국 경선 불복이라는 비난을 무릅쓰고 선거전에 뛰어들었다.

이것은 이회창을 가장 어렵게 만드는 처사였다.

대통령 후보라는 나무 위에 올려놓고 흔들면서 사다리를 걷어치운 것과 같은 것이었다. 경우가 조금 다르기는 하지만 이러한 예는 5년 전에도 있었다. YS와 경선을 치르던 이종찬이 불공정 경선이라고 반발하며 경선을 보이콧하였고, 결국에는 탈당하여 독자 출마의 길을 걸은 것과 같은 상황이 발생한 것이다.

결과는 낙선.

득표력이 상당하다는 점만 인정되었을 뿐 김대중과 이회창으로 양분된 여와 야의 뿌리 깊은 정치 세력의 벽을 넘을 수는 없었던 것이다. 결과론적이기는 하지만 이인제는 역사에서 교훈을 얻지 못하였다고 할 수 있다.

즉, 한때의 인기를 믿고 여야로 갈린 양대 주류에서 이탈하면 고단한 정치 행로가 기다리고 있다는 사실을 말이다. 박찬종이 그러했고, 이종찬도 마찬가지였다.

1992년 대선에서 YS와의 경선이 불공정하다고 민자당을 뛰쳐나가 독자 출마한 이종찬은 출마와 동시에 인기가 하락하기 시작했다. 지지도를 끌어올리기 위해 안간힘을 써봤으나 헛수고였다. 그런 형편없는 상태로는 끌고 나갈 수 없다고 판단하였던지 정주영을 지지하면서 중도 사퇴하고 말았다. 그후 그는 격랑 속에 휘말리다가 어렵사리 DJ의 선거 참모가 되어 둥지를 틀게 되었다.

다시 한번 생각하면, 당시 이종찬은 경선 보이콧을 하지 않고 열심히 싸웠더라면 비록 패하더라도 선전했을 것이다. 후보인 YS보다 인기가 높았으므로 승자의 손을 들어주며 단합과 승리를 호소하는 패자의 감동적인 연설을 했더라면 YS 집권당의 실세가 되었음은 물론 차기주자로서 확고한 위치도 차지하게 되었을 것이라는 가정이다.

결국 이종찬은 나무에 올라가 있는 YS를 흔들면서 사다리를 치워버렸지만 이것은 역으로 자신이 나무에 올라가 스스로 사다리를 치운 상태에서 거센 바람에 시달리는 꼴이 되고만 것이다. 독립운동 명문가의 후예로서 정치적 성공을 볼 수 있는 흔치 않는 예를 볼 수 없게 된 것이 안타깝다고 할까.

이인제의 경우도 다르지 않다.

명분 면에서 그는 이종찬보다 더 치명적인 약점을 안고 있다. 역시 가정하자면, 당시 그가 이회창의 간곡한 청을 받아들여 선거를 도왔다면 DJ의 집권은 불가능했을 것이며, 한나라당 또한 자신의 수중에 있었을 것이다. 이회창이 집권에 실패했다면 주변의 압력에 밀려서라도 이회창은 즉시 정계를 떠나지 않을 수 없었을 것이다. 당시로 봐서 이회창은 정계에 오래 버틸 수 있는 인물이 아니었는데, 그렇게 되었더라면 대선 실패, 즉각 정계 은퇴라는 좋은 전통이 수립될 뻔했다. 하여간 그도 나무에 올라간 이회창을 흔들면서 결국 자신의 사다리를 스스로 치워버린 꼴이 되고 말았다.

그런 의미에서 2002년 민주당 대통령 후보 경선에서 나타난 이변, 즉 노풍(盧風)이라는 노무현 바람과 이인제의 추락은 일찌감치 예견된 것인지도 모른다.

셋째의 경우가 좀 묘하다.

목숨을 건 혁명가나 어렵게 창업한 기업주는 권력이나 이득을 다른 사람에게 좀처럼 내어주지 않으려 한다. 강력한 권력을 가진 사람일수록 아예 2인자를 키우려 하지 않으며, 있다 하더라도 싹을 자르려 하거나 거리를 멀리한다. 히틀러, 스탈린, 모택동 등이 외국의 예이고, 이승만 박사는 이기붕이라는 취약한 인물을 형식적으로는 후계로 삼았으나 내심으로는 안중에도 없었으며, 박정희 대통령은 3선 개헌으로 2인자 논의를 잠재운 뒤 유신을 계기로 2인자라는 사다리를 영원히 걷어치우고 말았다.

기업도 다르지 않다.

처음에는 자본을 공동 투자하든지 기술과 경영이 결합하여 의좋게 창업하지만 어느 정도 궤도에 오르면 경영권을 쥔 사람이 이득을 독식하려 한다. 경영권을 쥔 사람은 다른 동업자와 중역 사이가 멀어지게 하여 끝내는 내분이 생기게 하고 회사를 파탄에 직면하게 만드는 경우가 많다.

우리 기업에서 동업이 깨어진 대표적인 경우로는 삼성과 효성이 있고, 드물게 성공한 케이스는 해태가 아닌가 한다.

그런데 국가 권력이거나 기업이거나 어렵게 획득하고 일으킨 경우가, 순탄한 길을 걸어온 경우보다 독점욕이 더 강해서 사다리를 걷어내는데 더 철저하지 않은가 생각된다. 우리 속담에 '종이 종을 부리면 식칼로 형문(刑門)을 친다'는 말이 있지 않은가?

29

기(氣)를 기르고,
기로써 제압하라

신바람을 일으켜라

36계 중 29계인 수상개화(樹上開花: 무화과나무에 조화를 달아라)는, 이 나무는 본래 꽃이 없는 나무지만 꽃을 피우게 할 수 있다. 비단이나 종이로 오리고 색칠하여(조화를 만들어) 나뭇가지에 꽃송이를 붙여놓으면 자세히 관찰하지 않고서는 쉽게 알아차릴 수 없다. 아름다운 꽃과 나뭇가지가 서로 어울려 휘황찬란한 빛을 발하게 하여 완벽한 꽃나무를 만들어라.

이것은 곧 우군의 진지에 정예부대를 포진시켜 웅장한 위세로써 적을 제압하라는 비유이다.

어느 시골 읍내에 한심한 의사가 있었다.

찾아오는 환자가 워낙 없어서 삼순구식(三旬九食)이 아니라 삼순구명(三旬九名)도 되지 않는 형편이었다. 길고 긴 하루를 그냥 앉아있기가 무료하여 바람이나 쏘이려고 가운을 입은 채 자전거를 타고 읍내를 한바퀴 돌았다. 아는 사람이 반색을 하며 인사를 건넸다.

"왕진 가시는군요."

순간 그는 무릎을 탁 쳤다.

이후 그는 매일 가운을 입을 채 청진기가 든 가방을 자전거에 걸고 시내를 한 바퀴씩 돌았다. 얼마 후 그에게는 '왕진 전문의' 라는 별명이 붙었다.

이제 막 개업한 점포에서 아는 사람을 총동원하여 물건을 사는 척, 빈번하게 드나들도록 하는 것이나 책을 출판한 사람이 사람을 놓아 대형서점에서 자기 책을 되사오게 하여 베스트셀러 차트에 오르는 수법이 이에 속한다. 중국에도 '오이장수 왕씨 할미 자기가 오이 사면서 장사 잘 된다고 한다.' 는 말이 있다.

거리에서 야바위꾼이 판을 벌릴 때면 항상 두어 명의 노름꾼이 붙어서 시퍼런 만원 권을 펄럭거리며 따고 잃고 하는 광경이 어김없이 눈에 띄는데, 이 모두가 한 패거리로서 없는 고객을 만들어 내는 수법이다. 사기꾼들이 흔히 고위층이니, 아무개 장관과 막역하다느니, 청와대 어느 수석이 어떠니 하는 것도 세를 과시하기 위한 수법임은 잘 알려진 사실이다.

선거철이 되면 어떤가.

각 진영은 불러모을 수 있는 사람은 다 청중으로 동원하여 와와 소리치며 세를 과시한다. 막바지에 이르면 '이제 대세는 끝났다' 거나 '당선 인사를 준비한다' 고 큰소리친다.

1987년 대통령 선거에서 부산 수영만에서의 백만 인파, 여의도에서 각 당이 각각 모아들인 백만 청중 따위가 모두 여기에 속한다. 1992년 대선 당시 정주영의 국민당에서 공칭 7백만 당원이라는 것도 수상개화, 죽은 나무에 조화를 달아 놓은 격이었다.

6.25 당시 중공군의 인해전술은 국군이나 유엔군 모두 공포의 대상이었다. 변변한 무기가 없었던 그들로서는 사람을 앞세울 수밖에 없었겠지만 인해전술이라고 불리워진 데는 그들의 수상개화 전법도 포함되어 있다. 고지를 향해 쳐들어 올 때면 피리, 나팔, 꽹과리, 북 등 소리가 요란한 악기란 악기는 모두 동원하고 와와 소리치게 하여 실제보다 더 많아 보이도록 하여 듣기만 해도 질리도록 만들었다. 거기에는 중국인 특유의 허장성세가 숨어 있었던 것이다.

수상개화란 철수개화(鐵樹開花)라는 말에서 유래된 계명이다.

'쇠로 된 나무에 꽃이 핀다' 혹은 '죽은 나무에 꽃 핀다'는 말로써 기적이 일어나지 않으면 일이 이루어질 가능성이 전혀 없다는 뜻이다.

그러나 여기서는 없으면서도 있는 것처럼 보이게 하고, 약하면서도 강하고 큰 것처럼 보이게 하여 적을 기세로써 위압하라는 말로 쓰인다. 위장하여 상대를 착각에 빠뜨리라는 말인데, 그것보다는 우선 기(氣)로써 제압하는 것이 최선이다. 막상 맞붙으면 형편없이 깨어질 약골이라도 갑자기 기세 등등하게 치고 나가면 기가 죽는 경우가 많다. 흔히 기를 죽인다고 할 경우 그 상대에 대해 기가 살아 있고, 기가 세기 때문에 가능한 것이다.

국문학자인 수당(樹堂) 김석하(金錫夏) 교수의 이야기도 그 범주에 속하는데, 황패강 교수가 쓴 글의 일부를 소개한다.

– 수당은 몸은 약골이지만 배짱이 있는 분이다. 한번은 강릉에 학생들을 이끌고 답사를 갔을 때의 일이다. 저녁이 지난 늦은 시간에 시내 여관에 들게 되었는데, 그 전날 묵었던 여관이라 N교수는 자기 방이었던 곳을 무심코 열고 들어가려다가 한 쌍의 남녀가 투숙하고 있는 것을 발견하였다. N교수는 방문을 도로 닫고 다른 교수들이 있는 방에 조용히 들어와 앉아 있었다. 수당을 비롯한 몇몇 교수가 둘러앉아 이야기꽃을 피우고 있었는데 방문이 활짝 열리더니 윗통을 벗은 사나이가 N교수를 노려보면서,

"교수면 다냐! 이리 좀 나오라!"

소리치는지라 일동은 어리둥절해 하였다. 사나이의 기세는 당당하였다. 금새라도 N교수를 끌고 나가 행패를 부릴 것만 같았다. 바로 그때였다. 수당이 소리치며 일어섰다.

"웬 버릇없는 놈이 어디라고 와서 행패냐? 너 좀 맛을 볼 테냐?"

서슬 푸른 수당의 호통에 사나이는 기가 죽어 문을 닫고 물러갔다. 그제서야 N교수로부터 자초지종의 이야기를 듣고 사나이가 그렇게 흥분하게 된 이유를 알게 되었다. 이때 수당이 아니었다면 샌님들이었던 문약한 교수들이 어떤 봉변을 당했을지 알 수 없다.

기(氣)란 이처럼 중요한 것이다.

글자 그대로 눈에 보이는 것도 아니오 손에 잡히는 것도 아닌 정신과 육체에 서려 있는 무형의 힘이다. 키가 크건 작건, 체격이 우람하건 왜소하건, 얼굴이 잘 생겼건 못 생겼건, 나이가 많고 적건, 음성이 맑건 탁하건 관계가 없다.

사람에게는 기가 센 사람이 있고, 보기보다 약한 사람이 있다.

외모가 그럴듯해도 첫눈에 대수롭지 않아 보이는 사람이 있는 반면, 체구가 비록 왜소해도 어딘지 모르게 눌리는 듯한 기분이 드는 사람이 있을 것이다. 어떤 사람이건 눌리는 듯한 기분이 들게 하는 이러한 압인지기(壓人之氣)가 굳이 나타나는 것이 있다면 눈빛 정도다. 기가 센 사람에게는 우선 눈길부터 피하게 된다. 눈길을 피한다는 것은 기에 눌린다는 것이다. 남과 다투다가도 상대가 눈길을 떨어뜨리면 무언가 찔리는 데가 있기 때문인데, 기가 죽었다고 보아야 한다. 어린아이들이 흔히 눈싸움한다면서 오랫동안 쏘아보는 것도 사실은 기의 싸움이다.

상대를 제압하기 위해서는 없으면서도 있는 것처럼 보이고, 약하면서도 강하고 큰 것처럼 보여 죽은 나무에 조화를 매달아 마치 살아 있는 나무처럼 보이는 것도 중요하다. 그러나 이것은 어디까지나 계략에 의해 위장해야 하고, 상대 또한 착각하거나 속아 주어야 하기 때문에 보다 중요한 것은 상대를 첫눈에 제압할 수 있는 힘이다.

돼지우리에 늑대가 들어가면 돼지는 "꽥" 소리 한마디 못 지르고 앞장서 산으로 들어간다고 한다. 사람도 기의 강약에 따라 상대와 겨루기 이전에 이미 결판이 난다.

기가 있어야 한다. 그리고 세어야 한다.

기는 정신적인 힘이지만 기가 세어지면 육체도 강해진다. 기가 있으면 비관을 낙관으로 바꿀 수 있는 힘이 생기고, 부정에서 긍정으로 돌아설 수 있는 계기가 되며, 퇴영적이 아니라 진취적인 행동할 수 있게 됨은 물론 수구적이 아니라 진보적인 사고를 가질 수 있게 된다. 기는 고난을 헤쳐나갈 수 있는 힘의 원천이며, 고통을 참고 버틸 수 있는 힘의 바탕이다. 군인에게 기가 있으면 사기가 되니 혼자서 백의 적을 막을 수가 있다.

기는 천성적이요 내재적인 힘인 반면, 사기는 상황과 여건에 따라 조성되는 것이어서 엄밀한 의미에서 같다고는 할 수 없지만 기가 있는 사람은 대체로 사기가 드높고, 사기가 오르면 없던 기도 살아나는 경우가 많다. 그래서 사기는 어떤 개인이나 조직체에서도 중요하다. 운동선수의 기는 공고한 팀웍으로 승리를 안겨주고, 학생의 기는 분발의 계기가 되어 공부에 자신감을 갖게 하고, 연예인의 기는 '끼'를 십분 발휘케 하여 인기를 누리게 하며, 직장인의 기는 '신바람' 바로 그것이 아니겠는가?

기의 세고 약함은 사람마다 천성으로 타고난다.

기가 센 사람이 부드러워지려 해도 잘 되지 않는 것처럼 부드러운 사람이 세어지려 해도 쉽사리 되는 것이 아니다. 앞의 이야기처럼 깡패를 만났을 때, 마음먹는다고 하여 누구나 벌떡 일어나 소리쳐지는 것이 아니라 천성이 그렇게 타고나야 한다.

그러면 날 때부터 기가 약하고 부드러운 사람은 평생 부드럽게 사는 수밖에 없는가? 패기만만해야 할 젊은이가 나약하게 행동할 수밖에 없는가? 그렇지는 않다. 기는 기를 수 있다.

호연지기(浩然之氣), 천지간에 널리 유통하는 바르고 큰 원기이니 모름지기 호연지기를 길러야 한다. 호연이란 물이 세차게 흐르는 모양, 또는 마음이 넓고 뜻이 큰 모양을 뜻한다. 높은 산정에 홀로 우뚝 서서 세찬 바람을 향해 큰 한 소리 지르는 듯, 일망무제 넓은 바다에서 거친 파도에 가슴을 내맡기듯 크고 호쾌한 기분을 가져 보라. 가슴 속 깊이 큰 강물이 세차게 흐르는 기분을 느낄 수 있을 것이다. 이러한 기분을 지속하는 것이 호연지기를 기르는 길이다. 그리하여 더욱 넓고 큰 세계와 높은 이상을 향해 생각하고 행동한다면 마음 가득히 공명정대한 기운, 호연지기가 길러지리니 기 또한 자연히 세어질 것이다.

기를, 호연지기를 길러야 한다.

30

먼저 능력을
인정받아라

주인과 나그네가 바뀌는
비정한 승부의 논리

'마당 빌려 봉당 빌려 결국 안
방 차지한다'

'구르는 돌이 박힌 돌을 뽑아낸다'

자기보다 낮은 지위에서 출발한 사람에게 지위를 빼앗기거나
추월 당했을 때 흔히 쓰는 말이다. 우습게 여기던 자가 한 조직체
에 어찌어찌 들어와 대수롭잖게 보이다가 어느 날 갑자기 주인을
밀어내고 새로운 주인으로 등장하여 조직 전체를 장악하는 경우
를 많이 목격하게 된다. 이는 36계 중 30계인 반객위주(反客爲主:
처음에는 마당 빌려 다음에는 봉당 빌려 마지막에는 안방까지 차지한
다)에 속한다.

어떤 조직이든 이런 현상은 끊임없이 진행되고 있다고 할 수
있다.

그것은 주위에서 일어나는 일일 수도 있고, 자신일 수도 있다.
자신이 바로 박힌 돌을 뽑아내는 구르는 돌일 수도 있고, 아니면
구르는 돌에게 뽑히는 박힌 돌일 수도 있다. 이것을 좋게 말하면

조직에서 신진대사가 이루어진다는 것이고 나쁘게 말하면 지위를 건 쟁탈전에서 승패가 엇갈리는 것이라 할 수 있다. 전자가 원칙과 능력에 의하여 공개적이고 평화적인 방법으로 진행되는 것이라면, 후자는 공작과 모략에 의하여 비밀스럽고도 폭력적인 방법으로 진행되는 점이 다르다.

문민정부가 들어선 이후 진행된 개혁의 강풍 속에서 이른바 기득권세력이 YS를 민 것을 후회했다고 한다. 토사구팽(兎死狗烹)-유방을 도와 한나라 창업의 3걸 중의 한 사람인 한신이 죽음을 앞두고 한탄하던 말, '날쌘 토끼가 잡고 나면 뛰던 개를 삶아먹고, 나는 새를 잡은 뒤에는 좋은 활을 버린다(狡兎死走狗烹, 飛鳥盡良弓藏)'고 했던 그 고사가 생각나지 않을 리 없었을 것이다.

한고조 유방도 사실은 창업 3걸을 위시한 군웅에게 업히어 세력을 얻은 맹주에 지나지 않았다. 그런 그가 막상 제위에 오르고 보니 사정이 달라졌다. 당연히 권력의 주체가 될 것이라 믿었던 군웅들이 차례로 죽음을 당하게 되었던 것이다. 기득권세력은 아마 구르는 돌에게 뽑히는 박힌 돌의 심정이었을 것이오 어쩌다 잘못되어 안방까지 내어준 꼴이라 여기고 혀를 찼을 것이 틀림없다.

3당 합당에서 YS가 집권에 이르는 전후 사정을 관찰하면 명백한 반객위주이다. 제 3, 4당에 지나지 않던 당시 통일민주당과 신민주공화당은 민정당으로 봐서는 객에 지나지 않았다. 민정당은 수적으로 우세했고 주위에는 집권세력이라는 거대한 병풍이 둘

러쳐져 있었다. 합당 추진세력의 의도는 처음 두 당을 남이 보기에는 빈객으로 맞이하는 것처럼 보였다가 종국에는 천객으로 떨어뜨릴 심산이었다. 그 키 포인트가 내각제 개헌이었다. 정치적 상처를 입더라도 개헌을 하면 계속 집권당은 될 수 있다고 보았고, 수적인 열세인 YS의 정치 생명은 주인인 민정당 구성원들의 손안에 달려있다고 여겼다. 내용연수가 끝나면 천객으로 만들었다가 생명이 다하면 장례를 치르는 것이고, 그를 추종하던 민주계 인사들도 결국 천객이 되거나 아니면 노예로 부릴 수 있다고 믿었던 것이다.

그러나 그러한 기도는 허망한 꿈으로 끝나고 말았으니 원문에 설명한 것처럼 YS는 다섯 단계에 걸친 권력 투쟁을 통해 객에서 주인의 위치로 바꾸어 놓았다. 1차는 민자당 대표라는 지위를 놓고 내각제 밀약을 한 것이고, 2차는 박철언 등 노골적으로 자신을 제거하려는 세력의 빈틈을 노려 역공을 가한 것이고, 3차는 여러 차례 엎치락뒤치락하는 분쟁 끝에 내각제를 포기하도록 한 것이며, 4차는 최후의 순간까지 내각제에 대한 미련을 버리지 못하면서 후보의 자리를 주지 않으려는 노태우 대통령을 회유와 협박으로 공략하는 한편 이종찬, 박태준 등 반대세력들의 거센 도전을 물리치고 후보 획득이라는 수뇌부 장악에 성공한 것이고, 5차는 선거를 통해 주인, 즉 권력의 정상에 오른 것이다.

YS는 주객전도의 계책을 적극적으로 구사하여 정치판을 아슬아슬한 게임으로 살벌하게 만들었을 뿐 아니라 그의 후계자를 양성하는데도 그러한 수법을 구사하였다. 이수성, 이홍구, 이회창 등 외부에 있는 많은 인물을 받아들여 그들 각자가 당의 주인인 민주계를 치고 올라가도록 만들었다. 반면 DJ는 자신이 YS처럼 주객전도의 묘기를 보이는 자리에 있지 않았을 뿐 아니라 집권기간 동안 인재를 쓰는데도 외부인에게는 지극히 제한적이었다. 집권 이전에 인연을 맺지 않은 사람이면 어떤 경우도 권력의 일원으로 끼어 들 수 없었다. 따라서 아무도 감히 마당 빌리고 봉당 빌리는 따위의 모험을 하지 못하게 된 것이다.

이것은 집권층 내부의 권력 투쟁을 막는데는 효과적이었으나 대통령 후보를 선출하는 과정이나 당의 외연을 확대하는 면에서는 부정적인 결과를 가져왔다. 국민들 눈에 비친 것은 그의 집권 이후도 사람은 마찬가지일 것이라는 막연한 불안감을 심어준 것이다.

보통 사람의 평범한 성공도 보기에 따라서는 반객위주의 과정을 밟기 마련이다. 여기 한 샐러리맨이 있었으니, 능력이 없으면 쫓겨나거나 사장에게 사역 당하는 노예로서 일생을 마치고, 능력을 인정받으면 사장의 빈객이 되는 처지에 놓여 있었다. 그는 젊었을 때 직장을 얻기 위해 동년배의 젊은이와 다투어야 했으니 그것이 1차다.

2차는 자기의 직장에서 가장 취약한 분야가 무엇인가를 조사했는데, 적의 약한 부분을 쳐야 한다는 것은 병법만이 아니라 사회생활도 다르지 않으니 자신의 장점을 살려 취약한 부분을 공략하는 것이 성공의 지름길이기 때문이다.

3차는 아무리 유능한 사람이라도 윗사람에게 인정받지 못하면 어떤 일도 할 수 없으니 그들에게 인정을 받도록 노력하였고, 과연 그는 촉망받는 사원으로 성장하였다.

4차는 승진을 거듭하여 이사로 발탁되어 경영에 참여하게 되었으니 수뇌부는 장악한 셈이다.

5차에는 마침내 사장이 되었다. 내부 승진에 의한 전문경영인으로서 정상에 올랐거나 자립하여 경영주가 되었거나 샐러리맨의 꿈이 이루어졌다는 점에서는 다르지 않다. 그리고 좋은 의미에서 반객위주의 계책을 이루었다고 해도 좋을 것이다.

덧붙여 이런 성공의 뒤편에는 예의 안방차지니 구르는 돌이니 하는 말이 들리는 것도 인간 세계다. 자기보다 일찍 입사한 사람이나 과거 자기 상사였던 사람이 겉으로는 어떨는지 모르지만 내심으로는 그리 달가워하지 않는 경우도 많다는 것을 명심해야 할 것이다.

하여간 객이 주인이 되기 위해서는 주인으로부터 능력을 인정받아야 한다. 신하가 임금의 신임을 받지 못하면 어떤 좋은 정책이나 간언도 받아들여지지 않는 것과 같다. 신임하지 않는 신하의 정책 건의는 타국을 이롭게 하고 나라를 위태롭게 하는 것이 아닌가 의심을 사는 수도 있으며 임금을 위한 간언도 자칫하면 미움을 사기에 족하다.

216

우선은 천덕꾸러기 객이 되지 않아야 하고, 다음은 자기의 기반을 가진 빈객이 되어야 하며, 능력을 인정받아 신임을 얻은 다음 수뇌부를 장악해야 한다. 이것은 성공의 일반적인 수순이기도 하다.

31

호기심을 유발시켜라

강대한 군사력과 지혜로운 장수가 있는 나라와 맞붙어 싸우게 되면 국가의 존망이 위태로울 것이니 형세에 순응하여 적을 일시적으로라도 섬겨야 한다. 섬기는 방식에는 여러 가지가 있을 수 있다.

영토를 베어 주고 화친을 구하여 섬기는 방법이 있다. 그러면 적국은 영토가 더욱 넓어져서 그 이득으로 세력이 더욱 강성해진다. 전국시대 말기, 6국이 진 나라를 섬기는 것과 같은 것으로써 계책 중 가장 나쁜 계책이다.

금은보화와 피륙 등 재물을 주고 화친을 구하여 섬기는 방법이 있다. 이 경우도 받은 재물로 적국은 더욱 부강해진다. 송 나라가 북방의 요 나라와 금 나라를 섬기는 것과 같은 것으로써 계책 중 하책이다.

오직 아름다운 여자를 보내어 섬기게 되면 적의 임금이나 장수의 마음이 해이해지고, 그들의 체력이 약화됨과 동시에 부하들의 원망은 날로 높아지게 된다. 월왕 구천이 미인 서시와 값진 보물을 오왕 부차에게 준 것과 같은 것으로써 결과는 패배가 승리로 변하고 말았다.

공자를 실각시킨 제 나라의 미녀들

미인계는 36계의 모든 계책, 즉 서른 다섯 가지 계책 모두를 합친 것보다 강력할 수 있다.

공자는 평생동안 천하 각국을 돌아다니며 이상적인 정치를 펴기 위해 제후들을 설득하였다. 자기에게 정치를 맡겨주면 좋은 나라, 선진된 나라를 만들어 보이겠노라고 호소했다. 그러나 당시 제후들은 그의 주장이 현실을 무시한 이상에 치우쳤다고 하여 받아주지 않았다. 그야말로 '공자 일생 구직난' 이었다.

그런 그에게도 한번의 기회는 있었다.

그의 나이 56세 되던 해에 고국 노(魯) 나라에서 대사구라는 관직에 올랐다. 사법장관에 해당하는 자리로서 나라를 그르친 소정묘라는 사람을 벌주어 죽이고, 이웃 강대국인 제 나라의 위협을 물리치는 등 취임 3개월도 지나지 않아 나라를 잘 다스렸다. 그리하여 백성들은 길에 떨어진 물건조차도 주워 가지지 않고, 밤에는 문을 걸고 자지 않을 만큼 나라가 안정되었다.

패권을 노리고 있던 제 나라로서는 이웃 노 나라의 약진이 달가울 리 없었다. 노 나라부터 수중에 넣어야 다른 제후국을 부릴 수 있는 제 나라로서는 어떻게 하든지 노 나라를 약화시켜야 했다.

갖가지 지혜를 짜내던 중, 제 나라는 노래와 춤에 능한 80여 명의 미인을 선발하여 노 나라 임금인 정공에게 보냈다.

때아닌 미인을 선물로 받은 정공은 그날부터 국사는 돌보지 않고 춤과 노래에 빠져 헤어날 줄을 몰랐다. 미인들과 함께 사냥을 가서는 여러 날이 되어도 돌아오지 않았다. 보다못한 신하들이 간했으나 들은 체도 하지 않았다. 임금의 마음을 돌이킬 수 없다는 것을 깨달은 공자는 제자들과 함께 고국 노 나라를 떠나지 않을 수 없었다. 공자 같은 성인도 미인계에는 당할 재간이 없었던 것이다.

이처럼 미인계는 결과만 보면 쉬워 보인다. 그러나 미인계만큼 사용하기가 복잡하고 어려운 계책도 없을 것이다. 공자를 실각시킨 미인계는 노 나라의 정공이 평범한 인물이었기 때문에 성공할 수 있었지, 상대의 지위와 자질이 높으면 높을수록 어려운 계책이다. 이 계를 성공시키려면 몇 가지 조건이 충족되어야 한다.

첫째, 절세의 미인이 나타나 주어야 한다.

상대는 한 나라의 왕이거나 재상, 장군 등 막강한 권력과 부를 소유한 인물이다. 따라서 신변에 괜찮은 여자가 적지 않다. 타고난 미인이라야 그의 눈에 들 수 있다. 그런데 소위 경국지색이니 절세가인이니 하는 미인은 우연히 만나야 하는 것이지 찾는다고 해서 구할 수 있는 것이 아니다. 미스코리아나 CF모델을 뽑듯 공개적으로 모집할 수도 없지 않은가. 우선 미모가 뛰어난 여자가 천재일우의 기회로 나타나 주어야 하고, 그것도 우연히 그런 계기가 마련되어야 한다. 여자 자신이 그 뜻을 알아차리고 자발적으로 나서 준다면 더욱 좋다.

KAL기 폭파범 김현희 같은 경우도 일종의 미인계가 수반된 공작원인데, 그녀 자신이 자진해서 나서지는 않았다 하더라도 정신교육을 통해서 투철한 사명감과 부과된 임무에 성스러움을 느끼게 될 만큼 사상교육을 받아들일 수 있는 여자라야 한다. 왜냐하면 미인계란 여자 자신이 모든 것을 던져 주어진 임무를 수행해야 하기 때문이다.

둘째, 뛰어난 자질을 갖춘 지적 소유자여야 한다.

미인계란 고도의 공작적인 성격을 띤 책략이므로 상대를 끊임없이 사로잡을 수 있는 무기를 지닌 여자라야 한다. 여자가 남자를 사로잡을 수 있는 가장 손쉬운 방법은 육체적 공세이겠지만 그것 하나만으로는 부족하다. 마릴린 먼로나 크리스티나 카우프만, 브리짓드 바르도, 샤론 스톤 같은 여자는 어떤 남자나 뇌쇄시키는 강력한 매력을 가지고 있다. 그러나 이들이 한 남자를 영구히 완벽한 포로로 묶어둘 수 있는가는 의문이다. 그들의 매력은 단순히 성적 매력 그 이상도 이하도 아니기 때문에 그 매력을 상실하면 더는 임무를 수행할 수 없게 된다. 이른바 백치형 미녀라는 것이 있는데, 그 여자가 외모만이 아니라 두뇌 또한 백치에 가깝다면 장구한 시간을 두고 한 남성을 자기의 포로로 잡아둘 수 있겠는가.

남녀를 불문하고 육체적인 매력, 성적 흡인력 하나만 가지고는 이성을 사로잡을 수 없다. 아무리 방탕한 남자라도 한 여자에게 느끼는 성적 탐닉은 그리 오래가지 않는다. 일반적인 경우, 여자가 성적으로 강력하게 지속적으로 접근하면 할수록 건강 따위에 위기의식을 느껴 매력을 잃어버리게 된다.

따라서 호기심을 끊임없이 유발시키고 자기 만족을 얻도록 해 주어야 한다.

아라비안 나이트에서 왕에게 재미있는 이야기를 들려주다가 가장 흥미진진한 대목에 이르러서는 뒷날로 미루어 천일 동안 계속한 대신의 딸인 세헤라자데가 노린 것은 무엇인가? 대신의 딸 자신이 살아남기 위해 사실상 미인계의 주인공이 된 셈인데, 그녀의 무기는 바로 왕이 자신에게 끊임없이 호기심을 느끼도록 만든 것이었다.

세기의 사랑이라 일컫는 윈저공과 심프슨 여사의 관계를 보자.

그녀는 미국인으로서 기혼녀였으며 대단한 미인이 아니었음에도 불구하고 대영제국의 왕으로 하여금,

"비록 제왕의 자리라 할지라도 곁에 사랑하는 여자가 없다면… 신이여, 새 왕을 도우소서."

라는 저 인구에 회자하는 성명 한 장을 남기고 훌쩍 망명길에 오르도록 한 힘은 어디에 있는가. 일설에 의하면, 윈저공에게는 지독한 성적 콤플렉스가 있었는데 그녀만이 이를 해소할 수 있었다는 것이었다. 그런데 기묘한 것은 성적 콤플렉스를 풀어 줄 수 있는 것은 성적 매력이 뛰어난 상대가 아니라 정신적인 안정감과

자기만족을 느끼게 해 줄 수 있는 사람이다. 그녀의 강점은 상대의 심리를 꿰뚫어 보고 좋아하는 화제를 골라 능숙한 대화로 윈저 공을 리드했기 때문이 아닌가 한다.

이상의 예에서 알 수 있듯이, 세헤라자데와 심프슨 여사는 모두 상당한 수준의 지능과 학식을 지니고 있다. 풍부한 교양과 학식, 상대의 심리를 읽을 줄 아는 독심술, 상대로 하여금 잠시도 다른 데 눈을 돌리지 못하도록 하는 흥미진진한 화제와 다양한 제스츄어를 능란하게 구사하여야 한다. 두뇌가 명석해야 한다는 것이다.

셋째, 상대의 기호를 충족시킬 수 있는 여자라야 한다.

여인의 자태가 봄날의 난초처럼 청초하고 가을 국화같이 정결하거나 아니면 비 맞은 해당화처럼 우수에 젖어 있거나 오월 모란꽃같이 풍만 미려하거나 여름날 검붉은 장미처럼 농염하다 할지라도, 그리고 손안에 들 듯한 가는 허리에 맵시는 물찬 제비 같다 하더라도 누구에게나 사랑을 받으리라는 보장은 없다. 양귀비의 요염에 당 현종이 미혹되었다 하여 백제 의자왕도 그러하리라고 믿어서는 안 된다. 또한, 서시에 미친 왕이라 하여 양귀비를 좋아한다는 보장도 없다. 이를 보완하는 것이 둘째 번에 든 지적 능력이긴 하지만, 이것 역시 첫눈에 들어오지 않는 상태라면 발휘할 기회조차 없지 않은가. 따라서 상대방이 어떤 여인을 좋아하는지 반드시 알고 있어야 한다.

넷째, 자신의 몸과 마음을 바쳐 주어진 임무를 끝까지 수행할 의지를 갖춘 여자라야 한다.

거의 대부분의 여자는 의지적이라기보다는 감성적이다. 미인계도 스파이전의 한 변형인데, 스파이에게 요구되는 최대의 덕목은 냉철함이다. 따라서 모든 일을 체계적으로 관찰하고 논리적으로 사고하여 합리적인 판단을 내린 뒤 조직적으로 행동해야 한다. 그러나 여자는 느낌에 의존하고 표피적인 현상에 몰입하여 자기 중심적으로 사고하고 감상적으로 행동하기가 쉽다. 첩보의 세계에서 여자에게는 단역만을 맡기지 장기적이고 복잡 미묘한 상황을 판단하여 처리하는 일은 맡기지 않는다고 한다.

냉철함과 의지력이 흔들리면 어떻게 되는가?

남자는 사랑이 인생의 일부에 지나지 않지만 여자는 사랑이 인생의 전부라는 말이 있다. 또한 남자는 최초의 여자가 중요하고 여자는 마지막 남자, 곧 현재의 남자가 중요하다는 말도 있다. 이 말들은 모두 여자란 사랑 그 자체와 현실적으로 존재하는 남자에게 약하다는 뜻이다. 미인계를 써서 보낸 그 여자가 진정으로 그 남자를 사랑하게 되면 어떻게 되는가. 미라를 찾으러 갔다가 미라가 되는 꼴이니 오히려 공략 상대를 도와주는 결과가 된다. 그래서 조국을 배반하느냐 사랑을 배반하느냐 하는 문제로 갈등에 직면할 수도 있고, 선택 여하에 따라서는 의도한 것과는 전혀 반대의 상황, 즉 상대에게 겨눈 비수가 되돌아오는 수도 있다는 것이다.

가령 상대의 정신과 육체를 마비시키라고 보낸 여자가 사랑에 빠져 이 편의 의도를 넌지시 알려 주고, 상대를 마비시킬 수 있는 강도만큼 경각심을 가지고 처신하도록 한다면 어떤 결과가 올 것인가를 생각하면 상상만 해도 끔찍하지 않는가?

여자가 사랑이란 면에서 얼마나 취약하며, 현재의 남자가 얼마나 중요한 존재인가는 재클린의 경우를 보면 쉽게 알 수 있다. 그녀가 오나시스를 찾아간 것은 자기 올케와의 관계를 청산하라는 압력을 넣기 위해서였다고 한다. 그런데 가서는 자기의 임무를 까맣게 잊어버린 것은 차치하고 올케보다 한술 더 떠서 가로채는 결과가 되었다. 오나시스와의 결혼이라는 것도 전 남편 케네디라는 매력적인 남자를 추억하고, 대통령의 미망인이라는 영예를 생각하기보다는 현실적으로 존재하는 남자 오나시스가 더 중요했던 것이다.

제1차 세계대전 당시.

수많은 전투의 승패를 갈라놓은 여간첩 마타 하리. 세계 스파이 사상 가장 유명한 그녀는 국적불명인데, 그녀가 그토록 헌신적으로 첩보활동을 한 것은 애인인 독일군 장교를 위해서였다고 한다. 해방 직후 미 군정청 고문관의 첩이 되어 깊숙한 기밀을 빼내다 잡혀 처형된 여간첩 김수임. 그녀도 애인 이강국의 밀명을 받고 행동한 케이스이다. 뒷날 그녀를 조사한 수사관의 술회에 의하면, 그녀는 결코 사상이나 이념에 따라 행동할만한 여자는 아니라는 것이다. 애인이 추구하는 것이 바로 자신의 지상선이요, 애인이 바라고 원하는 대로 행동하는 단순하고 연약한 여자에 불과했다는 것이다.

다섯째, 결과에 대한 지각이 결여되어 있어야 하고, 자신의 운명에 대한 판단력이 갖추어져 있지 않아야 한다.

인간은 누구나 죽음 앞에서 약해지기 마련인데, 자신의 행동 하나 하나가 얼마나 엄청난 결과를 가져오는 것인지를 안다면 불안과 두려움 때문에 일관된 심리상태나 행동을 견지할 수 없다. 한 남성을, 그것도 내밀하게 적대관계에 있는 권력자를 파멸로 몰아넣었을 때 자신에게 돌아올 것이 무엇이라는 것을 안다면 얼마나 참담하겠는가. 심적 갈등이 심하면 아무리 주의를 기울여도 겉으로 나타나기 마련이다. 정체가 노출되는 수도 있다.

따라서 결과에 대해서는 아무런 부담감도 갖고 있지 않아야 한다. 아니 결과 자체를 전혀 알지 못하는 게 좋다. 앞에서 예로 든 여간첩처럼 맹목적인 태도가 가장 바람직하다. 그리고 자신의 운명을 생각해서는 안 된다. 이 역시 지각이 결여되어 있어야 한다. 오직 현실적인 문제에만 몰입해 있어야 한다. 즐겁게 먹고 마시고 노래 부르고 춤도 추고, 더러는 화도 내고 슬퍼도 하며 오직 한 남자의 눈과 귀와 육신을 자기에게 묶어두고 영혼마저 완전히 옭아매어 두는 그 현실만이 있어야 한다. 그리하여 사랑받고 있다는 행복감에만 젖어 있어야 하는 것이다.

사람이 어떻게 그럴 수 있는가 하겠지만 그럴 수 있는 게 바로 여자다. 네 번째의 예처럼 여자에게는 그런 속성이 있으므로 가능한 것이다. 어떻게 그럴 수 있겠는가 라는 것은 남성의 관점에서 그렇다는 것이지, 그럴 수 없어야 한다는 말은 아니다. 남성과 비교하여 시비나 선악, 우열이나 좋고 나쁨을 가릴 문제가 아니다.

그렇다고 하여 여성들을 폄하하거나 훼손한다고 생각해서는 안 된다. 여성에게 그런 속성이 있기 때문에 남성에게는 다른 속성이 존재하고, 그로 인하여 남자와 여자가 나누어질 수 있는 것이 아닌가. 다만 어떤 목적을 위하여 여성이 그 도구가 된다는 사실은 섬뜩한 노릇이고, 이것이 동서고금의 역사 속에서 끊이지 않고 있어 왔으니 인간사의 이면이란 이처럼 추악할 수도 있다는 사실을 깨달아야 할 것이다.

여자 때문에 망한 사람과 성공한 사람

아무튼 미인계란 이처럼 다른 계책과 달리 많은 제약이 따른다.

인생에 대한 풍부한 경험과 인간의 심리 변화를 꿰뚫어 보는 통찰력이 있어야 하지만 그래도 문제는 있다. 즉 인간의 감정과 행동은 시간의 흐름에 따라, 주위 여건의 변화에 따라 끊임없이 변하는 것이므로 예견할 수 없는 요소가 너무나 많다는 것이다. 그래서 옛사람들은 왕왕 점괘에도 의존해 보지만 시원한 결론을 얻지 못한 것도 사실이다.

미인계는 사용할 수 있는 여건도 자연스럽게 조성되어야 하고,

227

운용하는데는 대단한 주의력이 필요하며, 결과에 대한 위험 부담도 많지만 일단 성공했다면 상대를 파멸로까지 몰고 갈 수 있는 강력한 수단이다.

월왕 부차와 서시가 연출한 한편의 장대한 드라마가 가장 좋은 예이다.

현대의 경우 소련이 킬러라는 콜걸을 고용하여 영국 해군상 프로프모에게 접근, 정보를 빼낸 사건은 마침내 정권까지 뒤엎는 결과를 가져왔다. 1976년 소련 외무부의 한 관리가 미 CIA의 미인계에 걸려 1년 동안 중대한 기밀을 빼내주다가 체포되었다. 그 관리는 사형 당하고, 소련은 극비의 국가비밀이 넘어가는 손실을 겪어야 했다.

이처럼 범죄형의 미인계가 아니더라도 세상에는 많은 미인계가 존재한다.

전직 국방장관이 보낸 달콤한 연애편지가 공개되어 한때 세상의 화젯거리가 된 무기 중개상 린다 김도 미인계의 한 전형이 아닌가 한다. 그녀는 남다른 재능과 활동력으로 많은 인맥을 구축하고 있었는데, 그녀에게서 미인이라는 전제를 달지 않으면 이야기가 되지 않을 것 같다. 더구나 그녀는 자신의 목적을 위해 자신의 미모를 적절히 활용하여 많은 남성의 관심과 연모의 표적이 되었으므로 가장 이상적인 미인계가 아닌가 한다. 근래 한 인터뷰에서, 그 장관의 연애감정이 일방적인 것이 아니다 라고 하여 인간적인 면모를 숨기지 않았는데, 이 점 또한 당연한 반응이 아닌가

한다. 아무리 임무를 띠고 적진으로 들어간 여자라 할지라도 상대
편 남자에 대해 약간의 감정도 없다면 임무를 지속하기는 어려울
것이기 때문이다.

　반대의 경우도 있다.
　지금은 그룹이 해체되어 비운의 인물이 되었지만 대우의 김우
중은 한때 샐러리맨의 우상이었다. 그는 젊은 총각시절 한국은행
의 젊은 은행원 아가씨들의 도움을 받은 적이 많다고 술회한 적이
있다. 수출을 하면서 처리해야 할 까다로운 서류를 비교적 손쉽게
처리할 수 있었다는 것이다. 장래가 엿보이는 젊은 청년이 다가와
밥도 사고 차도 사면서 재치와 언변으로 기분 좋은 시간을 제공하
는데 싫어할 여자가 어디 있겠는가?
　미인계란 남녀가 사는 세상에서는 흔히 있을 수 있는 일인지 모
른다.
　그러나 미인계란 이처럼 일상적이지는 않다. 계책이냐 아니냐
는 것은 상대방을 파멸시키려는 의도가 있느냐 없느냐에 달려있
을 것이다.
　따라서 가장 이상적인 미인계, 가장 전형적인 미인계, 가장 완
벽하게 성공을 거둔 미인계는 삼국지의 저 유명한 이야기, 즉 동
탁과 여포를 이간시킨 이야기가 아닌가 한다.

　후한 말 황건적의 난으로 천하가 어지러워지고 조정의 힘이 약

화되자, 서량 태수 동탁이 군대를 이끌고 들어와 도성을 점령하였다. 황제를 폐하고 어린 유협을 앉히니 그가 마지막 황제 헌제이다. 그의 횡포에 조정 대신들은 모두 두려워할 뿐 어찌할 바를 모르고 있었다. 이에 사도 왕윤이 그를 제거할 계획을 세웠다.

동탁에게는 여포라는 의자(義子)가 있었다. 우리 옛말에도 '여포 창날 같다'고 하여 용맹무쌍한 장수의 대명사로 일컬어질 만큼 그는 무예가 출중했다. 여포는 의부인 동탁을 내 몸처럼 호위하고 있었으므로 동탁의 권력 기반은 여포라고 해도 과언이 아니었다. 동탁과 여포를 분열시키는 것이 가장 손쉬운 방법이었다. 여기까지가 미인계의 목표를 선정하는 과정이다.

왕윤에게는 초선이라는 아름다운 여종이 있었다. 16세의 꽃다운 나이에 미모가 뛰어나고 춤과 노래도 잘할 뿐 아니라 매우 총명했다. 왕윤의 속마음을 알아차린 그녀는 자기가 임무를 맡을 것을 자청하니, 왕윤은 그녀를 양딸로 삼았다. 위의 조건 중 첫째 미인일 것, 둘째 자질을 갖춘 여자일 것, 넷째 임무를 수행할 의지를 갖출 것 등이 충족된 셈이다. 그리고 다섯째 결과에 대한 몰지각은 그녀 자신이 미천한 출신으로서 왕윤의 사랑을 받고 자청하여 하고자 한 것이므로 별로 문제가 되지 않는다. 셋째의 상대의 기호가 문제인데, 동탁과 여포는 호색에 이름난 인물이었으므로 이 또한 문제가 없다.

우선 여포를 집으로 초대하여 성대한 연회를 베푼 왕윤은 취기가 도는 것을 보고 초선을 불러 술을 따르게 하였다. 그녀의 미모에 깜짝 놀란 여포에게 왕윤은 첩으로 주겠다고 제의했다. 백배 감사하는 여포에게 좋은 날을 받아 들여보내기로 약속하고 여포를 돌려보냈다. 며칠 뒤, 왕윤은 동탁을 은밀히 초대했다. 초선을 탐내는 것을 보고 첩으로 주겠다고 하니 크게 기뻐했다. 왕윤은 그날로 동탁의 부중(府中)으로 함께 가 초선을 넘겨주었다.

이 사실을 안 여포는 하늘을 찌를 듯이 화를 내며 이럴 수 있느냐고 따지자 왕윤은 이렇게 둘러댔다.

"동태사가 우리 집에 들렀다가 우연히 초선을 보고 누구냐고 묻기에 장군과 성혼한 사이라고 하니, 동태사가 말하기를 '오늘이 좋은 날이니 내가 데리고 가 여포와 혼인시키겠다'고 해서 어쩔 수 없이 데려다 주었습니다."

반신반의하고 돌아간 여포는 동탁에게서 연락이 오기를 기다렸으나 소식이 없자, 이튿날 동탁의 부중에 들어가 보니 초선은 이미 동탁의 첩이 된 뒤였다. 여기서부터 두 사람을 이간시키는 초선의 능란한 연기가 나타난다. 화가 머리끝까지 난 여포가 동탁의 침실 가까이 가자, 그가 왔다는 것을 눈치 챈 초선은 일부러 수심에 찬 얼굴로 바라다보았다. 여포의 가슴은 찢어질 것 같았지만 어쩔 수 없는 노릇이었다.

한편 초선은 동탁을 밤낮으로 극진히 받들어 사랑을 독차지했다. 한번은 동탁이 앓아 눕게 되자 문병을 온 여포에게 안타까워하는 얼굴과 애소하는 듯한 눈빛을 지어 보여 여포의 마음을 흔들어놓았다. 두 사람의 수상쩍은 태도를 눈치 챈 동탁이 일어나,

231

"네가 감히 나의 애첩을 희롱하려 하느냐. 썩 물러가라!" 호통쳐 내보냈다. 마음을 졸이던 여포가 하루는 동탁이 조정에 나간 틈을 타 초선이가 있는 곳을 갔더니, 초선은 동탁과의 몸서리치는 생활을 하소연하며 연못에 뛰어들려고 했다.

"이승에서 맺지 못한 인연이니 소첩은 내세에서 장군을 뵈올까 합니다."

이를 말리는 여포가 그녀의 팔을 잡자, 이내 원망하며 우는 것이 아닌가.

"소첩이 평소 듣자오니 장군은 천하무적의 용맹을 가지고 계신다 하면서, 어찌 동태사 한 사람 어찌하지 못합니까?"

이때 조정에서 돌아오던 동탁이 그 광경을 보고 화를 참지 못하여 창을 들어 던지니, 여포는 날쌔게 몸을 피해 달아나 버렸다.

두 사람의 이러한 관계를 알고 있는 모사 이유가 걱정이 되어 동탁에게 권했다.

"여포는 태사의 심복이고 초선 또한 그를 좋아하는 듯하니, 상으로 주어버리면 여포는 은혜에 감사하여 목숨을 내던져서라도 태사를 도와 천하를 얻게 할 것입니다."

이 말을 옳게 여긴 동탁이 초선에게 그 뜻을 내비치니, 그녀는 깜짝 놀라 울며불며 소리치다가 칼을 빼들고 자결하겠다고 나섰다. 동탁은 황급히 말렸다.

얼마 뒤 모사 이유가 다시 한번 동탁에게 권하니, "자네 처자라면 여포에게 주고 말겠는가?" 하면서 냉랭한 태도로 이유의 권유를 뿌리쳤다. 돌아서는 이유는 속으로 이렇게 부르짖었다.

"우리는 모두 초선의 손에 죽었구나."

여기까지 왕윤의 미인계는 90% 이상 성공한 셈이다. 이제 그들의 파멸만이 기다리고 있었다. 다시 한번 여포를 초청한 왕윤이 그를 위로하는 체 하며 충동질하고 부추기자 감정이 상할 대로 상한 여포는, "내가 이 늙은 도둑놈을 죽이고야 말겠다!"라고 외쳤다. 결국 동탁은 그의 창에 찔려 죽으니 동탁의 전제권력은 이로써 막을 내렸고, 동탁이 사라진 뒤의 여포는 초선을 얻기는 했으나 권력에서 소외되어 각지를 떠도는 처량한 신세가 되고 말았다.

영웅호걸은 자고로 주색을 좋아한다지만 여자 하나의 힘이 이처럼 크단 말인가!

초선이라는 미녀를 탐낸 동탁은 아들 같이 사랑하던 여포에게 죽음을 당하고, 여포는 초선이를 얻었으나 권력을 잃게 되어 비참한 생애를 보낸다는 이야기는 36계 중 31계에 속하는 미인계(미인계: 여자를 이용해 상대를 움직인다)가 갖추어야 할 요소를 모두 갖추고 있다고 할 것이다.

약한 자도 여자, 강한 자도 여자이니라.

32 먼저 보여줘라

철저히 비워
혼란에 빠뜨려라

병무상세(兵無常勢)라는 말이 있다. 군사 작전이란 온갖 수단과 방법이 다 동원되므로 정석이란 있을 수 없다는 뜻이다.

방어할 병력이 없어 성이나 진지가 비었을 경우 빈 것을 그대로 보여주는 공성계는 제갈량이 처음 사용했다고 한다.

당 현종 때(서기 727년)였다.

지금의 감숙성 안서현인 과주가 국경을 침범하여 들어온 토번에게 함락되었다. 수비하던 장수 왕군환마저 전사하니 그 지역의 백성들이 공포에 떨었다.

조정에서는 즉시 장수규라는 장수를 과주의 지방장관으로 파견하였다. 임지에 도착한 그는 흩어진 백성들을 모아 성을 다시 쌓기 시작했다. 그런데 토성을 쌓기 위해 양쪽으로 나무 널빤지를 댄 다음 흙을 퍼 넣는 상태에서 적이 또 갑자기 쳐들어 왔다. 성벽도 쌓아올리지 못하고, 방어할만한 무기도 변변히 없는 형편이었다. 모든 사람들이 놀라 창백한 얼굴로 서로 쳐다보기만 할 뿐, 전의를 완전히 상실하고 있는데, 장수규가 외쳤다.

"적은 수도 많고 강한데 우리는 병력도 적고 약하다. 더구나 전쟁의 상처가 아물지도 않았으니 활과 돌을 들고 적을 막을 수 없다. 계략으로 적을 물리쳐야 한다."

성 위로 올라가 장교들을 불러 술판을 벌리고 음악을 연주하게 하여 즐겁게 놀도록 하였다. 이를 본 적은 성안에 반드시 복병이 있을 것이라 믿어 감히 진격하지 못하고 우물쭈물하다가 물러가고 말았다. 〈신당서, 장수규열전〉

5호 16국 때에는 이런 일도 있었다.

조정이라는 장수가 북제의 북서주 자사로 파견되었다. 그가 임지에 막 부임하자 진 나라에서 대군을 거느리고 쳐들어 왔다. 놀란 백성이 혼란한 틈을 타 우왕좌왕하며 소란을 일으켰다.

소란을 진정시킨 조정은 성문을 닫아걸지 못하게 한 뒤 성벽을 지키는 사병들을 모두 아래로 내려가게 하여 길거리에 조용히 앉아있도록 하고, 모든 통행도 금지시켰다. 성안에서는 닭 우는소리, 개 짖는 소리조차 끊어졌다.

진 나라 군사가 가까이 와서 보니 성 근처에는 개미새끼 하나 얼씬하지 않고 쥐 죽은 듯 고요했다. 모두 도망가서 아무도 지키지 않는 빈 성 같기도 하여 도무지 영문을 알 수 없었다. 성안 길거리에서 창을 어깨에 걸치고 멍청하게 앉아있는 병사는 죽은 사람처럼 보이기도 하여 기괴한 느낌마저 들었던 것이다.

235

이 때 갑자기 하늘을 찌르고 성이 무너질 듯한 함성이 터져 나왔다. 깜짝 놀란 진 나라 군사들은 혼비백산하여 무기를 버리고 도망쳤다.(〈북제서, 조정열전〉 참고)

위기일수록 태평한 척 해야한다

36계 중 32계인 공성계(空城計: 빈성은 철저히 비워라)는 심리전의 극치이다.

허허실실(虛虛實實), 진진가가(眞眞假假)의 속임수가 유감없이 발휘된 계책이다. 실패할 경우 회생 불능의 타격을 입지만 일단 성공했다면 손끝 하나 움직이지 않고 백만의 군대도 손쉽게 물리칠 수 있다.

제갈량이 텅 빈 성에서 무장을 해제한 채 위 나라의 사마의를 맞이하여 격퇴한 것은 이 방면의 고전이요 백미편이다. '삼국지, 촉지, 제갈량열전'의 기사를 대략 옮겨 보면 이렇다.

제갈량이 위 나라를 원정하면서 자신은 양평관(陽平關)에 주둔하고, 위연에게는 군사를 주어 동쪽을 공격하게 했다. 양평관의 수비 병력은 불과 1만.

한편 사마의는 20만 대군을 이끌고 위연과는 다른 방향에서 양평관을 향해 쳐들어왔다. 60리 앞에서 척후병을 놓아 정찰해 보니 제갈량은 성안에 있고, 수비병력은 소수에 불과하다는 것이다.

사마의의 대군이 쳐들어온다는 사실을 안 제갈량은 위연의 주력부대를 급히 돌아오라고 불렀다. 그러나 떠난 지 오래되어 주력부대의 도움을 받을 수 없는 상황이었다. 양평관을 버리고 달아나더라도 몇 발짝 못 가서 잡힐 처지에 놓여있었다. 성 전체가 술렁거렸다.

그때 제갈량은 태연하게 명령을 내렸다.

모든 기치와 장막을 걷고 북소리를 그칠 것이며, 사방의 대문을 활짝 열어 놓은 뒤 성문 앞을 깨끗이 쓸고 다른 사람은 숨어서 꼼짝하지 못하게 했다. 그리고 자신은 성루에 올라가 학창의를 입고 수레에 앉아 향불을 피운 다음 두 동자가 시립한 가운데 현금을 탔다.

사마의가 대군을 이끌고 질풍처럼 성 아래에 당도해 보니 삼엄한 방비를 펴고 있어야 할 성이 이 지경이 아닌가. 더럭 의심부터 나면서 이런 생각이 들었다.

"제갈량의 용병에는 절대 모험이 없고 지나치리만큼 신중한 법인데, 이런 정경을 연출하는 것은 분명히 무서운 계략이 숨어있을 것이다. 복병을 숨겼다가 성으로 유인하여 일격에 깨뜨리든가 아니면 지금 어디서 공격을 준비하고 있을 것이다."

생각이 여기에 미치자 그는 급히 퇴각 명령을 내려 대군을 몰고 달아나 버렸다.

사마의는 병법에 정통한 백전 노장으로서 지모가 뛰어났으나 결정적인 약점은 의심이 많고 과단성이 부족했다. 적과 자신의 장단점을 잘 알고 있는 제갈량이 그의 심리적인 허점을 역으로 찌른 것이 적중한 것이다.

이것은 뒷날 제갈량이 오장원에서 전사한 뒤 촉군의 완전한 퇴각을 돕기 위하여 마지막으로 편 계략, 즉 '사제갈(死諸葛)이 주생중달(走生仲達)', 죽은 제갈량이 산 사마중달을 달아나게 한 것과 함께 사마로 하여금 두고두고 후세 사람의 웃음거리가 되게 한 것이지만 어처구니없게도 사람에게는 이런 맹점이 있다. 논리나 경험법칙을 존중해야 하는 것은 용병뿐만 아니라 세상일도 마찬가지이지만 이처럼 어처구니없는 '역(逆)의 작전'이 효과를 보는 경우도 종종 있다.

앞의 예처럼 인간사에는 합리와 경험법칙만으로는 설명할 수 없는 비과학적이며 비합리적인 일도 왕왕 일어난다. 경험법칙만을 고수하다가는 이외의 곳에서 허를 찔려 허둥대는 경우가 많다.

제갈량이 만약 병법이라는 합리적인 이론와 용병의 타성에만 의존하여 문제를 해결하려 했다면 치욕적인 포로의 몸이 되었을 것이고, 반면 사마의는 그것에만 의존했기 때문에 실패한 것이다. 이는 마치 고단자의 바둑에서 정수가 아닌 수, 기리(棋理)에서 벗어나는 수가 두어지더라도 경우에 따라서는 그 수가 상당한 위력을 발휘하는 예가 있는 것과 같다. 기리에만 충실하고, 모양만 좋은 바둑을 두었다고 해서 꼭 이긴다는 보장이 없는 것과 마찬가지다.

한 무제 때, 흉노와 싸워 수많은 공을 세운 이광(李廣)이라는 장군이 있다.

하루는 국경지역을 순찰하다가 사냥 나온 흉노 세 사람을 만났다. 그들을 무심코 뒤쫓고 있는데 난데없이 수천 기의 흉노가 멀리서 나타나는 것이 아닌가. 이광이 거느린 군사는 불과 1백여 기. 이광이 부하들에게,

"우리가 지금 달아난다면 적에게 추격 당하여 살아남지 못한다. 반면에 우리가 움직이지 않고 있으면 복병을 숨겨두고 유인하는 것이 아닌가 의심하여 감히 달려들지 못할 것이다."

라고 상황을 설명한 뒤, 모두 말에서 내려 안장을 풀어 땅바닥에 앉게 하고는 태연하게 웃고 떠들며 놀게 했다. 흉노 기병들은 한 나라 군대의 행동을 멀리서 의심스러운 눈으로 바라보며 주위를 빙빙 돌다가 날이 어두워지자 숨어 있던 복병이 습격하는 것이 아닌가 생각하고 퇴각해 버렸다.

1992년 대선을 불과 몇 달 앞두고 당시 민자당 명예총재인 노태우 대통령이 탈당했다. 당을 완전히 비워버림으로써 자신의 정치적 입장을 가볍게 하자는 것이었다. 선거 기간 내내 관권선거를 획책한다는 야당으로부터의 공격을 차단할 수 있었고, 선거가 끝난 뒤 어김없이 찾아오는 관권선거, 부정선거에 대한 시비에서도 벗어날 수 있기 때문이다. 그리고 여당에 선거 자금도 모아주어야 하는 부담도 덜게 되었으니 절묘한 공성계가 아닐 수 없다.

2001년 새천년민주당을 탈당한 DJ 역시 공성계를 쓴 셈이다.

노태우가 쓴 공성계보다 더 적극적으로 계책을 활용한 셈이다. 임동원 통일원장관에 대한 불신임 결의안을 계기로 JP와의 공동 정부를 청산한 그로서는 아들 문제까지 터지자 정말 무방비만이 최선의 방어임을 보여줄 필요가 있었던 것이다.

일상생활에서도 이런 방식을 활용해 볼만하다.

가령 집에 강도가 들어왔다고 하자. 겁을 먹고 굳이 금품을 숨기려 해서는 강도에게 시달림만 받는다. 아예 금품이 있을만한 곳을 먼저 열어 보이는 것이 좋다. 금품을 많이 가진 대부분의 사람들은 그런 경우 어떻게 해서라도 덜 탈취 당하려고 숨기고 머뭇거리는데 그들의 요구대로 선선히 장롱 문을 열고 서랍을 빼 보여주면 정말 가진 것이 없어서 이처럼 자신만만한 것이 아닌가 여기게 된다. 보여 주어서 강도가 금품을 발견하지 못하고 지나치면 피해를 입지 않아 다행이고, 금품이 강도의 눈에 뜨인다면 그들도 만족해서 일각이라도 일찍 물러갈 것이니 조금이라도 덜 시달려 다행이 아닌가?

33

정보에
민감하라

간(間)이란 적 상호간에 의심
하고 꺼리도록 하는 것이요,
반간(反間)이란 아군을 이간시
키려는 적의 책략을 역이용하
여 적 상호간을 이간시키는 것
이다. 이는 36계 중 33계에 속하는 반간계(反間計: 적의 반목 이간
책은 나의 계책)이다.

전국시대, 연 나라와 제 나라 사이에 오랜 전쟁이 있었다.

연 나라의 소왕이 죽은 뒤 왕위를 이은 혜왕은 태자 때부터 대
장 악의(樂毅)에 대해 좋은 감정을 갖고 있지 않았다. 악의는 제
나라의 즉묵(지금의 산동성 평도 동남쪽 지역)을 공격하고 있었는
데, 오래도록 성을 함락시키지 못하고 있었다. 두 사람의 갈등 관
계를 알고 있는 제 나라의 장수 전단이 연 나라에서 보낸 간첩을
잡았다가 놓아주며 은밀히 이런 말을 퍼뜨렸다.

"악의는 연왕과 사이가 좋지 못하므로 죽음을 당할까 두려워 제
나라 군대와 연합하여 제 나라의 왕이 되고 싶어한다. 그러나 제
나라 사람들이 그를 따르지 않는 까닭에 즉묵의 공격을 지연시키

며 시기가 무르익기만을 기다리고 있다. 제 나라에서 가장 겁내는 것은 악의 대신 다른 장수가 오는 것이니, 그렇게 되면 즉묵에는 살아남는 사람이 없게 될 것이다."

이 말을 들은 혜왕은 곧바로 악의 대신 기겁(騎劫)이라는 장수를 대장으로 임명하여 내보냈다. 기겁에게 대장 자리를 넘겨주면서 이 소문을 들은 악의는 생명의 위협을 느낀 나머지 이웃 조 나라로 도망치고 말았다. 악의가 물러나자 제 나라는 기겁을 상대로 전쟁을 치러 빼앗긴 70여 개의 성을 되찾았다. 반간계 하나로 제 나라는 힘들이지 않고 잃은 성 70여개를 되찾은 것이다.

또한 삼국시대 오 나라의 주유는 조조가 보낸 간첩을 역이용하여 조조 진영의 장군인 채모와 장윤을 죽였다. 간첩이라는 매개가 있었기 때문에 가능한 일이다.

초한 쟁탈시 한 나라 유방의 모사인 진평(陳平)은 돈으로 초 나라 군사들을 매수하여 항우와 군사 범증의 사이를 이간시키기 위해 헛소문을 퍼뜨렸다. 이를 모르는 항우가 범증을 의심하여 멀리하였다. 이러한 것들은 모두 의진 가운데 또 하나의 의진을 만드는 계책이다.

스파이, 그 거대한 힘의 빛과 그림자

작전에서 첩보가 동원되지 않는 작전은 없다.

작전이란 첩보전의 다른 이름이 아닌가 한다. 7계 무중생유, 8계 암도진창에서 보는 바와 같이 2차 세계대전 때의 노르망디 상륙작전은 첩보전을 빼고는 성립될 수 없는 것들이다. 이것만큼 적은 힘으로 가공할 파괴력을 가진 것도 많지 않다. 잘 훈련되고 조직된 첩보조직은 백만 대군이 부럽지 않다.

손자병법 용간편에 보면 첩보작전을 다음 다섯 가지로 분류하고 있다.

향간, 내간, 반간, 사간, 생간이 그것이다.

향간(鄉間)이란 상대 지역의 주민을 첩자로 심어 정보를 제공받는 것이다. 지역 고정간첩, 이른바 고첩.

내간(內間)이란 상대국의 관리나 군인을 첩자로 심어 정보를 제공받는 것이니 프락치, 혹은 내부자, 내통자에 해당한다.

반간(反間)이란 상대편에서 보낸 첩자를 역이용하는 것이다. 이중간첩으로서 운용상 가장 복잡한 양상을 띤다.

사간(死間)이란 적을 속이기 위해 거짓 정보를 제공할 목적으로 적진에 파견하는 것인데, 거짓이 드러나면 반드시 살해되므로 사간이라 한다. 적의 주요 인물을 암살할 목적으로 파견된 자객도 포함한다. 그들은 대부분 적국에서 거짓 투항해 온 인물이다. 굳이 분류하자면, 아랍의 자살 테러도 결국 사간에 속한다 할 것이다. 다만 그들이 필요로 하는 것은 상대의 정보가 아니라 테러를 통해 상대를 파괴하는 것이다.

이것은 알려진 것만 해도 엄청나게 많다. 사마천의 사기에는 아예 한 편을 떼어놓았으니, 그것이 바로 자객열전이다. 자신의 옛 주군을 위해 몇 차례나 원수를 갚으려다가 이루지 못하고 잡히자 '여자는 자기를 사랑하는 남자를 위해 화장을 하고, 무사는 자기를 알아주는 사람을 위해 목숨을 바친다' 는 유명한 말을 남기며 자결하는 예양이나 진시황을 살해하기 위해 단도를 숨기고 들어갔다가 실패하여 살해되는 형가, 엄수라는 정치인의 호의에 감복하여 죽음을 담보한 자객으로 기꺼이 나선 섭정 같은 인물들의 이야기들이 그것이다.

제갈량이 위 나라를 정벌하러 가면서 쓴 출사표(出師表)에 비위(費褘)라는 인물을 언급한 부분이 있다. 유능하니 모든 정무를 그와 상의하여 처리하라고 어린 후주에게 아뢴 것인데, 제갈량이 죽은 뒤 장완에 이어 촉한의 세 번째 승상이 된 인물이다.

비위는 위 나라에서 항복해 온 곽수 라는 인물에게 암살되고 말았다. 많은 장수들이 모인 연회 석상에서 웬만한 사람이면 그에게로 와 술잔을 주고받을 만큼 아랫사람에게 격의 없이 대한 나머지 경계해야 할 사람, 즉 반간계에 의하여 침투해 들어온 사람이 접근할 수 있도록 했던 것이다. 그의 죽음은 가뜩이나 어려움에 처한 촉한이라는 나라가 패망의 길로 접어들게 되는 통한의 사건이 되었다.

승상 비위를 살해한 곽수는 그 자리에서 잡혀죽었다.

그 뒤 위 나라에서 그의 가족에게 상을 내렸다는 기록은 있으나 그러한 사건이 흔히 그렇듯이 그가 왜 자객이 되었는지는 영영 밝혀지지 않고 있다. 이것이 사간의 전형적인 수법이다.

생간(生間)은 첩보의 가장 일반적인 양상이니 적진 깊숙이 들어가 정보를 입수하여 돌아오는 것을 말한다. 근래 말썽이 된 HID(북파공작원), 이른바 '돼지'가 그것이다.

이상 다섯 가지는 2천 수 백년 전에 수립된 이론이지만 지금도 변함이 없어서 꾸준한 연구의 대상이 되고 있다.

그렇다면 먼저 정보(情報)에 대해 알아둘 필요가 있다.

일반적으로 현대사회를 정보사회라 하고, 다가오는 21세기를 정보산업사회라고 한다. 정보의 가치가 인간생활에서 차지하는 비중이 어느 것보다 높은 사회이거나 산업구조를 뜻하는 말이다. 그런데 우리 나라 사람들 중 일부는 과거 중앙정보부의 악몽에 시달린 탓인지 정보라는 말 자체에 상당한 거부감을 보이고, 그 가치를 등한시하는 경우가 없지 않다. 정보라면 어쩐지 떳떳하지 못한 사실의 인지(認知) 정도로 여기는 수도 있다. 알지 말아야 할 사실을 비밀스럽게 알고, 이를 토대로 나쁜 목적을 위해 공작을 펴는 것, 이것을 정보라 생각한다는 것이다.

일반적으로 정보에는 두 가지 형태가 있다. Information과 Intelligence가 그것이다.

Information이란 언론 보도, 관청의 공시, 보고서, 기업 홍보, 시중의 전문(傳聞), PC통신망, 서적, 강연 등 공개된 채널을 통해 얻어지는 지식이다. 이것은 대체로 정리 가공되지 않은 단편적이고 산만한 형태를 띠는 경우가 많다. 이 정보는 서비스의 뜻이 강하므로 가능하면 다중이 이해하기 쉽도록 가공하는 것이 좋다. 그리고 더욱 많은 사람이 접하고 이용할 수 있도록 더욱 광범위한 매체를 통하여 빨리 공개되어야 한다.

가령, 양파의 작황이 나빴다면 금년도 감수량이 얼마나 되는지 수치가 작성되는대로 즉각 공표해야 한다. 그래야 생산자는 출하 시기와 가격을 조절할 수 있고, 유통업자는 구매 시기를 선택하게 되며, 소비자는 소비 패턴을 결정하고 향후의 가격을 짐작이라도 하게 될 것이고, 부족분을 외국에서 수입해야 할 경우 수입상은 더 유리한 조건으로 상담을 진행할 수 있을 것이다. 이러한 과정은 모든 사람에게 이익이 된다. 그러나 감수량이 작성되었는데도 담당공무원이 공표도 하지 않고 서랍 깊숙이 구겨만 놓고 있다고 가정해 보자. 그러면 정보에 상대적으로 기민한 유통업자나 수입 상만이 먼저 알게 되어 이익의 균분이 아니라 이익의 독과점 현상이 일어나게 된다. 사소한 것 같지만 공개되어야 할 정보의 은폐 내지 독점에서 오는 해악은 엄청나게 크다.

정보의 빠르고 원활한 유통은 산업과 기술의 발전을 촉진하고, 기업 경영의 지표를 제시하며, 국민 경제의 왜곡 현상을 줄인다. 정보에 어두우면 십년 전에 이미 연구가 끝난 문제를 붙들고 십년 간 씨름하는 사태가 벌어지고, 이미 한쪽에서는 완제품을 생산하고 있는데도 제품 설계에 몰두하고 부분 생산을 계획한다든지, 낡고 폐기된 이론이나 통계수치를 붙들고 정책을 입안하는 우를 면치 못한다.

그렇다면, Intelligence란 무엇인가.

이것도 정보이기는 하지만 특히 군사 기밀에 관한 첩보의 뜻이 강하다. Information과는 달리 반드시 타인에게 전달하지 않아도 좋다. 오히려 기밀은 기밀로써 유지되는 것이 좋다. 가령 북한의 군사 조직이나 부대 배치, 무기 체계, 전략 개념, 핵심 지휘관의 인적사항이나 동정 등을 자세히 파악하고 있다 하여 반드시 국민들에게 전모를 알릴 필요는 없는 것이다. 알릴 경우 국민들의 궁금증은 일시 풀어줄 수 있을지는 몰라도 국익이 손상된다.

우리의 정보 수집 방향과 능력이 노출됨은 물론 정보원(情報源)을 차단 당하는 결과를 가져오기 때문에 더 이상의 정보 수집이 어려운 지경에 이르게 된다. 물론 기밀 유지에만 급급할 것이 아니라 사안에 따라서는 가능한 범위 내에서 국민에게 알릴 것은 알려 경각심을 일깨우면서 협조도 구해야 한다. 그러나 이것은 Intelligence의 본령을 넘어서는 것이니 고도의 정책적 판단이 뒷받침되어야 한다.

그런데 현대사회는 이러한 정보의 수집이 군사에 국한되지 않고 정치는 물론 경제, 특히 기업 활동에 필요 불가결한 요소로 떠오르고 있다. 동서 냉전체제가 무너진 후 이러한 경향은 더욱 가속화되고 있다. 국내 기업간에는 물론 국제적으로도 산업스파이에 골치를 앓고 있는 것은 어제 오늘의 일이 아니다. 미국 CIA가 산업 기술을 주요 정보 수집 대상으로 삼기로 했다든지 우리 안기

부가 국제 경제면으로 방향을 바꾼다고 하는 것은 모두 그 필요성이 절실하기 때문이다.

이제 정보 마인드가 없으면 개인은 물론 기업이나 국가는 생존하지 못한다. 필요한 정보 수집의 방향을 설정하고, 정보원에 접근하며, 유용한 정보를 가려내어 분석하고, 이를 바탕으로 미래를 예측하는 것은 바로 기업의 힘이자 자산이다. 국내에서는 삼성 그룹의 정보 수집 능력이 뛰어나다느니 일본의 노무라(野村)경제연구소의 정보가 어떻다느니 하는 것은 그만큼 정보를 중시하는데서 오는 힘의 결정체이다.

따라서 현대사회는 날이 갈수록 인포메이션과 인텔리전스의 경계가 불분명해지고 있다. 양파 수확 감소의 예를 다시 들어보자. 우리에게는 감소 사실이 인포메이션으로서의 정보이지만 양파를 수출하겠다는 나라의 입장에서 보면 인텔리전스로서의 정보이다. 기밀을 요하는 사항이 아니라 하더라도 중대한 이해관계가 얽힌 타국의 실정을 알아내는 것이기 때문에 광의의 첩보적인 성격이 강하다.

또 다른 예를 보자.

A라는 회사에서 어떤 제품의 생산을 준비한다는 내용을 사내에 공시했다면 인포메이션이지만 경쟁회사 B에서 A회사 내부에 정보를 제공하는 사람을 두어 즉각 입수했다면 첩보의 성격을 띤다.

정보든 첩보든 현대사회는 수많은 정보가 흘러 넘치고 범세계적으로 오고가는 시대이다. 그것의 활용 여하에 따라 개인의 성공과 실패, 기업의 성장과 위축, 국가의 번영과 몰락이 결정되는 시대에 우리는 살고 있다.

각국에 주재하는 대사관과 상사는 공인된 첩보기관이라 할 것이다. 주재국은 물론 타국의 정보도 수집하고, 경우에 따라서는 교환까지 한다. 그래서 미국, 러시아 등의 대사관과 관저가 모여있는 서울의 정동 일대를 우리 나라 첩보전의 심장부로 보고 있다고 한다.

다양한 정보원에 접근하여 많은 정보를 수집하는 것도 중요하지만 이 정보를 가공하여 쓸모 있는 자료로 만드는 것은 더욱 중요하다. 우리는 지금 정보의 바다에 빠져있다. 인터넷에서는 전세계적으로 1년에 수백만 페이지 분량의 정보를 쏟아낸다고 한다. 국내 사이트에서도 보통 알고자 하는 것은 거의 대부분 있다고 보아야 한다. 문제는 이들 정보를 발굴하고, 쉽게 이용할 수 있도록 가공하는 것이다. 그런 뜻에서 정보를 체계적으로 분류하고, 상호 연결하고, 효과적으로 이용할 수 있도록 재배치하며 저장하는 방법이 꾸준히 연구되고 개발되어야 할 것이다. 이름하여 정보가공학(情報加工學)이라고 하면 어떨까?

첩보는 승패를 결정한다

그러면 우리가 흔히 말하는 첩보에 대해 이야기하자.
첩보라면 남파 간첩이 우선 떠오르고, 신문지상에 공개되는 그들의 거무튀튀한 얼굴과 난수표, 조직 계보를 생각하기 마련이다. 또 영화나 TV극에서 보는 것처럼 수상쩍은 언동과 살기에 찬 눈초리를 번뜩이며 어두컴컴한 뒷골목을 걸어가다가 잔혹하게 살인을 해치우는 부정적 인간을 연상하게 된다. 그러나 인텔리전스를 부정적으로 보지 말아야 하듯이 인텔리전스 에이젠트(첩보원)도 부정적인 인간으로 치부해서는 안 된다. 물론 국내에 잠입하여 우리의 기밀을 캐 가는 첩보원에 대해서는 예외지만.

첩보원은 가장 평범하고 정상적인 인간으로서 행동한다.

첩보의 수준으로는 영국을 능가할 나라가 없다고 하는데, '스파이야말로 최고의 지식인이며 신사여야 한다'는 철칙이 있다. 또 자신의 생명에 위험이 닥치지 않는 한 사람을 죽이는 법이 없다. 그들은 '알아내고', 알아낸 것을 '전달'하는 것으로 임무가 끝나기 때문이다.

첩보를 가치 없는 하찮은 일로 보거나 부도덕한 일로 보아서는 안 된다.

임진왜란 당시 조선이 그토록 지리멸렬했던 것은, 일본의 풍신수길이 침략을 위해 여러 차례 첩자를 보내어 정보를 수집한 반면에 조선 조정은 전혀 그들의 동태를 알지 못했기 때문이다.

2차 대전 당시, 소련이 전체 군대를 동부전선으로 빼돌려 독일군의 진격을 막아 독일을 패전으로 몰아넣었던 것은 시베리아에 배치한 부대를 이동해 갈 수 있었던 까닭인데, 일본 관동군이 시베리아로 침공하지 않는다는 계획을 조르게라는 스파이를 통해 알아냈

기 때문이다. 또 독일이 V1호라는 로케트탄을 개발하여 영국을 초 토화시키기 위해 유럽 전역에 발사대를 설치하다가 불발로 끝난 것은 프랑스 레지스탕스인 오럴에게 첩보가 수집되었기 때문이다. 미드웨이 해전에서 막강한 일본 연합함대가 형체도 없이 깨어진 것도 미군에게 암호가 누설된 것이 결정적으로 작용했다.

반대의 예도 수없이 많다.

이스라엘이 수차에 걸친 아랍과의 전쟁에서 승리할 수 있었던 것은 모두 한치의 오차도 없는 첩보전의 결과다. 이라크가 건설 중이던 핵 개발기지를 기습 공격하여 무력화시킨 것도 마찬가지.

2차 세계대전 당시 영국의 본토 사정은 독일에 거의 노출되지 않았는데, 개전 직후 영국 정보기관이 독일 첩보망을 일망타진했기 때문이다. 이외에도 수없이 많지만 위에 든 사례 중 일방의 패배가 바로 일방의 승리를 뜻하는 것이 아닌가.

조선 후기.

남한산성에서의 치욕을 갚는다는 명분으로 북벌론이 한창 기세를 떨칠 때이다. 우리 대신 한 사람이 북경에 갔다. 청국 고관 한 사람과 대담하던 중,

"조선은 이제 되지도 않을 북벌이니 뭐니 하는 허황한 짓을 그만두어라. 너희는 우리를 잘 모르지만 우리는 조선의 움직임을 손금 보듯 훤히 들여다보고 있다."

면서 증거로 조보(朝報) 몇 장을 내보였다. 이후 그 대신이 어떤 글에서,

"이것은 간교한 아전들이 돈에 눈이 멀어 나라의 기밀을 팔아넘긴 것이 분명하다."

라고 한탄했다. 그 말이 사실인지는 모르지만 그 대신의 정보마인드는 수준 이하라 해도 과언이 아니다. 정기적으로 한번에 수백 장씩 배포되는 조보가 끝까지 기밀을 유지할 수 있다고 생각했으니 말이다.

아무리 선린관계에 있다 하더라도 이웃 나라의 국정을 자세히 알고 싶어하는 것은 당연하다. 하물며 북벌을 외치는 마당에서랴. 이것으로 미루어 당시 북벌이라는 것은 청 나라 고관의 말대로 허황한 공염불에 지나지 않았던 것 같다. 첩보전에서 이미 지고 있었으니까.

다시 한번 강조하거니와 첩보는 전쟁에서 승패의 향방을 갈라놓을 만큼 중요하다.

적이 첩자를 보내는 것은 당연하고, 그 첩자가 누구인지 안다면 일망타진하는 것 또한 더욱 당연하다. 그러나 첩자를 체포하는 것만으로 만족해서는 안 된다. 적의 첩자를 적극적으로 역이용하는 것이니 그것이 바로 반간계이다. 첩자를 이중간첩으로 쓰는 것이다.

첫째, 정체를 알지 못하는 체하고 거짓정보를 수집하도록 하여

적을 혼란에 빠뜨리거나 아군이 계획하는 대로 유도하는 방법.

둘째, 일단 체포한 뒤 첩자의 협조를 얻어 거짓정보를 보내거나 첩보망을 무력화시키는 방법.

셋째, 적에게 보낸 아군 첩자가 거짓 투항하도록 하여 적의 정보를 빼내면서 적에게는 거짓 정보를 제공하는 방법. 이 경우는 34계의 고육계와 일맥상통하는데, 첩자의 경우 자칫하면 앞에서 분류한 5간 중 사간의 운명에 처할 우려가 있다.

넷째, 아군에 있는 적의 내부자, 내통자로 하여금 그릇된 정보를 수집케 하여 적을 오판케 하는 방법이다.

기타 과거 우리 나라의 각종 선거를 혼탁하게 하던 각종 흑색선전, 데마고그, 마타도어수법 등도 모두 반간계의 변형인데, 워낙 형태가 다양하고 기묘하여 운용하기에 따라 그 수법이 수천 수만 가지가 될 수 있다.

주요한 회의가 열리거나 중역 이상의 집무실은 정기적으로 보안 검사를 해야 한다는 것이 상식처럼 되어있다. 그리고 나의 어떤 모습, 어떤 음성이 필름이나 테이프, 또는 반도체 메모리 속에 옮겨지는지도 모르고 지내는 실정이다.

IMF 직후, 삼성전자 반도체 파트에 근무하던 사원 몇 사람이 직장에서 해고되자 평소 취급하던 반도체 제조기술을 빼돌려 대만으로 가지고 간 사실이 알려져 발칵 뒤집힌 적이 있다. 후발주자인 대만의 반도체 약진에 대한 우려와 국내 산업의 위축을 우려하는 목소리가 높았다.

2002년 하반기에는 삼성전자의 무선이동통신 단말기의 코드다중분할접속(CDMA) 기술이, 그것도 첨단 기술이 중국으로 넘어갔다고 한다. 중국의 한 기업으로 넘어간 그 기술은 금방 제품이 되어 나왔다고 한다. 보안 의식의 소홀함과 첩보의 중요성을 일깨워 주는 사건들이다.

고구려 호동왕자가 낙랑공주로 하여금 자명고를 찢게 한 것도 반간계의 일종이다. 서동이 선화공주를 사모하여 지어 불렀다는 서동요도 그 발상은 반간계에서 나온 것이다.

34

대(大)를 위해서는
소(小)를 희생하라

간첩(間諜)이란 적 상호간을 시기하고 의심하게 하는 것이요, 이중간첩이란 아군을 이간시키려는 적의 음모를 이용하여 그들 스스로 시기하고 의심하도록 만드는 것이다. 이처럼 이간책이 횡행하는 속에서 쓰는 36계 중 34계에 속하는 고육계(苦肉計: 내 살을 씹어서라도)는 아군 내부에 갈등이 있는 것처럼 꾸며 적진으로 가 간첩활동을 하는 것이다. 적진으로 보내는 사람은 일반적으로 아군의 사령관과 원한이 있는 사람을 보내어 적을 유인하는데, 쳐들어오면 내응하겠다는 약속은 물론 함께 일을 꾸미자고 하는 따위가 모두 고육계에 속한다.

전국시대 정(鄭) 나라의 무공(武公)이 호(胡) 나라를 정벌할 때의 일이다. 먼저 자기의 딸을 호 나라의 임금에게 시집보내고, 호 나라를 치자고 주장하는 대부(大夫) 관기사(關其思)를 죽여 안심시킨 후 방비가 소홀한 틈을 타 기습하여 멸망시켰다.(〈한비자, 세난〉 참고)

유방과 항우가 천하를 두고 싸울 때의 일이다.

제(齊) 나라를 공략하기 위해 유방은 역식이를 보내어 투항하기를 권했다. 역식이의 말을 그럴듯하게 들은 제 나라는 방비를 소홀히 했다. 이때 한신(韓信)이 갑자기 제 나라를 침공하니 제 나라 임금은 역식이가 자기를 속였다 하여 가마솥에 넣어 삶아 죽였다. 역식이는 결국 유방의 고육계에 희생된 셈이다.

자해 공갈단의 원초적 수법

연암 박지원의 소설 허생전(許生傳) 중 다음과 같은 대목을 기억할 것이다.

효종 때.

만주족에게 당한 남한산성의 치욕을 씻기 위한 북벌론이 한 시대를 풍미하였는데, 추진 주역의 한 사람인 이완 대장이 부자 변씨로부터 묵적골에 허생이라는 기이한 인재가 있다는 말을 듣고 허생을 방문한다.

이완이 북벌을 성공시킬 방법을 묻자,

"제갈공명 같은 인물을 추천할 테니 상감께 아뢰어 삼고초려하게 할 수 있겠소?"

한다. 한참 생각하다가 난처한 표정을 지으며 대답했다.

"어렵습니다."

"그러면 이것은 어떻소? 명 나라가 망하자 임진왜란 때 조선에

256

은혜를 베푼 적이 있다 하여 장수의 자손들이 많이 우리 나라로 왔소. 그들이 이리저리 떠돌아다니며 거지노릇을 하거나 홀아비로 고생하고 있다니 종실의 딸들을 시집보내고, 김류나 장유 같은 훈척의 재산을 몰수하여 살림을 차려 줄 수 있겠소?"

"그건 더 어렵습니다."

"이것도 어렵고 저것도 어렵다면 무엇을 할 수 있단 말이오? 가장 쉬운 일이 하나 있으니 당신 할 수 있겠소?"

"말씀해 보십시오."

"천하에 대의를 외치고자 한다면 첫째 천하의 호걸들과 깊이 사귀어야 할 것이요, 남의 나라를 치려면 먼저 간첩을 쓰지 않고는 성공하지 못하는 법이오. 지금 만주족이 갑자기 천하를 맡아서 아직 중국 사람과는 친하지 못했다고 스스로 생각하는 판에 조선이 다른 나라보다 먼저 항복하였으니 그들이 조선을 가장 믿음직스러워 하고 있소. 이제 그들에게 청하기를, 우리 자제들을 청국에 보내어 학문도 배우고 벼슬도 하여 옛날 당 나라, 원 나라의 고사를 본받게 하고, 나아가 장사치의 출입까지 금하지 말아달라 하면 그들은 우리가 저들에게 밀착하는 것을 좋게 여겨 허락할 것이오. 그 뒤 국내의 자제들을 선발하여 변발을 하고 호복을 입혀서 양반은 빈공과에 응시하고, 상민은 멀리 강남으로 장사하러 가 모든 허실을 염탐하고 호걸들과 굳게 사귄다면 북벌을 꾀함직하고 국치도 씻을 수 있을 것이오."

듣고 난 이완이 고개를 흔들었다.

"요즘 사대부들은 모두 예법을 철저히 지키는데 누가 변발을 하고 호복을 입으려 하겠습니까?"

허생이 화를 벌컥 내며,

"썩어빠진 사대부란 자들이 썩어빠진 예법만 따지면서 무슨 북벌을 하겠다는 게냐!"

하며 칼을 찾아 찌르려고 하니, 이완이 황급히 뒷들창을 뛰어넘어 달아나 버렸다는 이야기가 그것이다.

이것이 비록 소설 속의 이야기이기는 하지만 청국에 가서 변발을 하고 호복을 입는 것으로 상징되는 대청국 복종책이 북벌을 위한 고육계이다. 적의 몸 전체를 삼키기 위해서는 적을 속이고 안심시키기 위해 '나의 살을 베어먹어(苦肉)' 보이도록 항복을 가장하라는 것이다.

고육계는 통상적으로 일부 전력을 소진시키거나 상처를 입혀 아군 내부에 갈등과 분쟁이 있는 것처럼 가장하여 적을 함정에 빠지도록 하는 것이다. 적에게 협조하는 것처럼 보이려면 특별한 조치가 필요하다. 피아를 막론하고 경계심이 최고조에 달한 전시에 어수룩한 행동으로 속을 적이 어디 있겠는가? 적이 보는 앞에서 전력의 중요한 일부분을 죽여 보이든가, 아니면 적어도 죽을 지경에 이를 정도의 고통을 보여야 믿는다. 사람은 누구나 자기의 몸을 아끼니까.

삼국지 적벽대전에서 유명한 주유(周瑜)의 고육계가 등장한다.

조조가 오 나라 주유의 옛 친구인 장간을 첩자로 보내자 이를 눈치챈 주유는 그를 역이용하여 위 나라의 장수 채모와 내통하는 것처럼 거짓 정보를 흘린다. 이 거짓 정보에 속은 조조는 채모를 죽이고 마는데, 채모를 죽인 뒤에는 그의 사촌 형제인 채중, 채화 형제를 달래어 오 나라 주유의 진영에 거짓 항복하게 한다. 이들을 받아들인 주유는 속셈을 훤히 알면서도 반갑게 맞아들여 융숭하게 대접한다. 여기까지가 서로 속이고 속는 체하는 고단수의 반간계에 속한다.

며칠 뒤.

오 나라에서 작전회의가 열리고, 노장 황개(黃蓋)가 강화를 주장하다가 참수형을 선고받는다. 항복을 입밖에 내는 사람은 직위 고하를 막론하고 죽이라는 손권의 명령에 따른 것이다. 많은 장수들이 나서서 황개는 공로가 많은 늙은 신하라고 하여 구명운동을 펴고, 그 결과 감형되어 곤장 백 대를 맞고 피투성이가 되어 정신을 잃는다. 황개가 죽도록 매를 맞기로 자진했으므로 이루어진 계책, 이것이 고육계이다.

며칠 뒤.

문택이 황개의 밀서를 가지고 조조에게 투항한다. 첩보전이 판을 치는 전장에서 조조가 그것을 의심한 것은 당연했으나 거짓 투항하게 하여 적진에 집어넣은 채중 형제의 보고가 도착하자 진실이라고 믿기에 이른다. 이후 밀서가 오가면서 속고 속이는 계략은 결전의 날을 향해 치닫는다.

259

황개의 밀서.

"주유의 감시가 심하여 탈출할 기회가 없더니 이번에 장수인 나에게 후방에서 오는 식량선의 수송을 맡겼소. 절호의 기회이니 오늘밤 이경쯤 뱃머리에 청룡기를 달고 그 쪽으로 갈 것이오. 가득 실은 식량과 이름난 강동의 장수들의 목을 기다리시오."

초경이 되자 주유는 진격을 개시, 밤안개 자욱한 강을 미끄러지듯이 저어갔다. 조조는 약속대로 황개의 식량선이 오고 있다고 기뻐하는 것도 일순간. 식량을 가득 실은 배로서는 너무 얕게 뜨며 속도도 빨랐다. 방통의 연환계(35계 참조)에 의해 선단이 단단히 묶인 조조의 대군은 때마침 불어오는 동남풍과 화공 때문에 속수무책으로 당할 수밖에 없었다.

고육책이 얼마나 쓰기 어려운 것인가 하면 이런 경우도 있다.

현대전에서 고지를 방어할 경우 진내사격(陣內射擊)이라는 것이 있다. 아군이 적의 공세에 밀리게되면 끝내는 백병전을 치르게 되고, 거기서도 당하지 못하면 고지를 완전히 잃게 된다. 이때쯤이면 아군 병력은 적에 비해 월등히 약하다. 퇴각하려 해도 적의 강력한 추격을 벗어날 수 없다. 이처럼 절망적인 상황에서 아군의 후방 지휘부에 요청하는 것이 진내사격이다. 적과 아군이 뒤엉켜 있는 상황에서 그 위에 포탄을 퍼붓는다면 함께 상하기 마련인데, 적이 수적으로 우세하니 피해도 아군보다 크다는 것을 계산한 결과다. 그러나 단 한 사람이라도 귀중한 인명 손실을 가져온다는 점에서 가장 쓰기 어려운 계책이기도 하다.

　대통령 선거를 앞두고 만들어지는 신당(新黨) 창당도 고육계의 하나라 할 수 있다. 대선을 앞둔 1997년에 신한국당이 해체되면서 민주당과 합당하여 한나라당으로 바뀐 것이나 2002년 새천년 민주당이 기존의 당을 허물어 신당을 창당하려는 움직임이나 후보 단일화를 위해 정몽준과 합작하여 신당을 만드는 것은 모두 제 살을 도려내고 고기를 씹어 보이는 것과 같다 할 것이다. 정당이 자신의 간판을 스스로 내린다는 것은 치명적인 사건이지만 그렇게 하지 않고서는 국민으로부터 표를 얻을 수 없다는 절박한 이유가 있기 때문이다.

35

간결하게
살아라

묶고 묶이어서
불길은 치솟고

삼국시대 이야기다.

한때 제갈량과 어깨를 겨눌만
한 재주를 가졌다고 평가받던 유비의 군사인 방통(龐統)이 적벽대
전에서 조조에게 거짓 항복한다. 오 나라를 공격하기 위해 양자강
에 띄운 선단을 살펴본 뒤 배의 흔들림을 방지하기 위해서는 배와
배를 쇠사슬로 고리처럼 엮어놓는(連環)것이 좋겠다는 계책을 내
놓는다. 뒤에 오 나라에서 화공(火攻)으로 기습하여 손쉽게 선단
(船團)을 불태우기 위한 음모였다. 이러한 음모를 알 길이 없는 조
조는 육지의 병사들이 고통을 받는 배멀미를 줄이기 위해 배와 배
를 서로 엮어놓았다가 치욕적인 패배를 맛보았던 것이다.

36계 중 35계인 연환계(連環計: 2인3각으로 뒤뚱거리게 하라)를 쓰
는 방법은 먼저 적끼리 서로 묶고 묶이도록 하여 행동이 둔화된 후
에 공격하는 것이다. 처음에는 적끼리 묶이는 계책을 쓰고, 두 번째
는 적을 공격하는 것인데 두 계책을 혼합하여 운용하면 아무리 강
대한 적이라도 반드시 꺾을 수 있다.(《삼국연의》 참고)

송 나라 때. 북방의 금(金) 나라와 싸워 많은 공을 세운 필재우라는 장군의 이야기이다. 적과 마주친 그는 적을 유인하기 위하여 갑자기 전진했다가 느닷없이 후퇴하기를 여러 번 반복했다. 적을 이리저리 몰고 다니며 하루 종일 골탕 먹이다가 해가 질 무렵이 되자 미리 준비한 볶은 콩을 땅바닥에 뿌린 뒤에 싸우는 척하다가 후퇴해 버렸다. 적은 기세 등등하게 추격해 오더니 한순간 발걸음이 딱 멈추어버렸다. 종일 굶주린 말들이 콩 냄새를 맡자 식욕이 동하여 땅바닥에 흩어진 콩을 핥아먹느라 아무리 채찍질을 해도 움직이려 하지 않았다. 더구나 그 콩에는 말들이 좋아하는 향료까지 뿌려놓았던 것이다.

이때 필재우는 대군을 이끌고 반격하여 대승을 거두었다. 이것은 굶주린 말과 콩을 묶어 놓고 친 것이니 모두 연환계에 속한다 하겠다.

1+1은 2가 아니라 3도 되고 4도 되게 하는 것이 인간의 힘이다.

결집된 힘은 산술적인 계산으로서는 도저히 이해할 수 없는 불가사의한 괴력이 발생한다. 군대는 물론 기업, 단체 등 모든 조직에서 단결을 강조하는 이유도 여기에 있다. 조직 구성원 상호간에 뗄래야 뗄 수 없는 끈끈한 정의와 동류의식으로 결속되어 공동의 목표를 향해 나아갈 때 어떠한 난관도 극복할 수 있다. 적의 내부, 또는 적과 그 동맹군이 마치 하나의 '고리에 엮이듯 연결(連環)'하여 강력하게 결속하는 것은 분명히 두려운 일이다. 그러나 어떤 경우든지 다 그렇다는 것은 아니다.

잘못된 남녀의 만남처럼 결혼만 했다고 해서 행복해지는 것이 아니라 더 큰 고통과 불행이 동반하여 아예 결혼하지 않은 것만 못할 때도 있다. 시인 이상은 부부를 2인3각에 비유한 적이 있는데, 그것은 어디까지나 공동운명체라는 말이지 실제로 그렇게 걷는다면 어떻게 되겠는가. 부부유별(夫婦有別)이란 고금의 철칙, 각자의 직분이 달라 맡은 일이 다른 부부를 2인3각으로 만드는 것은 비정상이요 부자연스러운 것이다.

군의 배치도 마찬가지. 더구나 군사는 기동성을 최대의 생명으로 삼지 않는가. 그런데 조조는 그 자신이 중국 역사상 뛰어난 군사이론가의 한 사람이면서 적벽대전에서 2인3각의 우를 범하고 말았다. 그는 대륙의 병사들이 장기간 선상생활을 한 결과 배멀미를 일으키고 병이 잦다고 하여 방통의 연환계를 받아들여 모든 배를 든든한 쇠사슬로 엮어 놓았다. 배가 흔들리지 않아 평상시 생활하기에는 좋았으나 일단 유사시에는 기동력을 완전히 상실하고 말았던 것이다. 그것도 황개의 고육계(34계)에 의한 속임수에 말려 오 나라 병선을 밤중에 전선 깊숙이 끌어들인 결과 화공을 허용하였고, 불이 붙은 조조의 대선단은 노적가리에 불을 놓은 것과 같은 꼴이 되어버렸다.

조조의 실패는 군의 기동력 확보라는 상식을 저버린 데서 비롯되었다. 그는 놀랍게도 수군 선단의 2인3각 상태를 자연스럽게 받아들인 것이다. 반면 오 나라의 입장에서 보면 비정상적이고 부

264

자유스러운 것을 적이 자연스럽고 정상적인 것으로 착각하게 하여 스스로 자신의 몸을 묶도록 유도하는데 성공한 결과다.

1987년 대통령 선거는 3김과 1노의 대결이었는데 결과적으로 3김은 자신이 만든 연환계에 걸려 노태우에게 승리를 헌납한 꼴이 되었다. 그런가 하면 1992년 대선은 YS와 정주영이 여권표의 분산이라는 의미에서 연환계에 묶인 형국이었다. 연환계에 걸리면 대체로 패하기 마련. 그러나 YS가 승리할 수 있었던 것은 9계(격안관화)에서도 언급했듯이 정주영이 분산한 표가 YS의 득표력을 따라가지 못했기 때문이다.

1997년 대선 역시 이회창과 이인제 두 후보가 서로 발을 묶은 연환계였다. 두 사람이 입은 상처의 후유증은 5년 뒤에도 계속되고 있다. 이회창은 당시 그를 괴롭히던 아들의 병역 문제가 엄존하고 있고, 이인제는 경선 불복이라는 원죄에서 벗어나지 못하고 있다.

이처럼 선거 때마다 다자 구조가 나타나는 것은 조조의 병사가 배멀미를 많이 하여 연환계를 받아들였듯이 우리 정치도 구조적으로 취약하여 항상 배멀미를 하고 있다는 것이다. 국민들의 정치에 대한 환멸, 정치인에 대한 불신, 정당 정치에 대한 회의 등 많은 부정적인 요소들이 열세에 놓인 세력도 한번 나서서 휘저으면 무엇이 될 것 같은 환상에 젖게 하는데, 2002년의 경우 누가 누구의 발을 묶어서 연환계에 빠뜨릴지 두고볼 일이다.

265

우리 재벌 기업의 문어발식 경영이 문제된 것은 어제 오늘의 일이 아니다.

　5대 재벌의 경우, 많은 경우는 업종만 10여 개가 넘고 계열사도 50여사나 된다. 1차 산업에서 3차 산업까지 두루 갖추어졌다. 초정밀화학과 조선, 보험과 반도체, 자동차와 호텔, 백화점과 건설, 전자 제품과 제지 등 아무리 보아도 서로 낯설기만한 업종들이 나열되어 있다.

　조조가 선단을 쇠사슬로 묶듯이 기업과 기업이 묶이어 거대한 덩치를 드러내 보이니 얼핏 보기에는 가공할 힘을 가진 것 같다. 그러나 이것은 화공 앞에서 기동력을 완전히 상실했듯이 거추장스럽기 짝이 없는 구조로 짜여 있다. 잡다한 요소가 많을수록 전문성과 독창성은 찾아보기 어렵다. 많이 벌어도 재투자하지 못하고 수익이 신통찮은 쪽을 먹여 살려야 한다. 그룹 전체 매출액이 몇 조원이니 하지만 개별 회사는 고만고만하여 국제사회에 나가면 중소기업 정도밖에 되지 않는다. 무엇 하나 세계 제일이라고 내놓을만한 게 없다. IMF라는 것도 따지고 보면 우리 스스로가 연환계를 걸어 자신의 손과 발을 묶은 결과라 할 수 있다.

　거기다가 경영은 족벌로써 연환계를 짰다.

　형님 동생에 아저씨 조카 하면서 한 집안, 친인척이 모여 산다. 언젠가 모 재벌기업에 근무하는 친구와 그 친구의 직장 동료와 술자리를 함께 한 적이 있었는데, '허씨 구씨 중 성년이 되면 회사 하나가 생기지' '사장은 허씨 구씨 몫이니까 허구(虛構)야, 허구!'

라는 말로 자기 직장을 비아냥거리는 것을 본 적이 있다.

소니가 한창 팽창할 때, 신임 사장은 매출액을 전임자보다 배로 늘리지 못하면 치욕으로 알고 물러났다고 하니 그러한 전문경영인 체제가 있기 때문에 오늘의 소니가 있는 것이 아닌가.

문어발식 업종으로 2인 3각, 족벌 경영으로 5인 6각, 이렇게 서로가 서로를 단단히 묶어 놓고 어떻게 뛸 수가 있는가. 지금 세계 도처에 깔린 경쟁 업체들을 연환계로 묶어 놓고 공략해도 힘든 판에 누가 권하지도 않았는데 자진하여 연환계를 써서 제 손발을 묶다니!

36

질 바엔
도망가라

당신은
어디로 달아날 것인가

36계중 마지막 계인 주위상
(走爲上: 도망갈 곳을 찾아라)은
적의 전력이 아군을 완전히 압도할 경우에는 맞붙어 싸워서는 안
된다는 점을 강조하고 있다. 이 경우, 세 가지 선택이 있을 수 있
다. 항복, 강화, 아니면 달아나는 것이다. 항복하면 완전히 패배하
는 것이요, 강화하면 반쯤 패배하는 것이지만 달아나면 패배하지
는 않는다. 패배하지 않는다는 것은 승리를 얻을 수 있는 기회를
마련하는 것이 된다.

　송 나라 때, 필재우라는 장수가 금 나라 군대와 대치하고 있을
때의 일이다.

　적군이 계속 몰려오며 날마다 불어나 도저히 맞붙어 싸울 수 없
다는 것을 깨달았다. 그러던 어느 날 밤, 쥐도 새도 모르게 그는
군대를 이끌고 달아나 버렸다. 며칠 뒤, 병사들이 움직이는 것은
보이지 않고 밤낮없이 북소리만 들리는지라 적군이 송 나라 진영
으로 다가가 보았다. 그런데 놀랍게도 각종 기치는 영채에 그대로

꽂혀 있었는데, 묶어 매달아 놓은 산 양(羊)이 두 앞발을 북 위에 올려놓고 있는 게 아닌가. 거꾸로 매달린 양들이 고통을 참지 못하여 발로 북을 두드렸던 것이다. 금 나라 군대가 급히 추격하려 했으나 멀리 가버린 뒤였다. 멋진 퇴각이었다.

주위상은 삼십육계의 대명사처럼 된, 가장 잘 알려진 계책이다. 삼십육계라는 말 자체가 달아난다는 뜻으로도 쓰일 만큼 널리 사람의 입에 오르내리고 있다. 사람에 따라서는 삼십육계가 온통 달아나는 방법만을 기록한 것이라 오해하는 경우도 없지 않다.

세(勢)가 불리하면 달아나야 한다는 것은 지극히 당연한 상식이다. 이 당연한 상식이 일반인의 기억에 오래 남게 된 것은 그만한 이유가 있는 것 같다. 병법이란 반드시 이길 수 있는 방법만 기술하고, 기상천외한 계책만 소개한다고 믿는 사람에게는 좀 엉뚱한 감이 들었을 것이고 역설적으로 신선한 느낌도 가졌으리라 생각된다.

사실 도망가는 것도 쉽지 않다. 앞에서 보듯이 양을 묶어 북소리를 내게 하여 감쪽같이 속이면서 달아나는 것은 아무나 할 수 있는 일이 아니다.

다이나모(Dynamo) 작전이란 제2차 세계대전 당시, 덩케르크(혹은 던커크)에 갇혀 있었던 연합군 구출 작전 암호명이다. 코만도스(Commandos)라는 컴퓨터 게임으로 개발될 만큼 유명한 그 작전은 영국 해군이 온갖 종류의 배 887척을 끌어 모아 덩케르크에 산재하고 있던 33만 8천 명의 연합군을 무사히 철수시킨 작전이다. 자신보다 객관적 전력이 강한 적과 싸울 때는 상륙작전보다 해상후퇴가 더 어렵다고 하는데, 영국군은 이 작전을 무사히 수행하여 뒷날 노르망디 상륙작전으로 독일군에 진 빚을 단숨에 갚을 수 있는 발판을 마련했던 것이다.

6.25 당시, 흥남 철수 작전도 성공적인 작전으로 평가받을 만하다.

1950년 12월 5일부터 24일까지 원산에서는 피난민과 원산해군 전진기지 요원을 LST함정편으로 철수시켰으며, 성진항에서는 수도사단 18연대 병력을 철수시켰다. 그리고 그해 12월 12일부터 24일까지 유엔군 해군과 함께 가장 규모가 큰 흥남 철수작전을 펼쳐 도합 10만 5천명의 지상군과 10여만 명의 피난민, 그리고 17,500대의 각종 차량과 35만 톤에 달하는 군수품을 철수시켰던 것이다.

그런가 하면, 제1차 세계대전 당시의 갈리폴리 작전(일명 다르다넬스 작전)은 비극적인 실패로 끝났다. 갈리폴리는 다르다넬스 해협을 바라보는 터키의 항구로서 전략 요충지였다. 세계대전이 터지면서 영국과 터키는 교전국(交戰國)이 되었고, 영국은 지중해의 지배권을 확립하기 위해서 갈리폴리를 제압할 필요가 있었으므로 영국 해밀턴 장군의 지휘하에 상륙작전을 전개하였다. 그러나 독일의 산다스 장군이 이끄는 터키군의 강력한 저항에 부딪쳐 철수하지 않을 수 없었다. 이 전투에서 양편 군대는 각각 25만 명,

도합 50만 명이 넘는 사상자를 내어 1차 대전 최대의 비극적인 상황을 연출하였다. 당시 작전의 실패 원인은 연합군 지휘부의 우유부단과 꾸물거림이었다고 한다. 그런 뜻에서 달아나는 것도 실력이요 지혜의 산물이다.

치욕적인 항복보다는 도망을

도망가는 것이 상책(走爲上)이라 한 것은 상책이기 때문에 상책이 아니라 적에게 항복하거나 강화를 구걸하는 것보다 낫다는 뜻이다. 어떠한 경우라도 패배는 하지 말아야 하고 항복 문서에 서명하는 일은 없어야 한다. 항복이 얼마나 쓰라리고 고통스러운 것인가는 전쟁을 직접 체험하지 않았고, 했더라도 6.25처럼 승패를 가리기가 힘들게 흐지부지 막을 내린 우리로서는 그리 실감 나지 않을 것이다.

1945년 8월.

동경만 미조리 함상에서 승전국 미군 앞에 도열하여 항복 문서에 서명한 일본군 장성들의 낡은 사진 한 장이 우리에게는 해방의 기쁨을 가져다주었으므로 별다른 감회 없이 바라볼 수 있다. 그러나 같은 사진이라도 패전 일본인의 심정이 어떠했으리라는 것은 짐작하기 어렵지 않다.

1980년대 초.

영국과 아르헨티나 사이에 섬에 대한 영유권 때문에 그 섬의 이름을 따서 부르는 포클랜드 전쟁이 있었는데, 영국의 승리로 끝났다. 당시 영국군 사령관은 항복문서를 받으면서 서명 광경을 일체 촬영하지 못하도록 했다. 한 장의 사진이 영국으로서는 두고두고 역사에 남을 전리품이 되겠지만 아르헨티나로서는 통한과 수치의 기록으로 남는다. 승전국 영국이 당연히 차지해야 할 전리품을 사양한 것은 전쟁 이후의 양국 관계를 고려하여 아르헨티나에게 천추에 씻을 수 없는 치욕의 기록을 남겨주지 않겠다는 배려일 것이다. 그럼에도 불구하고 2002년 한·일 월드컵에서 맞붙은 두 나라의 축구 경기를 포크랜드 전쟁이라고 하고, 두 나라가 경기 외적인 것으로 기세를 돋구어 죽기 살기로 싸우던 광경을 생각하면 전쟁으로 입은 상처가 얼마나 큰가를 짐작할 수 있을 것이다.

위 두 전쟁에서의 승자 미국과 영국은 매우 관대했다 할 수 있다. 조금만 시대를 거슬러 올라가도 잔혹상은 말로 표현하기가 어렵다. 가령 1900년 의화권 사건 당시, 독일 황제는 중국 주재 독일공사 케텔러 한 사람이 살해당했다고 하여 그 보복으로 전체 파견군을 중국 북부 수십 개 도시에 풀어 6개월간에 걸쳐 공공연한 약탈을 명령했던 것이다. 제22계 관문착적에서 이야기했지만 몽고족의 경우 그들이 공략한 땅에는 사람의 씨를 남기지 않는 것이 원칙이었다.

우리 역사에서도 그런 예를 찾아볼 수 있으니, 잘 알려진 남한산성에서의 치욕은 백제 의자왕과 수만 명의 백제인이 당 나라에 끌려가 당한 치욕에 비하면 아무 것도 아니라는 사실을 상기할 필요가 있다. 그 비참한 기록은 공연히 민족적 자존심만 상하는 대목이므로 굳이 소개하지 않는 것이 좋을 것이다.

적에게 항복하거나 달아나지 않으려면 평소에 힘을 길러야 한다. 힘이 없고서는 아무리 신묘한 책략을 동원한다 하더라도 이기지 못하고, 달아나지도 못한다. 삼십육계라는 것도 힘이 바탕이 되어야 활용할 수 있지 그렇지 않으면 어쩔 수 없다.

한 국가가 외부의 침입이나 공격으로부터 국가와 국민의 안전을 지키는 것을 안보라 한다. 안전 보장의 준말인 셈인데, 글자 그대로 보장(保障)을 안전하게 한다는 뜻이다. 그러면 보장이란 무엇인가? 다음의 고사는 힘을 기른다는 의미에서 시사하는 바가 많아 소개한다.

춘추시대 말의 이야기다.

진(晉) 나라는 범, 중행, 지, 한, 위, 조 등 6성씨의 세력가들이 국정을 독점하며 국토를 분할하여 세력을 다투었다. 지씨 가문에 지백이라는 인물이 있었는데, 주변 세력가들을 무력으로 위협했다. 한씨와 위씨에게 땅을 요구하니 후환이 두려워 각각 1만 호의 읍을 헌납했다.

재미를 붙인 지백은 조양자 라는 세력가에게 채고랑 이라는 지역을 요구하기에 이른다. 조양자가 이를 거절하자 지백은 노하여 한씨와 위씨의 군사를 징발하여 공격에 나섰다. 침략을 받은 조양자는 달아날 수밖에 없었는데, 어디로 가야 좋을지 몰라 망설이니 따르던 가신들이 이렇게 건의하였다.

"장자 성이 가깝고 성도 튼튼하니 그곳으로 갑시다."

조양자는 고개를 흔들었다.

"아니다. 백성을 피폐케 하여 그 성을 완성했는데, 이제 또 목숨을 걸고 지키라고 한들 어느 백성이 따르겠느냐?"

"그러면 한단은 창고에 쌓인 재물이 많으니 한단으로 갑시다."

"아니다. 백성의 고혈을 짜서 창고를 채웠는데 나와 함께 생사를 같이하자고 해서 그들이 듣겠느냐? 옳지, 진양(晉陽)으로 가야겠다. 선주께서 부탁하신 곳이고 윤탁이 지방장관이 되어 선정을 베푼 곳이니 백성들이 화합하여 적을 물리칠 것이다."

조양자는 마침내 진양으로 달아났는데, 지백을 위시한 한, 위의 군대는 성을 포위한 다음 주변의 물길을 돌려 성 전체가 물에 잠기도록 하였다. 진양은 일시에 물바다를 이루어 부엌이 잠겨 개구리가 뛰놀았다고 한다. 그런 역경 속에서도 백성들은 조양자를 배반하려 하지 않고 전의를 다졌다. 이후 조양자는 마지못해 동원되어 온 한, 위 두 나라와 비밀리에 연락하여,

"순망치한이라는 말이 있지 않은가? 지금 두 나라는 지백의 동맹군으로서 나를 공격하지만 내가 망한 다음 차례는 한, 위가 아니겠는가?"

라고 설득하여 그들과 공동 작전을 편 결과, 지백을 크게 무찔

러 죽이고 말았다.

이처럼 진양 백성들이 피신해 온 조양자와 운명을 같이 한 데는 그럴만한 이유가 있었다. 과거 조양자의 아버지인 조간자가 윤탁이라는 사람에게 진양을 다스리도록 하니 윤탁이 시정 방침을 물었다.

"누에고치에서 실을 뽑는 것처럼 할까요? 아니면 장(障)을 보호하듯이 할까요?"

"장을 보호(保障)하듯이 해야겠지."

누에고치에 실을 뽑는 것처럼 한다는 것은 백성으로부터 세금과 부역을 가혹하게 거두어 국고만 채운다는 것이니 누에고치에 실을 뽑고 난 뒤에는 무엇이 남는가? 장을 보호한다는 것은, 장이란 보루이니 보루에 흙을 쌓고 또 쌓아 튼튼히 한다는 것이다. 백성이 곧 보루와 같다고 여긴 것이니, 생활 안정과 힘의 비축에 최대한 역점을 두는 선정을 뜻한다. 이것이 안전보장, 곧 안보다.

조간자의 말을 들은 윤탁은 즉시 세금을 낮추고 부역을 줄여 주어 백성들의 생활을 풍족하게 했다. 이러한 선정이 그의 아들 조양자를 구하게 된 것이다.

진정한 안보는 군사력의 강약에 있지 않다.

위정자의 가혹한 탄압과 살인적인 징세, 관리의 부정부패에 허덕이는 백성이 무슨 애착이 있어서 죽음을 무릅쓰고 외적과 싸우려 하겠는가. 인간은 누구나 지킬만한 가치가 있는 것을 지킨다. 그런 뜻에서 진정한 안보란 이름 없는 백성 한 사람 한 사람이 외

적으로부터 자신의 생활과 꿈을 지키려는 순수한 열정과 그들의
힘에서부터 우러나오는 것이다.

　한 개인의 일생을 생각해 보자.
　어떤 사람은 누에고치를 뽑듯이 살아가는 사람이 있고, 어떤 사
람은 장을 보호하듯이 살아가는 사람이 있다.
　그는 학업을 마친 뒤 공부는 그것으로서 완전히 결별한다. 일년
내내 책 한두 권 읽기 어렵고, 자기 분야를 심화 확대시키려는 어떠
한 노력도 기울이지 않는다. 교양과 인생의 폭을 넓힐 마음가짐도
가지고 있지 않다. 게으르거나 먹고 마시며 노는 게 좋아서, 혹은
가당찮은 자만에 빠져서 새로운 지식과 정보를 받아들이려 하지 않
고, 관심을 갖더라도 잠시뿐 건성으로 보고 듣는데 지나지 않는다.
　과거의 낡은 지식과 진부한 논리와 화석화된 사고의 틀에서 한
치도 벗어날 줄 모른다. 다른 분야를 개척할 용기도 인내심도 물
론 없다. 학교생활 외에는 공부니 연구니 하는 것이 일생동안 존
재해 본 적이 없다. 그의 일생은 학교에서 배운 지식을 우려먹으
며 하나하나 소진해 나가고, 야금야금 빼먹는 과정 그 자체이다.
　그는 피할 수 없이 노쇠하리니, 그에게는 번데기와 같은 형체만
남아 있다. 이것이 누에고치에서 실을 뽑듯 살아가는 사람이다.
　반대로 또 다른 사람은 학업 성적은 이런저런 연고로 좋지 않을
수도 있다. 그러나 사회생활을 하면서 꾸준히 책을 읽고, 자기 분
야에서 1인자가 되기 위해 쉼없이 공부한다. 부지런하고 겸손

하여 누구에게나 묻고 배우는 것을 두려워하지 않는다. 유흥과 포식은 그의 적이므로 욕망에 대한 적절한 자기 통제력을 갖추고자 한다. 자만과 안주는 파멸의 왕도이므로 눈은 항상 새벽에 깨어 있는 사람처럼 새로운 세계와 미답의 영역을 바라보고 있다.

그는 낡고 진부한 것을 거부하며, 변모를 두려워하지 않고 혁신에 과감하다. 자기 분야에 대한 지식과 기술을 심화 확대시키려할 뿐 아니라 다른 분야에 대한 관심과 지적 욕구도 대단하다. 그의 공부는 학창시절보다 더 치열했으면 치열했지 조금도 덜하지 않다. 그의 일생은 학교에서 배운 미약하고 불완전한 지식의 보루 위에 새로운 지식과 정보라는 이름의 흙 한 줌, 벽돌 한 장을 차근차근 꾸준히 쌓아가는 과정 그 자체이다.

그도 피할 수 없이 노쇠하리니, 그러나 그에게는 굳세기가 요새와 같고 장대하기가 장성과 같은 장(障)으로 둘러싸여 있다. 이것이 장(障)을 보호하듯이, 곧 인생의 안보를 든든히 하며 살아가는 사람이다.

당신은 누에고치를 뽑듯이 살아가는가, 아니면 장(障)을 보호하듯 살아가는가?

힘을 길러야 한다. 힘이 없으면 달아날 곳도 없고, 달아날 기력도 없다. 달아나는 것이 상책이 아니라 힘이 상책이다.

당신은 지금 어디로 달아나려 하는가?